LES GALERIES

DU

PALAIS DE JUSTICE DE PARIS.

SÉZANNE — MARNE — IMPRIMERIE DE COUSIN ET COMP.

LES GALERIES

DU

PALAIS DE JUSTICE

DE PARIS.

MŒURS, USAGES, COUTUMES ET TRADITIONS JUDICIAIRES.

1280 — 1780

PAR AMÉDÉE DE BAST.

> Il y a grand doubte s'il se peult trouver si évident proufit au changement d'une loi reçue, telle qu'elle soit, qu'il y a de mal à la remuer : d'autant qu'une police, c'est comme un bâstiment de diverses pièces jointes ensemble d'une telle liaison qu'il est impossible d'en ébranler une, que tout le corps ne s'en sente. MONTAIGNE.

PARIS

VEUVE COMON, LIBRAIRE,

QUAI MALAQUAIS, 15,

1854.

AU LECTEUR

SUR LA PUBLICATION DES TOMES III ET IV

DES GALERIES DU PALAIS DE JUSTICE.

L'accueil bienveillant que la Magistrature et le Barreau ont fait aux deux premiers volumes des *Galeries du Palais de Justice de Paris*, m'a déterminé à mettre au jour les deux derniers volumes que je présente aujourd'hui au public.

Des magistrats illustres appartenant aux

divers degrés de la hiérarchie judiciaire, des avocats éminents de plusieurs Barreaux de la France et de l'étranger m'ont honoré directement de leurs suffrages et des témoignages de leurs sympathies.

Qu'ils reçoivent ici l'expression de ma gratitude.

Toutefois les deux premiers volumes des *Galeries du Palais* ont soulevé plus d'une espèce de critique. Quelques personnes et entr'autres le modeste et savant président de Monmerqué, auraient désiré que les *coutumes et traditions judiciaires* évoquées sous ma plume ne fussent pas enveloppées dans les épisodes capricieux d'un grand fait historique ou d'un drame domestique.

J'ai répondu à ces doctes et à ces érudits que mon but, en procédant ainsi, aurait été manqué complètement. Le cœur et la mémoire des hommes ne retiennent pas les sèches nomenclatures, les arides détails; et c'est surtout pour le cœur et la mémoire de la Magistrature et du Barreau qui s'élèvent, que j'ai écrit mon livre.

D'autres Aristarques — un légiste, fourré d'hermine surtout — ont prétendu que je voulais FLATTER le Parlement et le Barreau. FLATTER! eh! bon Dieu, quoi? un grand corps judiciaire qui n'existe plus que dans l'histoire et un Barreau qui a disparu avec lui dans le cataclysme révolutionnaire de 1789? Vraiment! l'adulation qui est ordinairement un calcul de fortune, ou un moyen de parvenir, aurait été merveilleusement employée dans cette circonstance!

J'ai honoré la VERTU au Parlement et au Barreau; j'ai fait ressortir dans la mesure de mes forces et de mon talent, tout ce qu'il y avait d'intégrité, de droiture, de probité, de patriotisme et de véritable grandeur dans ce Sénat vénérable qui présida pendant sept siècles, aux destinées de la France, dans ce Barreau qui fut le compagnon de ses travaux et l'auxiliaire de ses vertus. Je n'ai pas *loué*, j'ai *raconté*, et, si l'éloge s'est dégagé de l'enchaînement des faits, ce n'est point moi, c'est l'histoire qui *a flatté*.

« Il n'y a point d'ouvrage si accompli qui

ne fondît tout entier au milieu de la critique, dit la Bruyère, si un auteur voulait en croire tous ses censeurs, qui ôtent chacun l'endroit qui leur plait le moins... »

Les *Galeries du Palais de Justice de Paris* ont été composées dans un but moral, religieux, patriotique. L'œuvre a peut-être été mal exécutée; c'est un malheur. Mais l'auteur trouvera dans sa conscience des motifs de consolation; et l'estime de quelques-uns de ses lecteurs compensera, à ses yeux, l'ignorance et le dédain du plus grand nombre.

AMÉDÉE DE BAST.

Le 15 Mars 1854.

LA

GALÈRE DE M. DE VIVONNE.

1672. — 1682.

UNE DESCENTE DE JUSTICE.

Le pont Saint-Michel, au dix-septième siècle, était le *Rialto* de Paris. Les maisons dont il était couvert ne le cédaient point pour l'originalité de leur construction et la richesse de leurs boutiques aux édifices du célèbre pont de Venise. Le pont Saint-Michel unissait les deux quartiers de la capitale, alors les plus populeux et les plus importants : le quartier de l'Université et le quartier du Palais, le centre des lumières et le centre de la justice, c'est-à-dire, de la civilisation, de la concorde et de la paix.

Les boutiques du pont Saint-Michel étaient occupées en grande partie par des orfèvres, par des joailliers et des chasubliers. L'or, l'argent, les pierres précieuses taillées, façonnées de mille manières différentes pour les exigences de la mode ou les cérémonies du sanctuaire, s'étalaient dans chaque boutique derrière de longs carreaux de verre de Bohême. Plus d'un rival de Benvenuto Cellini exposait dans ce bazar perpétuel des coupes, des tabatières, des croix, des reliquaires, des drageoirs admirablement ciselés et qui n'avaient d'autres défauts que d'avoir été travaillés par des mains françaises. Car notre sot engouement pour l'étranger ne date pas d'hier, et les Italiens, les Espagnols, les Flamands et les Anglais ont usurpé tour à tour, depuis le quinzième siècle, dans les arts aussi bien que dans les sciences, les suffrages, les sympathies de notre volage nation.

Le 3 mars 1672, un commissaire du Châtelet, deux contrôleurs de l'Hôtel des Monnaies et le syndic du corps des orfèvres (1), accompa-

(1) Le commerce de Paris était divisé, comme on sait, en six corps de marchands. Ces six corps étaient : le corps des drapiers, le corps des épiciers, le corps de merciers, le corps des pelletiers, le corps des bonnetiers et le corps des orfèvres. Ce dernier était le plus riche et le

gnés de plusieurs sergents de la douzaine, entraient avec une espèce de solennité dans la principale boutique d'orfévrerie du pont Saint-Michel. Cette descente de justice avait ameuté tout le quartier ; chacun était sur sa porte, et les commentaires, les suppositions, les hypothèses trottaient de seuil en seuil et de pavé en pavé.

— Quoi donc ! disait l'un, orfèvre de son métier, notre riche confrère Chouquet a-t-il voulu naturaliser en France l'or de Manheim (1)? ou bien le service de vermeil qu'il a fabriqué il y a quelques mois pour madame la marquise de Montespan, a-t-il paru au roi trop cher et trop léger ?

plus considéré. Les autres branches de commerce et d'industrie étaient également divisées en communautés ; ainsi, il y avait la communauté des marchands de vins, des couteliers, des savetiers, des cordonniers, etc. Ces sages et fraternelles associations disparurent en 1789 ; on y revient aujourd'hui avec des modifications.

(1) L'or de Manheim était un grossier alliage de cuivre, d'or et d'argent. Sous le règne de Louis XIV, un Allemand, nommé Isaac Fortmann, mit cette espèce de métal à la mode, en fabriquant de très-belles tabatières qu'il donnait à un prix modéré ; mais Louis XIV ayant dit un jour à madame de Montespan, qui lui montrait un collier d'or de Manheim, dont elle avait fait l'acquisition chez Fortmann : Faites-moi la grâce, madame, de ne point vous parer de ces brimborions sans valeur, le métal et l'ouvrier allemand furent perdus sans retour, et on en revint à l'or du Pérou et aux ouvriers français. L'or de Manheim ne fut plus employé que pour les bijoux et ornements à l'usage du peuple.

— J'ai toujours pensé, ajouta un vieux chasublier, qui était le Nestor et l'oracle du pont Saint-Michel, j'ai toujours pensé que M. Chouquet avait fait une fortune trop rapide pour qu'il n'y eût pas dans ses affaires un vilain dessous de cartes. Voilà quarante ans passés, moi, que je travaille, et je suis loin d'être riche. M. Chouquet, établi à peine depuis vingt cinq ans, mène aujourd'hui un train de grand seigneur, et affiche un faste inconnu jusqu'ici. Il y a du mystère là-dedans, et la justice, à ce qu'il semble, veut en avoir le cœur net.

— Mon cher monsieur Godard, répliquait une grosse joaillière, veuve de son troisième mari, et qui passait dans le quartier pour avoir plus gagné avec ses douaires qu'avec son commerce, vous êtes un marchand de la vieille roche, et vous ne comprenez rien au train actuel des affaires; mon avis est que M. Chouquet a plus gagné que perdu en étalant le luxe que vous lui reprochez : c'est en jetant de la poudre aux yeux du public qu'on l'enjôle et qu'on le captive; la cour se laise attraper aussi bien que la ville, et c'est avec la cour que M. Chouquet a amassé du bien. Trédame! le cher homme aime à se faire honneur de sa fortune, et il ne fait pas mal; mais ce que je lui reproche, moi, c'est son ambition : il veut à toute force se faire nommer échevin (1), et marier du même coup sa fille à un avocat. L'ambition, mon compère, va à un bourgeois comme des manchettes à un moine, et je ne puis pas digérer les mésalliances, qu'elles partent d'en haut ou d'en bas. Demandez-moi un peu si un orfèvre ne pourrait pas se contenter d'un orfèvre pour gendre, sans aller chercher un mortier ou un bonnet fourré de docteur ès-lois.

— Vous êtes dans l'erreur, madame Favien, interrompit un petit homme, dont le ton magistral, l'habit noir râpé et la plume fichée entre l'oreille droite et la perruque à calotte, indiquaient suffisamment le métier ; oui, vous êtes dans l'erreur : ce n'est point un avocat que ma-

(1) Les échevins étaient, sous l'ancienne monarchie, ce que sont les maires aujourd'hui. Le nombre de ces édiles était fixé à quatre sous Louis XIV. On en élisait deux tous les ans, le jour de la Saint-Roch. On tirait le premier du corps des conseillers de ville ou de celui des quartiniers ; le second était choisi parmi les avocats ou notaires, ou encore parmi les membres des six corps de marchands. L'échevinage donnait la noblesse; mais, par une clause même des lettres d'anoblissement, le roi stipulait qu'un des fils du nouvel anobli devait rester dans le commerce pour perpétuer les traditions d'honneur et de probité qui avaient mérité au chef de la famille une si éclatante distinction. Il faut avouer qu'il y avait du bon dans le gouvernement qui régissait nos pères. Pourquoi n'exige-t-on pas aujourd'hui, que la démangeaison de se faire gentilhomme est passée à l'état de manie, de semblables garanties de nos banquiers, de nos baigneurs, de nos épiciers, promus à l'ordre équestre?

demoiselle Fanchette Chouquet épouse, mais un jeune gentilhomme, le marquis d'Allainval, l'un des quatre écuyers d'honneur de madame de Montespan.

— Bon! monsieur Guillard, êtes-vous bien sûr de ce que vous nous dites là? fit la grosse joaillière en écarquillant ses yeux sur l'interrupteur.

— Je n'avance rien dont je ne sois sûr, et parfaitement sûr, répliqua sèchement maître Guillard en se rengorgeant. Et, ajouta-t-il, en puisant une énorme pincée de tabac dans sa boîte de corne, je ne suis pas de ces gens qui fabriquent des nouvelles, et qui les débitent à tout bout de champ pour se donner des airs de personnes bien informées. Je dédaigne ces sortes de bavardages, et je méprise souverainement ceux qui les inventent et ceux qui les propagent.

Cette épigramme, lancée à brûle-pourpoint et prononcée à haute voix, décontenança la joaillière. Le vieux Guillard, tout pauvre qu'il était, jouissait sur le pont Saint-Michel, dont il habitait une lucarne depuis quarante ans, d'une espèce de popularité. Il partageait, avec le chasublier Godard, le droit de tout dire et de tout critiquer. Pour Godard, c'était le privilège de la fortune; pour Guillard, c'était le privilège d'une indigence noblement supportée et d'un cœur ami de la justice et de la vérité. Guillard était un de ces écrivains publics qui tapissaient, au dix-septième siècle, les murailles de la Grand'Salle. Clerc de procureur, praticien habile à vingt-cinq ans, il eût pu arriver, comme tant d'autres, à l'une des charges si productives et si enviées de procureur au Parlement ou de procureur au Châtelet; trop peu soucieux des richesses, ou trop philosophe, il avait négligé dans sa jeunesse les moyens de se faire une position dans le monde; et, à trente ans à peine, il s'installait dans une échoppe de la salle des Pas-Perdus. Heureux et libre, fier et frondeur, Guillard se consolait aisément de la constante médiocrité de sa fortune en fustigeant de sa parole âcre et moqueuse les intrigants de toutes les castes, les sots de toutes les conditions et les orgueilleux de toutes les classes. Humble avec les humbles, bon avec les bons, Guillard était l'implacable ennemi des méchants, des calomniateurs, des médisants. Il trouvait merveilleusement le défaut de la cuirasse de ses adversaires, et la lutte, si on osait la provoquer ou la soutenir, n'était jamais longue : le terrible écrivain public désarmait, terrassait sans pitié ses ennemis, et mettait presque toujours les rieurs de son côté.

Il n'était pas profitable de vivre en état d'hostilité avec un homme dont le blâme était dangereux ; aussi la joaillière, loin de se formaliser du rude coup de boutoir de l'écrivain, se rapprocha de lui.

— Monsieur Guillard, fit-elle d'une voix mielleuse, sur ce pied-là, nous allons avoir un beau mariage dans notre quartier... Un gentilhomme, écuyer de madame la marquise de Montespan, ça doit épouser en grande pompe. Je crois bien pourtant, entre nous, que les frais de la noce seront faits par M. Chouquet, car un marquis n'épouse guère une bourgeoise que lorsqu'il est ruiné. Ces sortes d'alliances se font pour redorer le blason et payer des dettes... quelquefois bien lourdes à porter.

— Et quand cela serait, madame Favien, repartit l'écrivain, où serait le mal ? L'opulence bourgeoise ne doit-elle pas payer la rançon de la vanité ? L'or s'échange contre la gloriole ; et pour arriver à la fortune, tous les moyens sont bons pour le vulgaire des mortels. Les uns, comme le jeune marquis d'Allainval, ne se font pas scrupule d'épouser une petite bourgeoise; les autres, comme plusieurs femmes de ma connaissance, se marient successivement à des vieillards cacochymes, et s'engraissent des libéralités *in extremis* de ces époux d'un jour. Que voulez-vous, ma chère madame Favien, l'humanité est ainsi faite, et tel, selon la parabole, qui voit une paille dans l'œil de son voisin, ne s'aperçoit pas de la poutre qui est dans le sien.

A ce coup inattendu, à cet argument *ad mulierem*, la joaillière se déconcerta tout-à-fait et rentra dans sa boutique, non sans adresser une révérence presque gracieuse au satirique écrivain du Palais.

Maître Guillard prit ainsi, et tour à tour à partie, les orateurs des divers groupes qui stationnaient près de la boutique de l'orfèvre Chouquet; et, grâce à lui, grâce à sa verve malicieuse et acérée, le pont se trouva bientôt aussi complètement libre que si une patrouille du guet y fût venue rétablir le bon ordre.

Après s'être assuré que les bavards et les curieux étaient rentrés chacun dans leurs maisons, l'écrivain s'achemina lentement, les mains derrière le dos, vers le Palais-de-Justice, s'arrêtant toutefois de temps à autre pour jeter un coup-d'œil sur le champ de bataille qu'il avait gagné, et pour voir si quelque blessé ne se relevait pas pour arborer de nouveau l'étendard de la médisance.

— Ils ne s'y frotteront pas d'aujourd'hui, grommela l'écrivain en doublant le pas; je puis retourner à ma besogne. D'ailleurs, s'il survenait du nouveau, mon filleul, Philippe Asselin, ne manquerait pas de venir m'avertir.... Pauvre jeune homme ! cœur d'or ! Ah ! que celui-là mériterait bien mieux que la plupart des faquins qui s'enrichissent d'attacher un clou au char de fortune !... Mais baste ! il n'a que de la probité, du talent, de l'honneur, du dévouement : on n'arrive jamais qu'à l'hôpital avec ce bagage-là. Mais je suis là, moi, et un jour, peut-être, mes minces économies pourront l'aider à sortir de la foule, à s'illustrer dans son art... oui, dans son art, car un ouvrier tel que lui est un artiste véritable. Peut-être aussi M. Chouquet saura-t-il reconnaître et rémunérer son aptitude, son travail, son attachement presque filial à son établissement. Nous verrons bien... En attendant, Guillard, mon ami, allez grossoyer vos requêtes et donner vos consultations aux plaideurs de la Basse Normandie ; votre chaise curule vous attend, et le Gros-Pilier doit s'étonner à bon droit de ne vous avoir point encore vu ce matin attacher à ses flancs noircis votre enseigne et votre chevaleresque devise : *semper et fortiter.*

Et l'écrivain, tout en dialoguant ainsi avec lui-même, arriva dans la cour de la Sainte Chapelle, dont il gravit pesamment les degrés, et gagna, par le large escalier qui reliait alors la petite basilique de Saint-Louis aux Galeries marchandes, la vaste salle des Pas-Perdus, où il s'installa majestueusement dans sa chaise de bois blanc, placée à peu de distance de l'endroit où s'étendait jadis la fameuse Table de marbre, si admirée des plaideurs et si chère aux muses françaises (1).

Cependant le riche orfèvre Chouquet, averti par Philippe Asselin, son premier ouvrier, de la présence, dans sa boutique, des suppôts de la justice et des principaux personnages de sa corporation, s'était hâté de descendre du somptueux appartement qu'il occupait dans sa maison, et dont les fenêtres donnaient, en nombre égal, et sur la rivière et sur le pont. L'orfèvre, qui avait adopté, par ses relations fréquentes avec la cour, les modes et les allures du grand monde, parut, enveloppé dans une belle robe-de-chambre de taffetas rouge à fleurs d'argent; et, abordant ses visiteurs avec un salut sec pour les gens de justice, édulcoré, pour ses confrères des six corps, d'un sourire de bienveillance et d'amitié :

— Eh bien! messieurs, leur dit-il, que se passe-t-il donc, et qui m'attire l'honneur de votre

(1) La Table de marbre occupait, avant l'incendie de 1618, tout le travers de la grande salle du palais. On donnait, par extension, ce nom à trois juridictions : la Connétablie, l'Amirauté, la Conservation des eaux et forêts. C'est sur la Table de marbre que les clercs de la Bazoche représentaient aux fêtes royales les premières comédies composées en français.

visite? Suis-je devenu, sans m'en douter, un grand criminel? et hier soir à Marly pour recevoir les témoignages de satisfaction du roi et de la marquise de Montespan, suis-je destiné ce matin à vous suivre dans les tours de la Bastille ou dans le donjon de Vincennes? Répondez, messieurs, répondez-moi, de grâce, et faites cesser mes incertitudes.

Ces paroles, prononcées avec une certaine hauteur, et avec cette morgue que Molière, quelques années auparavant, venait de traduire d'une manière si comique dans sa pièce du *Bourgeois Gentilhomme*, ne produisirent que peu ou point d'effet sur les gens de justice.

— Monsieur, répliqua le commissaire du Châtelet, nous venons ici en vertu d'un ordre de monsieur le procureur-général de la Cour des Monnaies (1). Cet ordre, que voici, porte que des

(1) La Cour des Monnaies, la seule juridiction qui n'ait point été conservée (en changeant de nom) par la révolution, avait pour ressort tout le royaume, excepté ce que l'on en démembra pour former la Cour des Monnaies de Lyon. Cette importante juridiction connaissait du titre, cours et police des monnaies; des affaires qui concernaient leur administration ou leur fabrication; des malversations qui se commettaient par les maîtres et officiers des monnaies, ouvriers en or et en argent, pour les manufactures seulement de leurs ouvrages. Elle connaissait aussi des statuts, règlements, réceptions et jurandes des orfèvres, joailliers, bijoutiers, graveurs et batteurs d'or, et des saisies faites par leurs gardes et jurés. La Cour des Monnaies se composait d'un premier président, de huit présidents, de trente-six conseillers,

perquisitions et recherches seront effectuées dans votre domicile et vos ateliers...

— Et de quoi suis-je donc accusé, monsieur? interrompit vivement l'orfèvre.

— D'employer des poinçons faux ; d'avoir introduit dans le commerce une grande quantité de pièces d'argenterie qui ne sont pas au titre exigé par les lois et règlements ; enfin de vous être...

— Assez, assez, monsieur, interrompit encore l'orfèvre en prenant une pose tout-à-fait digne et austère, je n'ai pas besoin d'en entendre davantage. Faites votre devoir, messieurs; quant à moi, je ne crains rien, j'ai toujours fait le mien.

Et d'un geste il invita le commissaire, les ser-

de deux avocats, d'un procureur-général, de deux substituts, d'un greffier en chef et de dix-huit huissiers. Outre ce personnel déjà considérable, il y avait un prévôt général des monnaies, créé pour faire exécuter les arrêts de la Cour, avec un lieutenant, trois exempts, un greffier et plusieurs archers. Mais il est à remarquer qu'à Paris les poursuites dirigées par la Cour des Monnaies ne pouvaient être valables qu'autant qu'elles étaient appuyées par la juridiction normale du Châtelet. Le Châtelet était en effet le premier et le plus ancien degré de juridiction des citoyens de Paris : c'était le tribunal par excellence de la Cité. Aussi voyons-nous constamment toutes les affaires où se révèle la Cour des Monnaies, figurer un commissaire du Châtelet, qui seul était apte à imprimer à la procédure ce cachet de légalité et d'autorité qu'on veut obtenir avant tout sous toutes les dominations possibles.

gents, les huissiers et les contrôleurs délégués de la Cour des Monnaies, à commencer leurs perquisitions. Ce mouvement de l'orfèvre fut solennel et dramatique, et ses quarante ouvriers, qui, à l'aspect des robes noires, avaient suspendu leurs travaux, accueillirent par un frémissement de sympathie et de respect le muet langage de leur maître.

— Mon très-cher confrère, dit alors le syndic du corps de l'orfévrerie en se rapprochant de Chouquet, l'honneur de notre corps se compose de l'honneur de tous ses membres. Ne soyez donc pas étonné de notre présence céans. Avertis par une lettre officieuse de M. le procureur-général de la Cour des Monnaies de l'accusation dont vous étiez l'objet, nous avons voulu nous associer à cette visite de la justice, moins, vous en êtes convaincu, je l'espère, par une vaine curiosité que pour rendre hommage à votre réputation, jusqu'à ce jour si intacte, d'honneur et de probité. Nous voulons être les premiers à proclamer votre innocence, comme nous avons été les premiers à apprendre ce fâcheux résultat de l'envie et de la malveillance; car, nous n'en doutons pas, cher confrère, tout ceci provient de la malicieuse haine de vos ennemis. Vous allez être nommé échevin par les libres suffrages de vos pairs, et cette haute dignité de la bourgeoisie de Paris excite bien des convoitises et encore plus de brigues. Au surplus, M. le prévôt des marchands (1) a daigné faire savoir ce matin même à notre corporation qu'il était si persuadé de votre innocence, qu'il ne contremanderait pas la cérémonie qui devait avoir lieu ce soir à l'Hôtel-de-Ville, cérémonie, vous le savez, où l'on doit élire les nouveaux échevins et où ils doivent prêter le serment de fidélité au roi et aux lois du royaume.

— Mes chers confrères, répliqua l'orfèvre, je vous suis très-reconnaissant de votre démarche, et je ne devais pas attendre moins de votre zèle aux intérêts d'honneur de notre corporation et de votre fraternelle sympathie à mon égard. Depuis vingt-cinq ans que je fais partie de notre honorable corps, vous me rendrez la justice d'avouer que je n'ai pas un seul jour démérité dans l'estime générale. J'ai passé par toutes les charges du corps des orfèvres, et tour à tour membre du bureau, syndic, grand'garde, j'ai eu le bonheur de me concilier tous les esprits justes, éclairés et

(1) Le prévôt des marchands était alors ce qu'est aujourd'hui le préfet de la Seine. Chef de la maison de ville, il était nommé pour deux ans; mais le roi le continuait ordinairement pour quatre prévôtés, c'est-à-dire pour huit ans. La juridiction du prévôt des marchands était fort étendue et comprenait, non-seulement les arrivages des subsistances et marchandises, mais encore la police des rivières de Seine, Marne, Oise, etc.

droits. Je recueille aujourd'hui le fruit de ma conduite et de mes efforts pour la constante harmonie et la perpétuelle illustration des six corps de marchands de la ville de Paris, et je vous remercie du fond du cœur, messieurs, d'être venus vous associer volontairement à cette visite de justice qui tournera à la confusion de mes ennemis et de mes accusateurs.

Le riche orfèvre avait en effet beaucoup d'envieux. La fortune rapide qu'il avait faite, car au dix-septième siècle un marchand qui, en vingt-cinq années, amassait quinze à vingt mille livres de rente, était regardé comme très-favorisé par les circonstances et par la Providence; les relations incessantes qu'il avait avec la cour et les grands seigneurs, le luxe qu'il affichait dans sa demeure, dans ses habits, dans ses domestiques même, lui avaient suscité beaucoup d'ennemis.

Il faut dire aussi que le caractère et les façons d'agir de Chouquet n'étaient guère capables de désarmer les gens que ses richesses offusquaient. L'air de la cour avait complétement métamorphosé l'orfèvre : il était devenu vain, glorieux, plein de morgue et de hauteur. Oubliant les humbles traditions du comptoir paternel, la modeste allure et la simplicité gauloise de ses ancêtres, il se faisait une étude de singer les grands seigneurs; la vanité de l'orfèvre ne se traduisait pas par l'impertinence gracieuse de l'homme de cour étincelant des mérites de sa race et des vertus de ses aïeux ; mais elle se révélait par cette morgue bourgeoisie, cette hauteur gourmée, indice de la petitesse d'esprit, et de la sécheresse de l'âme chez ceux qui se font gloire d'être les fils de leurs œuvres. Aussi, dans le nombre même de ses confrères, qui s'étaient joints aux magistrats d'enquête, s'en trouvait-il plus d'un qui faisait secrètement des vœux pour la chute d'un homme qui avait renié les mœurs de sa caste et les préjugés respectables de sa profession.

L'accroissement de la fortune avait fait naître naturellement chez l'orfèvre la soif des honneurs. Il s'était mis sur les rangs de l'échevinage pour arriver à l'anoblissement, et il avait réussi à s'assurer l'élection.

Il avait une fille, une fille unique, aussi recherchée pour sa beauté que pour ses richesses, et la marquise de Montespan avait donné les mains au mariage de Fanchette avec l'un de ses écuyers, le marquis d'Allainval, jeune homme fort pauvre, mais cavalier charmant, et qui pouvait prétendre à tout, grâce à la protection toute-puissante de la favorite.

Ce double succès comblait de joie l'orfèvre, il réalisait presque en un jour le rêve de toute sa vie. Mais ce rêve devait s'évanouir sans retour si

la justice venait à rencontrer chez lui la moindre culpabilité.

Le commissaire, les délégués de la Cour des Monnaies et leurs suppôts s'étaient empressés, sur l'invitation même de l'orfèvre, de commencer leurs perquisitions. En un clin-d'œil, ils se répandirent à tous les étages de la maison. La boutique, les ateliers, les appartements même de Chouquet furent soumis à de minutieuses recherches. Chaque pièce d'argenterie achevée ou non achevée, chaque enclume, chaque forge, chaque meuble fut examiné avec soin. Cependant l'orfèvre, s'appuyant gravement sur le bras de sa fille, qui était accourue se ranger auprès de son père, suivait avec une nonchalance parfaitement naturelle, les diverses évolutions des limiers de la justice, et s'entretenait d'un front calme et d'une mine placide avec ses confrères, comme s'il eût assisté lui-même en curieux à l'expédition dangereuse où son honneur et sa fortune étaient en jeu.

Tout était presque terminé, et déjà le commissaire du Châtelet et les préposés de la Cour des Monnaies se disposaient à se retirer, après avoir adressé quelques compliments flatteurs à maître Jean-Baptiste Chouquet, lorsqu'un sergent de la douzaine, vieux routier, qui furetait encore dans les pièces du rez de chaussée, jeta un cri de triomphe et appela d'une voix de stentor le commissaire et ses compagnons.

Il y avait de quoi.

Dans une espèce de buffet ou de garde-manger placé contre une des fenêtres qui donnaient sur la rivière et, en quelque sorte, suspendue sur le fleuve, le sergent de la douzaine venait de trouver six faux poinçons, une cinquantaine de lingots d'argent à bas titre, du poids total de trente ou quarante livres, une estampille contrefaite de l'Hôtel des Monnaies de Paris, et divers autres instruments servant à la perpétration du crime d'alliage des métaux (1).

A cette vue, Jean-Baptiste Chouquet perdit un

(1) L'année même où l'on abattit les maisons du pont Saint-Michel (en 1807), le bras de la Seine qui passe sous ses arches se trouva, pendant les chaleurs de juillet et d'août, complétement à sec. Des enfants du peuple, qui allaient barboter dans les filets d'eau qui serpentaient dans la vase, trouvèrent une grande quantité de lingots d'or et d'argent, des plats, des assiettes, des couverts d'argent, des tabatières de même métal et une infinité d'autres objets précieux. Voici comment on expliqua la présence de ces trésors dans le lit de la rivière. Beaucoup d'orfèvres qui habitaient, comme nous l'avons déjà dit, les maisons du pont Saint-Michel, étaient souvent surpris dans leurs fabrications frauduleuses par les visites inattendues des grand'gardes et des syndics de leur corps, ou bien par les contrôleurs de la Cour des Monnaies. Pour échapper au châtiment légal et au déshonneur qui en résultaient pour eux, ils sacrifiaient alors les pièces d'argenterie confectionnées avec du métal au-dessous du titre, ou poinçonnées avec de faux poinçons, et les jetaient dans la rivière, par les fenêtres de leurs logis, qui donnaient sur le fleuve. On a évalué, en 1807, les différentes pièces d'argenterie trouvées entre les arches du pont Saint-Michel, à plus de six cent mille francs. C'était un trésor qui grossissait ainsi depuis plus de cent cinquante ans.

peu de sa fermeté; une pâleur livide s'étendit sur ses traits. Mais la jeune fille s'évanouit et tomba comme frappée de la foudre entre les bras de son père.

— Verbalisez, messieurs, s'écria l'orfèvre en se penchant sur Fanchette. Ruinez-moi, déshonorez-moi tout à votre aise, mais laissez-moi donner les soins nécessaires à mon enfant... Je suis père avant d'être marchand.

— Vous ne serez pas ruiné, mon maître, cria une voix; vous ne serez point déshonoré, car le vrai coupable va se montrer aux yeux de la justice.

Et un jeune homme s'élança hors du groupe des ouvriers et vint se placer fièrement devant le commissaire du Châtelet et les délégués de la Cour des Monnaies.

C'était Philippe Asselin.

— C'est moi, messieurs, s'écria-t-il, qui suis le criminel. Je me dénonce et je me livre : mon maître est innocent.

L'étonnement se peignit sur tous les visages.

— Comprenez-vous, jeune homme, dit le commissaire, toute la gravité de votre démarche? Savez-vous qu'il s'agit des galères? Réfléchissez bien avant d'assumer sur votre tête une si terrible responsabilité.

— Je suis le seul coupable, repartit Philippe

Asselin, je vous le répète, messieurs, et mon maître ainsi que mes camarades sont innocents.

— Vous ne connaissiez donc pas les lois qui punissent les contrefacteurs, dit un délégué de la Cour des Monnaies, et vous n'aviez donc pas mesuré la profondeur de l'abîme où tôt ou tard vous alliez tomber?

— J'espérais ne jamais être découvert, reprit simplement Asselin.

— Mais outre, reprit le délégué, les périls d'une fabrication clandestine et de l'emploi de faux poincons, n'auriez-vous pas dû être arrêté dans vos coupables projets par la pensée que, d'un moment à l'autre, vous pourriez compromettre la maison respectable où vous travaillez, et l'orfèvre, père de famille, qui vous avait reçu depuis votre enfance au nombre de ses ouvriers?

— Cette idée ne m'était pas venue à l'esprit, répondit stoïquement le jeune homme; au surplus, je demande pardon à mon maître d'avoir pu compromettre un instant la réputation d'honneur et de probité dont il jouit à si juste titre.

Jean-Baptiste Chouquet avait reconquis toute son assurance; sa tête, courbée un instant comme celle du Sicambre sous les faisceaux des licteurs de la justice, s'était relevée plus glorieuse que jamais. Quand à Fanchette, chacune des paroles prononcées par Philippe Asselin avait été des gouttes de baume qui l'avaient rappelée au sentiment. Les yeux de la jeune fille, où se peignaient tour à tour la gratitude, l'admiration et la tendresse, étaient fixés sur Philippe, dont la noble physionomie rayonnait comme la figure des martyrs de la nouvelle loi.

— Mon ami, dit le commissaire du Châtelet, que sa vieille expérience rendait peu crédule en fait de vertus et de crimes, mon ami, parlez ici sans voiles.... sans arrière-pensée.... Quels étaient vos motifs en vous livrant ainsi à des actes contraires aux lois, à la morale, à la probité?

— Je voulais m'établir, répondit Philippe d'une voix ferme et accentuée, et comme je n'ai pour toute fortune que mon travail, ce travail ne m'aurait jamais mis à même de devenir maître à mon tour. C'est donc par la faute des lois que je me suis mis en hostilité contre les lois. Si le commerce était libre, si le monopole et le privilège ne primaient pas les sueurs et le talent du simple ouvrier, jamais, non jamais je n'aurais été coupable (1).

(1) Les maîtrises et les jurandes étaient la plaie du commerce et de l'industrie, avant la révolution de 1789. Le talent, la bonne conduite ne suffisaient pas à l'ouvrier laborieux, pour s'établir maître à son tour; il fallait de l'argent, et souvent beaucoup. Cependant le corps des orfèvres se distinguait, entre tous les autres corps des marchands, par ses tendances véritablement libérales. Ainsi, lorsqu'il y avait quelques places de maîtres à remplir, on recevait les apprentis par ordre

— Ainsi, c'est l'ambition, c'est le désir de parvenir qui vous a entraîné dans le mal? fit le commissaire du Châtelet.

— J'accepte, monsieur le commissaire, l'explication que vous voulez bien donner, répartit Asselin, et je me renferme désormais dans le silence le plus absolu.

— Cet ouvrier, dit le contrôleur de la Cour des Monnaies en s'adressant à l'orfèvre, était-il un bon sujet? Etiez-vous satisfait, monsieur, de son travail, de sa conduite, de ses mœurs? Vous paraissait-il, en un mot, digne en tous points de l'estime des honnêtes gens?

— Je n'ai eu constamment qu'a me louer de Philippe Asselin, répondit l'orfèvre; c'est mon premier ouvrier; il a appris son état dans mon atelier, et il faisait honneur à son maître par son talent et par son humeur laborieuse. Je suis surpris, plus que personne, qu'il ait succombé à une tentation coupable; je ne m'en explique

de date des brevets sans passe-droit. Outre les maîtres d'apprentissage, il est bon de remarquer que l'on comptait encore, comme faisant partie du corps, les orfèvres qui travaillaient et qui demeuraient dans les palais de nos rois, et particulièrement aux galeries du Louvre, ce qui donnait encore plus d'extension et de force à cette précieuse industrie. La manufacture royale des Gobelins avait aussi le droit de donner des priviléges pour l'établissement de deux cents orfèvres; mais ces orfèvres formaient une communauté particulière et indépendante de celle-ci.

pas bien les motifs... Il faut qu'un peu d'ambition lui ait dérangé la cervelle. Quoi qu'il en soit, je vous prie d'user d'indulgence envers ce pauvre jeune homme, que j'aime, et qui appartient à une famille honorable. Son père était lieutenant des gardes de M. le maréchal Duplessis-Praslin, et il est mort seulement il y a quelques années, en disant à son fils, alors à peine âgé de dix ans : « Mon enfant, je ne te laisse point de biens, mais je te laisse un nom sans tache. Sois artisan ou soldat, voilà les deux voies où l'on peut gagner honorablement son pain de chaque jour; fais peu de cas des richesses, mais fais toujours grande estime de tout ce qui est bon, honnête et vertueux. »

— Et voilà, dit le commissaire en attachant ses regards sur l'ouvrier, voilà comment vous avez suivi les conseils de votre père au lit de mort!

— Monsieur le commissaire, répliqua Philippe, dont les yeux s'étaient mouillés de larmes au souvenir de la mort de son vieux père, laissez à ma conscience si je suis coupable, et je le suis, ajouta-t-il d'un ton plus assuré, le soin de me faire des reproches; elle saura bien s'en acquitter. Quant à vous et à ces messieurs, contentez-vous d'exécuter les ordres qui vous ont été donnés et de livrer le coupable à la justice. Je suis prêt à vous suivre.

— Voilà bien de l'endurcissement ou bien de l'héroïsme, dit tout bas le contrôleur de la Cour des Monnaies au commissaire du Châtelet. Mais n'importe, instrumentez, monsieur, et n'allons pas chercher, comme on dit, midi à quatorze heures. Nous avons tous fait preuve de zèle, le coupable s'est remis entre nos mains : notre mission est dès lors accomplie. Verbalisons, interrogeons, confisquons les objets saisis, et partons avec notre prisonnier.

On se mit aussitôt à la besogne. Après un interrogatoire sommaire qu'on fit subir à Philippe Asselin, les scribes du commissaire et de la Cour des Monnaies verbalisèrent et posèrent les éléments de la procédure qui devaient amplement se dérouler devant la chambre criminelle du Châtelet (1). Après lecture faite de l'interrogatoire

(1) Sous la dénomination générale du Châtelet, on comprenait plusieurs juridictions importantes, telles que le parc civil, le présidial, la chambre civile, la chambre de police, la chambre criminelle, la chambre de robe-courte, la chambre des auditeurs. Le parc civil était présidé par le lieutenant civil ; le présidial, par des lieutenants particuliers ; la chambre civile, par le lieutenant civil ; la chambre de police, par le lieutenant de police ; la chambre criminelle, par le lieutenant criminel ; la chambre de robe-courte, par le lieutenant criminel de robe-courte ; la chambre des auditeurs, par un juge auditeur. La chambre criminelle, dont il est ici question, connaissait des matières criminelles et cas prévôtaux. Ses attributions étaient fort étendues par suite de cette adjonction des cas prévôtaux, qui la rendaient l'arbitre d'une foule de procès, qui intéressaient à un très-haut degré soit de

et des procès-verbaux à Philippe Asselin, qui ne fit aucune objection sur la rédaction de ces actes, on se disposa à partir, et les sergents de la douzaine entourèrent l'ouvrier.

— Quoi donc! messieurs, fit l'orfèvre, d'une voix légèrement émue, allez-vous donc emmener ce pauvre garçon comme un vil criminel! Où le conduisez-vous?

— Dans les prisons du grand Châtelet, répondit froidement le commissaire.

— O mon père! exclama Fanchette en cachant sa jolie tête dans les bras de l'orfèvre; on va le mener en prison, en prison au Châtelet, lui! notre pauvre Philippe, notre...

— Il faut que justice se fasse, ma fille, repondit tout haut Chouquet en se débarrassant doucement des étreintes presque convulsives de son enfant.

— Oui, mademoiselle, ajouta Philippe Asselin, comme le dit fort bien votre père, il faut que justice se fasse; mais ne me plaignez pas, mademoiselle, je suis plus heureux que vous ne le pensez, car je connais mon crime..., et je m'en repents.

— Marchons! fit le commissaire.

la vie, soit de la fortune des citoyens. Les appels se faisaient au Parlement de Paris. Au surplus, toutes ces juridictions du Châtelet existent encore, mais sous d'autres noms; rien n'est changé.

— Oui, marchons, exclama Philippe Asselin; aussi bien, il y a trop longtemps que cela dure.

La porte de la boutique fut ouverte avec fracas, et tous les suppôts de la justice s'écoulèrent comme une nuée de corbeaux. Philippe Asselin, escorté de quatre sergents de la douzaine, armés de leurs baguettes d'ébène, à pomme d'ivoire, fermait la marche.

En franchissant le dernier degré de la boutique (il fallait monter de sept à huit marches pour pénétrer dans les boutiques du pont Saint-Michel), Philippe Asselin se retourna pour contempler encore une fois l'atelier où il avait si longtemps travaillé libre et content, pour adresser un dernier adieu à son maître... et peut-être aussi à mademoiselle Fanchette.

Les yeux de la jeune fille rencontrèrent ceux du jeune ouvrier, et alors, entraînée par un sentiment irrésistible, elle mit la main sur son cœur, tomba aux genoux de l'orfèvre et s'écria :

— Mon père! mon père! mon père!!!

Jean-Baptiste Chouquet s'empressa de relever sa fille, et l'attirant sur son cœur :

— Je conçois, dit-il, mon enfant, toute la douleur que tu dois éprouver... Philippe a été le compagnon de tes jeux, l'ami de ton enfance, et le voilà captif!.... Mais l'ambition n'est pas toujours un crime... Les magistrats auront égard à ses bons antécédents, à son repentir... Qnant à moi, je ferai tout ce qui dépendra de moi pour désarmer la rigueur des lois. On peut amoindrir le châtiment qui lui est réservé. Dès ce soir, je cours chez madame de Montespan, pour lui demander son appui.

Tirant alors de la poche de sa veste une bourse pleine d'argent : — Portez cela au geôlier principal du grand Châtelet, dit-il à un domestique, que ce pauvre Philippe ne manque de rien. Il a failli me faire bien du mal.... mais innocemment, j'en suis sûr... Le pauvre garçon jouait avec le feu, sans se douter qu'il pourrait s'y brûler les doigts.

Puis se retournant avec une majestueuse gravité vers les députés du corps de l'orfévrerie qui étaient restés pour le féliciter et le congratuler :

— Allez dire, messieurs, s'écria-t-il d'un accent tout à la fois plein de fierté et de bienveillance, allez dire à nos chers confrères que Jean-Baptiste Chouquet, indignement calomnié par ses ennemis, et peut-être aussi par ses amis, est sorti victorieux des embûches qu'on avait tendues sous ses pas, et que ce soir, oui ce soir, il sera proclamé l'un des quatre échevins de la ville de Paris !!!

LA PRISON DE LA TOURNELLE.

Les affaires criminelles ne languissaient pas au Châtelet. L'instruction du procès de Philippe Asselin fut suivie avec une grande rapidité, et au bout de quinze jours les débats s'ouvrirent. Ils furent solennels, car le lieutenant criminel en personne avait pris place sur le siège de la présidence, et, d'un autre côté, le corps des orfèvres, le plus riche et le plus puissant des six corps des marchands de la ville de Paris, indirectement en cause dans cette affaire, s'était fait une espèce de point d'honneur d'assister régulièrement aux audiences. La jeunesse, la fermeté, la noble et pure physionomie de Philippe Asselin lui avaient concilié tout d'abord les sympathies des magistrats et du public, et ces sympathies, jointes aux mystérieuses lacunes de quelques points de la procédure, contribuaient à exciter la curiosité générale. L'un des avocats les plus en renom alors du Barreau de Paris, Me Badurle prêtait à l'accusé l'appui de son expérience et de sa parole; mais l'éloquence de l'avocat, le bon vouloir des juges et les sollicitations de haut lieu qui venaient en aide à la défense devaient échouer contre l'opiniâtre volonté de Philippe Asselin, qui s'avouait coupable, et qui persistait à donner sur son crime les plus minutieux détails.

En face d'une semblable franchise, l'indulgence des magistrats, le talent de l'avocat ne pouvaient plus rien. Aux termes de la loi pénale de l'époque, Philippe Asselin fut condamné à cinq ans de galères et à une amende de dix-huit mille livres au profit de l'Etat. Bien que les juges eussent adouci autant qu'il leur était possible la sévérité de la peine, — car ils pouvaient appliquer dix ans de galères et trente mille livres d'amende, — cette condamnation emportait avec elle le stigmate de l'infamie; les galères alors étaient le *nec plus ultra* de la dégradation civique, et le théâtre, les arts, les modes n'allaient point encore chercher au dix-septième siècle, dans ces sentines du vice et du crime, des héros, des sujets de tableaux ou de gravures, des habillements à forme plus ou moins hideuse. Les galères étaient un monde à part dont les mœurs, les coutumes et le langage étaient inconnus des citoyens.

Aujourd'hui la langue de Corneille, de Bossuet, de Racine et de Fénélon s'est enrichie du jargon des bagnes; mais il faut dire aussi que nos ancêtres étaient de pauvres hères, *minus habens*, qui ne cultivaient pas l'art pour l'art, et qui ignoraient les grands secrets du style. Les infortunés avaient la faiblesse d'applaudir le *Cid*, *Horace*, *Phèdre*, *Athalie*, d'admirer les *Oraisons funèbres*, et *l'Esprit des Lois*, et tout cela de la meilleure foi du monde. Ils n'étaient pas mûrs pour comprendre les beautés de *Robert Macaire*, de *Lucrèce Borgia*, d'*Antony* et du *Juif errant*.

L'avocat Badurle interjeta appel, malgré son client, au Parlement de Paris, et le Parlement confirma purement et simplement la sentence des premiers juges.

Ce fut alors que le condamné fut transféré des prisons du grand Châtelet à la prison de la Tournelle (1).

(1) La cour de cette prison était contiguë à la porte Saint-Bernard, et, par conséquent, à la droite du pont. Dans les grosses eaux, les malheureux qui occupaient les cachots inférieurs avaient de l'eau jusqu'à mi-corps. Cette tour s'appelait de la Tournelle, parce que les criminels, qui y étaient provisoirement renfermés, avaient été jugés en dernier ressort par la Chambre de la Tournelle du Parlement, et cette Chambre était ainsi appelée, parce que tous les conseillers du Parlement y siégaient tour à tour. Il ne reste plus rien aujourd'hui de cette Tournelle qui datait du treizième siècle : elle fut démolie vers la fin du dix-huitième siècle. Le pont dont elle était voisine a conservé le nom de la Tournelle ; ce pont était presque neuf lorsque la Tournelle a été abattue.

On lisait en effet sur une table de marbre qui fut brisée en 1792, cette inscription :

Du règne de Louis quatorze,
De la prévoté de messire
Alexandre de Sève,
Prévost des marchands, etc.,
Ce présent pont a été bati.

Cette prison, horrible au dehors, plus horrible encore au dedans, se composait d'une haute tour et de quelques bâtiments informes, groupés autour de son donjon. C'était dans ce lieu funeste que les criminels condamnés aux galères attendaient le départ de la double chaîne qui devait les conduire à Toulon ou à Brest.

Un gouverneur, car la Tournelle avait un gouverneur, aussi bien que la Samaritaine sur le Pont-Neuf, et une compagnie du guet à pied, tenaient garnison dans ce cloaque, d'où partaient, comme d'une bouche de l'enfer, à toutes les heures du jour et de la nuit, des cris, des blasphêmes, des imprécations et des jurements affreux. Des cliquetis de chaînes, car les condamnés, parqués cinq par cinq dans d'étroits cabanons,

Et plus bas ces deux vers, qui ne manquent pas d'élégance :

OEdilas recreant submersum flumine pontem,
Non est officii, sed pietatis opus.
1656.

Le pont actuel de la Tournelle avait remplacé un pont de bois que les eaux emportèrent en 1649.

Les prisons du Grand-Châtelet, qui occupaient la vaste place que l'on nomme aujourd'hui place du Châtelet, étaient sombres, humides et malsaines, mais semblaient pourtant un lieu plein de délices auprès du cloaque de la Tournelle, où des reptiles et d'énormes rats venaient livrer chaque nuit des assauts aux captifs. La Tournelle était le vestibule, non-seulement du bagne, mais encore de l'enfer. Ceci ne justifie pas, mais explique les vociférations continuelles qui s'échappaient de cet antre de meurtres, de tortures et de douleurs.

avaient les fers aux pieds et aux mains, se mêlaient constamment à des rugissements féroces ou à des refrains obscènes, et jetaient l'épouvante et l'effroi dans l'âme du petit nombre de bourgeois qui s'aventuraient le soir, après le couvre-feu, sur les glacis du quai Saint-Bernard et sur les trottoirs du pont de la Tournelle.

Objet de terreur pour les criminels, objet de crainte et de dégoût pour les citoyens, cette prison de la Tournelle, accroupie sur les bords du fleuve, comme une fée édentée et malfaisante, semblait recéler dans son giron de pierre et de bois toutes les abjections, tous les instincts immoraux de la populace de Paris.

Philippe Asselin n'avait voulu recevoir personne pendant sa détention au grand Châtelet. Vainement son parrain Guillard, l'écrivain public de la salle des Pas-Perdus, l'avait-il supplié, par mainte et mainte épître, de le laisser pénétrer jusqu'à lui. Philippe était resté inflexible, et s'était borné à répondre au bon homme que le moment n'était pas encore venu de se dire un éternel adieu. Le transfèrement du jeune homme des prisons du Châtelet aux cachots de la Tournelle, détermina enfin Philippe à acquiescer aux désirs de l'écrivain, et il lui fit dire qu'il était prêt à le recevoir.

A cette nouvelle si impatiemment attendue,

Guillard abandonna précipitamment sa chaise curule et courut à la Tournelle, muni d'une permission parfaitement en règle du procureur-général du Parlement.

On conduisit l'écrivain dans un cachot puant, sombre et presque submergé par les infiltrations de la rivière, cachot où par faveur spéciale on avait enfermé seul Philippe Asselin, qui, couché sur une paille fétide, avait déjà les fers aux pieds et aux mains.

— Malheureux enfant! s'écria l'écrivain public en franchissant le seuil de ce bouge infernal, qu'as-tu fait! Que dirait ton père, s'il te voyait dans ce pitoyable état! Que dois-je dire moi-même, moi qui t'ai servi de père!...

Mais les yeux de Guillard s'arrêtèrent alors sur cette crèche effroyable où gisait le prisonnier, sur ces dalles suantes et livides, où tous les crimes, où tous les remords avaient passé, sur ces murailles noires et immondes où la bave des limaces semblait tracer des hiéroglyphes et des arabesques infernales, et il n'eut plus la force de continuer ses reproches.

Loin de là, l'indignation fit place à la pitié; la colère à la miséricorde; et le pauvre écrivain, le cœur brisé par ce déchirant spectacle, ne put achever sa mercuriale, et se jeta en sanglotant au cou de celui qu'il venait accabler du poids de sa vertu.

— Pauvre enfant !!! pauvre enfant !!! murmurait-il en embrassant son filleul, le voilà donc, je le revois encore, je lui parle... Mais ces fers... oh ! ces fers! qu'ils sont lourds!... Et dire qu'il les a mérités. Mais non, non, je te connais, Philippe, tu ne les as pas mérités, n'est-il pas vrai? Dis-moi, dis-moi que tu es innocent, et alors je ferai bon marché de la justice des hommes... Avoue-moi, Philippe, que tu es innocent du crime dont on te punit.

— Mon cher parrain, répondit Philippe Asselin, qui, d'abord vivement ému de la profonde douleur de l'écrivain, avait fini par maîtriser les sentiments divers qui se heurtaient dans son âme, mon cher parrain, Dieu seul doit savoir si je suis innocent.

— Tu l'es, interrompit l'écrivain, tu l'es, Philippe. Je n'ai pas vécu depuis soixante ans au milieu des hommes, sans savoir discerner le vrai d'avec le faux. Oui, tu es innocent; la manière dont tu t'es livré à la justice, l'ambiguité de tes interrogatoires, les difficultés dont tu hérissais la défense de ton avocat, — aurai-je besoin de te dire que j'ai suivi pied à pied toutes les phases de ton procès, — ton aptitude à détruire, à faire crouler pièce à pièce l'indulgence de tes juges, qui t'ont mis vingt fois sur la voie d'une justification facile, tout me prouve que chez toi c'était un parti pris de te faire condamner. Mais le motif de ce dévouement extraordinaire, quel est-il, Philippe? je te le demande comme un père, comme un ami.

— Vous croyez, mon cher parrain, que je me suis fait criminel par dévouement? fit le jeune ouvrier d'une voix calme et douce.

— J'en suis convaincu, Philippe.

— Vous pourriez vous tromper, mon cher parrain.

· Je ne le crois pas.

— Pardonnez-moi. Au surplus, cinq années sont bientôt passées à mon âge; et, à mon retour, je vous dirai tout le mystère, si toutefois il y en a...

— Ainsi, reprit tristement l'écrivain, tu refuses à ton parrain, à ton vieil ami, à celui qui a veillé sur ton enfance avec la sollicitude d'un père, la satisfaction de te savoir innocent du crime que tu vas expier, pendant cinq mortelles années, au milieu des scélérats et des bandits!

Un léger frémissement passa sur les traits du jeune homme. Il souleva ses fers et répondit :

— Mon corps peut souffrir impatiemment ces pesantes chaînes; mais mon âme est libre et pure sous les voûtes de ce cachot, et elle se conservera pure et libre au milieu même de mes affreux compagnons.

— Allons! cœur d'acier, fit l'écrivain, la tendresse, l'amitié ne sauraient ébranler ton funeste courage. J'ai tout deviné, j'ai tout pénétré, tu ne m'apprendras rien maintenant. Philippe, tu n'es point coupable; tu portes ici les fers destinés à un autre...; que ce dévouement sans exemple soit apprécié dès ce moment par celui qui voit tout; qu'il soit plus tard célébré par les hommes! Tu acceptes l'infamie par reconnaissance ou par excès d'amour! Gloire à toi! dans ce siècle si fécond en ingrats, en amants sans cœur et sans âme, il est beau de contempler un enfant gravissant encore le Golgatha pour l'honneur de l'humanité!

— Mon cher parrain...

— Tais-toi, Philippe, tais-toi, mon enfant, interrompit l'écrivain; je ne cherche plus à forcer le tabernacle de ta conscience; j'en ai la clef dans mon cœur. Ne parlons plus de ce qui s'est passé. Tu me connais, je suis philosophe chrétien, et même quelque peu stoïcien. J'ai donc un point de vue particulier pour juger les hommes et leurs actions.

Sans préjugés pour mon propre compte, je me suis toujours cependant fait une loi de respecter ceux des autres. Partant de ce principe, mon cher Philippe, je m'expatrierai avec toi, lorsque tu auras payé ta dette à la société. Quelques économies péniblement amassées depuis trente ans nous mettront à même de nous embarquer pour les colonies espagnoles.

Ton talent dans l'orfévrerie ne manquera pas de moyens de t'exercer dans ces contrées, car les femmes y sont belles et coquettes, et les prêtres riches et puissants. Ton art ne vit, tu le sais, que par le sanctuaire et par le plaisir : Dieu et l'amour, l'amour et Dieu, ces deux grands maîtres ou plutôt le seul maître du monde; car, ainsi que saint Paul l'a fort bien exprimé, *Deus charitas est*, Dieu est l'amour même. Nous partirons donc pour la Nouvelle-Espagne, et là tu oublieras, tu déchireras les cinq pages hideuses de ta vie, et tu vivras heureux et content au sein des arts, de l'opulence et de l'amitié.

— Mon bon parrain! fit le jeune homme en étendant sa main vers l'écrivain.

— Mais comme il convient de prévenir toutes choses en affaires, j'ai prévu le cas où je serais mort avant que tu ne fusses rendu à la liberté. A cet effet, je viens d'acheter ces jours derniers une maison dans la rue de la Calandre : elle m'a coûté quinze mille livres; c'était le montant de mes économies de quarante années! Cette somme, je la destinais à t'établir à Paris..... Le ciel en a ordonné autrement; elle te servira à t'expatrier et à te faire Espagnol, toi, fils d'un brave officier français? Enfin n'importe. Si j'ai donc rendu mon âme à Dieu quand tu reviendras à Paris, tu te présenteras chez Me Chabot, notaire royal, Place Maubert; c'est un honnête homme, c'est mon ami de collége, c'est lui qui sera le dépositaire de mes dernières volontés, et qui revendra la maison que j'ai achetée sous son nom pour t'en remettre le prix.

— Mon cher parrain, je vous retrouverai plein de vie et de santé! exclama Philippe profondément attendri de la sollicitude paternelle de l'écrivain.

— Je l'espère bien, mon enfant, répondit Guillard, et je compte également faire connaissance avec les descendants de Férnand Cortez et de Montezuma; mais en affaires, vois-tu, il ne faut laisser au hasard que ce que l'on ne peut pas lui ôter. Comme un autre, je fais parfois des romans et j'emploie des fils d'or et des toiles d'araignée pour en ourdir les trames; mais quand il s'agit de travailler sur la réalité, de fonder ou de créer pour l'avenir, j'use de câbles et de chaînes pour joindre le présent à cet avenir qui appartient à tous et à personne.

— Eh bien ! mon excellent parrain, voilà qui est parfaitement convenu : dans cinq ans, je viens vous retrouver à Paris, nous mettons ordre à nos affaires, et puis nous nous embarquons pour l'Amérique. Qu'il me sera doux, mon cher parrain, de vous consacrer mon existence toute entière et de vous prouver que mon cœur est resté constamment fidèle aux sentiments de tendresse et de gratitude que je vous dois ! Ah ! croyez-le bien, mon parrain, sous ce rapport, du moins, je ne mourrai pas insolvable.

Le vieil écrivain ne répondit pas, mais il prit la main de son filleul et la serra avec effusion.

— Mon cher parrain, reprit Philippe, nous sommes tous mortels, et cette vérité vulgaire...

— N'a pas besoin d'être démontrée, ajouta l'écrivain.

— Je puis mourir là-bas, reprit Asselin, comme vous pouvez mourir à Paris.

— C'est incontestable.

— Dans le cas donc où il ne me serait plus permis de revoir ma chère patrie, mon berceau bien-aimé, Paris, enfin, voilà, poursuivit le jeune homme, en remettant un papier plié et soigneusement cacheté à l'écrivain, une cédule que je vous prie de conserver précieusement et dont vous prendrez connaissance si vous apprenez ma mort. Jusque-là, mon cher parrain, je la confie à votre discrétion et à votre honneur.

— Il y a un demi siècle que je reçois des confidences, répondit l'écrivain, et ma mémoire, comme le coin que j'occupe dans la salle des Pas-Perdus, est le tombeau des secrets.

— Je le sais, mon parrain. Ce paquet contient, outre mes dernières volontés, une lettre adressée à une personne..... dont vous lirez le nom. Vous la remettrez en mains propres à son adresse..,

— Tout ce que tu désires sera ponctuellement exécuté, Philippe, si le cas y échoit. Mais, mon enfant, je te répète ce que tu me disais tout à l'heure, nous nous retrouverons... mon cœur me l'assure. Il y a un Dieu pour les bonnes gens, et ce Dieu te protégera et te sauvera.

Puis, après quelques instants de silence, Philippe Asselin demanda à l'écrivain ce qu'il y avait de nouveau sur le Pont-Saint-Michel.

Guillard ne se méprit pas sur la portée de cette question, et il répondit en attachant ses yeux de lynx sur la physionomie du jeune homme :

— Le Pont-Saint-Michel ! oh ! depuis trois semaines il s'y est opéré bien du changement ! Chouquet a vendu son fonds dès le lendemain du jour où il a été nommé échevin, et il est allé s'installer dans le somptueux hôtel qu'il s'était fait construire dans le nouveau quartier Saint-Germain. Mais peu de temps après, lorsqu'il a prêté son serment de fidélité entre les mains du roi, et reçu ses lettres d'anoblissement, il a fait distribuer dix mille écus aux pauvres des diverses paroisses de Paris.

— Cela est bien, fit Asselin.

— C'est selon, riposta l'écrivain.

— Et mademoiselle Fanchette, reprit le jeune ouvrier avec une hésitation qui n'échappa point à Guillard.

— Elle est mariée au jeune marquis d'Allainval, répondit l'écrivain, et par une coïncidence singulière, elle prononçait le *Oui* suprême, dans la chapelle du château de madame de Montespan, à Viarmes, au moment même où le lieutenant criminel prononçait au Châtelet la sentence qui te condamne à cinq ans de galères !!!

Une pâleur affreuse couvrit les traits d'Asselin; ses yeux se fermèrent malgré lui ; les artères de ses tempes battirent avec violence, et il se laissa glisser sur la paille qui lui servait de siège et de lit.

L'écrivain avait dépassé le but, ou du moins il l'avait atteint trop rudement.

— Barbare que je suis ! s'écria-t-il, était-il nécessaire de donner un coup de stylet à ce pauvre enfant, pour arriver à une certitude complète.

Ai-je besoin de le torturer, de le mettre sur le chevalet de la question pour saisir la vérité? Je la tiens cette certitude, je la possède cette vérité!... Trêve donc de persécutions cruelles, de sermons inutiles, de reproches qui n'aboutissent à rien qu'à navrer l'âme de cet infortuné, qui n'aura bientôt plus pour soutien que son courage!

Guillard, tout en se parlant ainsi, s'était penché sur Philippe, lui jetait, à même la cruche du cachot, de l'eau fraîche sur le visage, lui frappait dans les mains, lui soufflait dans les yeux et dans les oreilles. Le jeune homme reprit peu à peu ses sens.

— Eh bien, Philippe, qu'as-tu donc? fit l'écrivain.

— Rien, mon cher parrain, presque rien; une faiblesse causée par l'air épais et malsain de ce cachot, sans doute; mais soyez tranquille, je ne serai point malade, et le voyage que je vais faire me remettra tout-à-fait... Quel voyage et quel but!

— Quand la chaîne partira-t-elle? demanda Guillard avec une anxieuse curiosité.

— Demain, à cinq heures du matin, repartit Philippe en rougissant, comme s'il eût revêtu déjà l'odieuse houppelande et l'ignoble bonnet qui forment la toilette du matin des élégants de nos jours.

— Demain ! exclama Guillard... demain !.... et moi qui ne t'ai point apporté d'argent!...

— En a-t-on besoin où je vais? repartit Philippe en étouffant un soupir.

— On en a besoin partout, répéta l'écrivain ; l'argent est l'ami de toutes les conditions et de toutes les fortunes ; il charme le courtisan orgueilleux et dissipateur, l'avare sans entrailles, le bourgeois économe ou magnifique, le pauvre et l'indigent. Il y a autant de rayons de bonheur et d'espérance dans une pièce de vingt-quatre sous que dans un louis d'or. Mon cher filleul, crois-moi, l'argent est bon et utile, même aux..., même où tu vas aller.

— Mon parrain, gardez cet argent pour le retour ; il me sera plus agréable alors.

— Le retour ne sera point déshérité par le départ, je t'assure. Enfant, je te quitte; mais demain, à la pointe du jour, je serai le premier à la poterne de cet infâme édifice... je t'accompagnerai... aussi loin que je le pourrai

— Mon parrain, je vous en conjure, épargnez-vous cet horrible spectacle, ne me rendez pas faible... ne me rendez pas lâche.

— Philippe, je te donnerai l'exemple du courage et de la résignation. Tu me verras les yeux secs, tu me verras la figure placide.,. Mais je veux te serrer encore une fois dans mes bras... je veux te dire un dernier adieu. Me refuseras-tu encore cette marque de tendresse... Philippe?

— Oh! non, non, mon cher et bon parrain, puisque vous me promettez d'être aussi stoïque que moi.

L'écrivain prit congé du captif; mais le lendemain, dès le premier chant du coq, Guillard était en sentinelle sur l'étroite esplanade qui séparait le guichet de la Tournelle de la porte Saint-Bernard.

— La chaîne va-t-elle bientôt partir? se hasarda-t-il à demander à un cavalier de maréchaussée qui faisait piaffer son cheval sur la chaussée, et qui semblait attendre impatiemment l'ouverture de la porte cintrée par laquelle sortaient les charrettes chargées de captifs.

— Laquelle? il y a deux chaînes, celle de Toulon et celle de Brest.

— Celle de Toulon, dit à tout hasard l'écrivain.

— Celle de Toulon sortira à quatre heures et demie; celle de Brest à cinq heures, repartit laconiquement le cavalier. La première ne tardera pas à sortir, car on finit en ce moment le ferrement; n'entendez-vous pas?

L'écrivain prêta l'oreille, et il entendit en effet

des coups redoublés de marteaux qui tombaient sur des enclumes. Puis un cri rauque et strident, comme un cri de tigre et un mugissement de taureau, s'éleva dans les airs et le fit involontairement frissonner.

C'étaient les clameurs d'allégresse de cette horde de brigands qui saluait son départ de la Tournelle comme une délivrance. Désormais ces êtres dégradés, que la société repoussait de son sein, allaient avoir de l'air, du soleil, de la lumière, de l'espace; toutes ces richesses de la nature et de Dieu, et, à l'horizon, le fantôme de la liberté ! de la liberté si belle, si bonne, si douce et si charmante, même lorsqu'elle n'apparaît que sous les voiles nébuleux du fantôme ou sous l'arc mystérieux de l'espérance !

— Les oiseaux sont accouplés, exclama grossièrement le soldat de maréchaussée, et ils vont prendre leur volée.

En effet, trois charrettes, chargées chacune de douze prisonniers et escortées par des soldats de marine et des argousins armés de bâtons — car, dans ce temps de convenance et de délicatesse sociale, on ne voulait pas que les armes, gloire et appui de l'Etat, fussent prostituées à des fonctions de basse police — débouchèrent sur le quai par l'horrible porte toute bardée de fer, et qui s'était ouverte en criant sur ses gonds rouillés, comme une matrone vieille et lubrique qui voit s'échapper son jeune amant.

Dans la première charrette, l'écrivain reconnut son pauvre Philippe, calme, froid et résigné. Ils échangèrent un geste d'affection, une larme sans doute qu'ils se dérobèrent mutuellement; puis Guillard, ainsi que quelques autres personnes, dont le préjugé n'affaiblissait point les sentiments ou l'humanité, se mirent à suivre parallèlement les charrettes, qui allaient au pas, entourées d'une force armée respectable.

A cette époque, il était permis aux prisonniers, mais surtout aux galériens, de recevoir sur leur route les tributs de la charité publique. A cet effet, les deux condamnés, ou les moins criminels, ou les plus remarquables par la figure, les manières et l'éducation, se tenaient à genoux sur le devant de la charrette, tenant à la main l'affreuse calotte ou bonnet destiné à recueillir les épaves toujours nombreuses de la bienfaisance populaire. Philippe Asselin et son compagnon de chaîne furent désignés pour remplir cet office.

Le triste cortége traversa la place Maubert. Là, les aumônes abondèrent; car les femmes des halles de Paris, dont le langage au dix-septième et au dix-huitième siècles n'était pas toujours un modèle de décence et de politesse, étaient, comme de nos jours, des prodiges de charité. On prit ensuite la rue Saint-Victor, et, selon la coutume, deux chanoines de cette abbaye de Saint-Victor, si riche, si savante et si magnifique envers les pauvres, donnèrent à chaque captif un pain, une mesure de vin et un écu de six livres. Une exhortation concise, simple, parfaitement appropriée aux âmes de ceux à qui elle s'adressait, leur était débitée à haute voix *coràm populo*, et se terminait par ces mots : *Pax Domini sit semper vobiscum*. Nobles et touchantes paroles, qui invitaient ces hommes, courbés au même joug, à vivre en paix, à vivre en chrétiens sous la colère de la société qui se venge, et sous la miséricorde de Dieu qui pardonne.

La caravane atteignit, par le faubourg Saint-Victor, le village de Villejuif. En cet endroit, il n'était plus permis aux amis ou parents des condamnés de continuer la conduite. L'écrivain fit de longs adieux, des adieux pleins de soupirs et pleins de larmes à son filleul. Guillard s'apprêtait à descendre de la charrette où il s'était hissé à grand'peine, lorsqu'une jeune femme s'élança d'un élégant équipage stationné à quelques pas de là, et vint jeter dans le bonnet du forçat une bourse pleine d'or.

— La marquise d'Allainval ! s'écria l'écrivain.

— Fanchette ! murmura bien bas Philippe Asselin.

LA PRISE DE MESSINE.

Les habitants de Messine, soulevés en 1675 contre les Espagnols, implorèrent le secours de la France. Louis XIV leur envoya le vainqueur de Ruyter, le vice-amiral Abraham Duquesne, et Louis de Rochechouart, duc de Vivonne, général des galères et frère de la marquise de Montespan. A la tête d'une flotte formidable, les deux généraux de Louis XIV firent tout ce qu'on était en droit d'attendre de leur expérience et de leur courage. Le 27 avril, Duquesne battait et dispersait la flotte espagnole, supérieure en forces à la flotte française, et le lendemain 28, Vivonne se présentait devant le port de Messine avec ses galères et cinq vaisseaux de la flotte victorieuse.

Mais les Espagnols occupaient encore les deux forts qui défendent et qui dominent l'entrée du port de Messine et une partie de la rade. De ces deux points admirablement fortifiés par la nature et par l'art, et dont les feux se croisaient, l'ennemi faisait pleuvoir sur les vaisseaux français un déluge de projectiles : les boulets, les bombes, la mitraille sifflaient et éclataient en même temps sur ces nobles vaisseaux qui manœuvraient, impassibles au milieu de ces foudres incessants qui déchiraient leurs voiles, labouraient leurs flancs et jonchaient de morts et de blessés le double pont des bâtiments.

L'impétueux Vivonne, que la marche régulière de ses vaisseaux impatiente, se décide à forcer le port avec ses galères. Il se fait descendre dans la galère capitane, et tandis que les vaisseaux répondent par des décharges terribles au feu meurtrier des Espagnols, il vogue à pleines voiles avec ces bâtiments légers, rangés sur deux lignes, vers l'entrée du port.

Les Espagnols ont remarqué l'audacieuse manœuvre de l'amiral français. Tous leurs efforts vont tendre à abîmer ces frêles embarcations,que six cents forçats à la casaque rouge font glisser à force de rames sur les eaux bleues et placides de la Méditerranée.

Le feu des Espagnols se concentre sur l'espace occupé par les galères, et bientôt le clapotement informe des rames est étouffé par les cris des mourants et les plaintes des blessés.

— Enfants, s'écrie Vivonne, n'ayez pas peur, je suis plus gros que vous (Vivonne était d'une corpulence monstrueuse), et les boulets ne m'ont pas encore atteint!... Courage, courage! c'est pour le roi, c'est pour la France qu'il faut vaincre ou mourir aujourd'hui!...

Un cri immense, trois fois répété de vive le roi, poussé par les soldats et par les galériens, prouva que, devant la glorieuse mort des batailles, le sublime et chaste souvenir de la patrie exaltait tous les courages et purifiait toutes les âmes, même celle de ces hommes que la société avait frappés et avilis. Sur ces nefs rapides, qui bravaient à chaque instant le trépas et la destruction, il n'y avait plus ni grands seigneurs, ni soldats, ni forçats; il n'y avait plus que des Français qui brûlaient du saint amour de la patrie, et qui rivalisaient d'ardeur pour faire triompher le drapeau de la France.

La galère capitane, montée par Vivonne, se présente hardiment la première aux feux de l'ennemi, dont elle devient bientôt le point de mire. On la reconnaît de loin, cette reine des galères, à la magnificence des sculptures qui ornent sa proue, aux tritons, aux néréides, aux dauphins, qui se dressent capricieusement en forme de cariatides à l'entour de sa poupe, mais surtout à l'ampleur et à la forme de son pavillon, aux couleurs de France et de Navarre, qui flotte majestueux et fier à l'avant du navire.

A l'aspect de ce symbole de victoire, les Espagnols multiplient leurs efforts; leurs canonniers se surpassent. Trois fois, le pavillon de la galère capitane tombe à la mer, coupé par un boulet ; trois fois il est replacé par des marins et des soldats, qui se dévouent, et qui trouvent dans les plis de l'oriflamme un glorieux linceul.

Un quatrième coup de canon vient emporter le quatrième drapeau, et jonche de morts et de débris l'avant de la galère, qui marche toujours. Une hésitation, qui tient beaucoup plus de l'étonnement que de l'épouvante, se manifeste à bord, et semble paralyser l'enthousiasme et l'audace des plus braves. Le duc de Vivonne s'en aperçoit.

— Marquis d'Allainval, dit-il à un jeune officier de marine qui était auprès de lui, voilà le moment de payer les épaulettes de lieutenant de vaisseau que le roi vous a données à crédit. Allez, allez vîte replacer le pavillon... C'est une mission glorieuse, et je vous protége en vous la donnant. La mort est là, peut-être; mais à coup sûr l'honneur y est aussi... courez-y...!

Le jeune marquis d'Allainval resta cloué à sa place, sans répondre une seule parole. Vivonne le regarda, et il le vit pâlir et chanceler sur ses jambes, qui flageolaient.

— Vous êtes un lâche, marquis, lui dit Vivonne à l'oreille; et quand on est si avare de ses jours, on n'embrasse pas une carrière où le mépris de la vie est une vertu et un devoir.

Puis descendant de son banc de quart et promenant autour de lui des regards pleins d'héroïsme :

— Mes enfants, s'écrie Vivonne, dont la voix domine le bruit de l'artillerie et de la mousqueterie : nous allons atteindre le rivage, et il ne sera pas dit que nous aborderons sans le pavillon national. Allons, un homme de bonne volonté.

Un jeune forçat cessa de ramer, et se dressant vivement sur ses jambes, malgré le bâton de l'argousin (1), qui était déjà levé sur sa tête :

— Me voici tout prêt, monseigneur, si vous daignez me laisser faire, dit-il.

Vivonne regarda le galérien ; d'un geste, il fit abaisser le gourdin du garde-chiourme ; d'un autre geste, il ordonna qu'on ôtât les fers du captif.

— Tu as donc du cœur? demanda Vivonne, quand le jeune forçat, délivré de sa chaîne, eut sauté légèrement sur le maître plancher et se fut approché à une distance respectueuse de son général.

— Je suis Français avant d'être galérien, répondit résolument le jeune homme, et sous cette casaque bat un cœur aussi noble que sous plus d'un habit doré.

(1) On appelait et on appelle encore, je crois, *argousin*, les hommes chargés de discipliner et de conduire les forçats. C'est un métier dangereux, mésestimé, mais utile.

Et en disant ces mots, le forçat laissait tomber sur le marquis d'Allainval un indéfinissable regard de mépris, car il avait tout observé et tout entendu.

— Ton nom? dit Vivonne.

— Philippe Asselin.

— C'est bien. Tu sais ce que tu as à faire?

— Oui, monseigneur.

— Va donc.

A peine cette parole était-elle prononcée, que Philippe Asselin, chargé d'un nouveau pavillon, s'élançait avec la légèreté d'un aigle et l'audace d'un lion sur la proue de la galère. Mais, comme ceux qui l'avaient précédé dans cette périlleuse mission, il ne se contenta pas de planter le drapeau dans la boule de bronze qui lui servait de support; il s'établit lui-même fièrement sur cet étroit espace, tenant entre ses bras, hampe vivante, le glorieux pavillon, et narguant ainsi les boulets espagnols et la fureur des vents.

Des cris d'admiration partirent de la galère capitane et de toutes les galères. Vivonne lui-même, qui se connaissait si bien en bravoure et en intrépidité, fut frappé de cette héroïque témérité :

— Assure le pavillon, s'écria-t-il, et redescends, je te l'ordonne.

— Monseigneur, repart Philippe Asselin d'une

voix calme, nous ne sommes plus qu'à trois encâblures du rivage... Permettez-moi de vous désobéir....

— Tu vas périr sans utilité, repart Vivonne.

— Mais non pas sans gloire, monseigneur, et c'est tout ce que j'ambitionne.

En effet, plus on approchait du bord, plus le feu des Espagnols prenait d'activité : la mousqueterie des troupes rangées sur le rivage venait en aide à l'artillerie dont les boulets passaient en grande partie sur la tête des assaillants. Mais les balles, à défaut de gros projectiles, s'adressaient toujours au pavillon de la galère capitane. Aussi, de moment en moment, on voyait le blanc drapeau se moucheter de larges taches de sang... c'était le sang de Philippe Asselin qui, toujours inébranlable et ferme à son poste, ne laissait apercevoir ni indécision ni fatigue.

Vivonne était passé de l'admiration à l'enthousiasme pour la constance héroïque du jeune forçat. Brusquez l'attaque, cria-t-il avec son porte-voix aux autres commandants des galères, et jetez en hâte votre infanterie sur le rivage.

Il voulait sauver la vie de Philippe Asselin, en diminuant les chances qu'il avait encore à subir.

L'ordre de Vivonne fut exécuté avec une extrême précision : toutes les galères, par un mouvement oblique, se trouvèrent échelonnées à moins de six brasses du rivage. Dans cette position, l'infanterie qui les montait commença un feu bien nourri, tandis que quelques centaines de volontaires se jetèrent à la nage, et coururent fondre sur les bataillons espagnols qui, terrifiés par tant d'audace, lâchèrent pied et laissèrent Vivonne et ses troupes maîtres du champ de bataille.

La victoire était entière : le port de Messine était à nous, et on entendait au loin les cloches de la ville qui célébraient la défaite de la tyrannie et l'arrivée des Français.

Philippe Asselin redescendit alors tout sanglant de son glorieux piédestal, et s'achemina vers le banc ignominieux qu'il avait quitté pour reprendre ses rames.

— Où vas-tu? lui demanda Vivonne.

— Reprendre mes fers et ma rame, monseigneur, repartit le forçat.

— L'homme qui a teint de son sang à la face de l'ennemi le drapeau de la France, ne peut plus être captif. Le baptême du feu a lavé jusqu'aux dernières traces de ton crime..., si tu es criminel, répondit Vivonne à haute voix ; tu es libre, Philippe Asselin, et au nom du roi, ajouta l'amiral en ôtant son chapeau, je brise tes fers et je te donne 500 louis : un héros doit redevenir honnête homme.

— Ah ! monseigneur !! s'écrie Philippe Asselin, monseigneur !!...

Le jeune forçat ne put en dire davantage ; l'excès de la joie, plus encore que la perte de son sang, le fit évanouir. Il tomba sans mouvement aux pieds du duc de Vivonne.

— Que l'on prenne les plus grands soins de ce jeune homme, dit Vivonne aux officiers qui l'entouraient, et surtout qu'on ne le renvoie pas en France, avant qu'il ne m'ait été présenté.

Cela dit, l'amiral descendit à terre et se mit en marche à la tête de ses troupes pour entrer dans Messine, dont les portes s'ouvraient aux Français, au milieu des acclamations, des vivats, et des clameurs d'allégresse du peuple sicilien.

L'AVEU.

Vivonne fut accueilli par les Messinois comme un libérateur impatiemment attendu. La noblesse, le clergé, la bourgeoisie s'empressèrent de venir déposer aux pieds du représentant de Louis XIV et de la France le tribut de leur gratitude et de leur admiration. Le peuple ne resta pas étranger à ces manifestations de la reconnaissance nationale, et il accueillit les soldats et les marins français en amis et en frères. Des illuminations splendides, un feu d'artifice comme on sait en faire en Italie, des danses effrénées, qui rappelaient celles des Dactyles et des Corybantes sous les oliviers de l'île de Crète, signalèrent ce jour mémorable.

A l'hôtel de ville, on remarquait un transparent gigantesque sur lequel on lisait en lettres de feu le mot : *Libertas !!!* puis plus bas le portrait en pied de Louis XIV orné des attributs de Hercule, terrassant l'Espagne, avec ces vers de Virgile au-dessous : *Deus nobis hæc otia fecit.* Touchante et spirituelle flatterie d'un peuple, qui payait ainsi noblement par sa gratitude les trésors et le sang que la France venait de répandre pour fonder son indépendance.

Vivonne et ses principaux officiers étaient logés dans le magnifique palais des anciens vice-rois de Messine, monument de marbre et d'airain, d'albâtre et d'or, de porphyre et de bronze; ce palais était une des merveilles de l'Italie moderne. Les chefs-d'œuvre de Raphaël, du Titien, de l'Albane, des Carraches et du Corrège s'y déployaient de toutes parts, et des jardins délicieux qui rappelaient tour à tour les ombrages de Tibur, les sites pittoresques de Salone et de Caprée, et qui se prolongeaient jusqu'au bord de la mer, semblaient offrir aux vainqueurs les délices d'une nouvelle Capoue. Vivonne, pas plus qu'Annibal, ne sut se défendre des doux et voluptueux loisirs que donne la victoire. Idolâtré du peuple de Messine, dont il flattait les goûts par ses largesses et sa magnificence, chéri des femmes qu'il subjuguait par l'atticisme de ses manières et par les grâces de son esprit et de son langage, il passa en fêtes, en carrousels et en festins le temps qu'il aurait mieux employé à affermir sa conquête et à assurer l'influence de la France sur ce peuple amoureux de nouveautés et qui se lasse aussi vite de ses tyrans que de ses libérateurs.

Cependant Vivonne, enivré d'amour, d'hommages, de musique et de vers, n'oublia pas l'homme qui, à l'heure du péril, avait éveillé son attention et sa sollicitude. Dans le même jour il voulut récompenser la bravoure et punir la lâcheté; il fit appeler Philippe Asselin et le marquis d'Allainval.

Tous deux se présentèrent devant le duc; d'Allainval tout resplendissant de broderies, le front haut et superbe comme tous les hommes du lendemain, comme tous les parasites du banquet de la victoire; Philippe Asselin, comme tous les hommes de cœur, avec une contenance fière et modeste à la fois, avec ce sourire qui sied si bien à la jeunesse valeureuse et à la conscience calme et pure.

— Monsieur le marquis, dit Vivonne en s'adressant à d'Allainval, les fruits et les joies du triomphe ne peuvent pas être goûtés également par tous... Il y aurait injustice... vous m'entendez? Voilà trois jours que vous êtes à Messine et que vous y jouissez — plus peut-être que mes plus braves matelots — de tous les plaisirs qu'offre cette opulente cité. Trois jours! c'est beaucoup; c'est même trop. Je vous ordonne, en conséquence, de monter à bord de la frégate *le Phénix* dont je vous confie le commandement, sous la direction, bien entendu, — et le duc appuya sur ces mots, — d'un enseigne de vaisseau qui a toute ma confiance. J'apprends que les pirates d'Alger, à l'instigation des Espagnols, désolent quelques petites îles de la Méditerranée... Vous leur ferez la chasse, vous les poursuivrez partout où vous aurez l'espoir de les atteindre; vous les châtierez d'une façon exemplaire. Voici, au surplus, mes instructions écrites, continua Vivonne, en tendant au marquis une dépêche cachetée; vous ne les lirez qu'en mer, à trente lieues au moins au large. Vous m'avez entendu, partez !!!

— Monseigneur!... fit le marquis.

— Point d'observations, monsieur le marquis, interrompit Vivonne; à défaut des autres qualités du soldat, ayez au moins l'obéissance et la soumission. Partez, vous dis-je, et que le canon des forts m'annonce d'ici à une heure votre sortie de la rade de Messine.

L'amiral accompagna ces paroles d'un geste fier et impérieux.

Le marquis n'avait rien à opposer à un congé si formel, et il se retira la tête basse, la rougeur au front et la rage dans l'âme.

Cette honte, distillée de si haut sur la tête d'un officier, fit frémir de pitié Philippe Asselin.

Vivonne fit alors approcher le forçat. Les traits de l'amiral, naguère empreints d'une sévérité terrible, se rassérénèrent tout-à-coup, et reprénant son affabilité habituelle :

— Eh bien, Philippe Asselin, fit-il d'un ton de voix plein d'indulgence et de bonté, je vais vous renvoyer dès-aujourd'hui en France; êtes-vous content? Me promettez-vous désormais de dompter les funestes penchants qui vous avaient entraîné au crime? me promettez-vous, en un mot, de vivre dorénavant en honnête homme et en bon citoyen?

— Monseigneur, je serai ce que j'ai toujours été, repartit le jeune homme.

La surprise se peignit sur les traits de Vivonne. Philippe s'en aperçut, et ajouta aussitôt :

— Oui, monseigneur, je serai honnête homme après ma délivrance, comme j'ai eu le bonheur de l'être avant ma captivité. Ces paroles vous étonnent, monseigneur, et vous pensez qu'à l'exemple des autres malheureux, mes anciens compagnons, que le glaive de la loi a frappés, je cherche à rejeter mon infamie et ma condamnation sur une erreur de la justice. Détrompez-vous, monseigneur, et pour vous prouver jusqu'à l'évidence que je ne méritais pas l'ignominieuse peine que j'ai subie pendant trois ans, daignez me permettre de vous faire l'aveu d'un secret que je voulais ensevelir avec moi; vous verrez, monseigneur, que la clémence du roi, la vôtre, ne sont pas tombées sur une tête indigne d'un si grand bienfait.

— Parlez, Philippe Asselin, parlez, dit Vivonne, dont l'esprit chevaleresque aimait tous les genres d'aventure, et qui ne doutait pas de la candeur et de la sincérité de son jeune protégé.

— Je suis fils de Guillaume-Barthélemy Asselin de Novicourt, gentilhomme verrier (1) de la province de Normandie, reprit le jeune homme; gentilhomme verrier ! cela vous indique assez, monseigneur, que mon père n'avait ni terres, ni rentes, ni châteaux. A treize ans, il prit le parti des armes, et à quarante ans il devenait, par l'éclat encore plus que par l'ancienneté de ses services, lieutenant des gardes de monseigneur le maréchal Duplessis-Praslin.

— Votre père était ce brave Novicourt que moi, tout jeune encore, j'ai connu quand je faisais ma première campagne, en qualité de volontaire, sous les ordres de M. le maréchal Duplessis ? s'écria Vivonne.

— Lui-même, monseigneur. En bas-âge, je perdis ma mère ; peu d'années après, mon père,

(1) On sait que le privilége de souffler le verre et de confectionner des bouteilles était affecté à la pauvre noblesse des provinces de France avant la révolution de 1789.

usé par les fatigues de la guerre, par les chagrins domestiques, mourait aussi, et me laissait orphelin et sans fortune ; car vous n'ignorez pas, monseigneur, que les rudes fonctions d'officier des gardes d'un maréchal de France rapportent plus de gloire et de considération que de profits.

— Je le sais, fit le duc; mais que devîntes-vous alors, pauvre enfant?

— Mon père, à son lit de mort, me confia, ou, pour mieux dire, me donna, poursuivit Philippe Asselin, à un de ses anciens amis, qui gagnait laborieusement sa vie sous les voûtes de la Grand' Salle du Palais-de-Justice de Paris, à rédiger des placets et des mémoires pour les plaideurs. C'était le testament d'Eudamidas. Ce bon Guillard (c'est le nom de cet ami) accepta le legs de mon père mourant, et m'adopta dès-lors pour son enfant.

— Le brave homme! Continuez, mon ami, exclama le duc.

— M. Guillard me mit d'abord au collége d'Harcourt, pour y faire mes études. J'obtins quelques succès dans mes classes; mais, à mesure que l'âge et la raison me venaient, je songeais aux sacrifices énormes que je devais imposer à mon bienfaiteur, à mon second père. Je rougissais du pain et de l'instruction que je recevais, puisque ce pain et cette instruction étaient le prix des veilles et des travaux de l'homme généreux qui me servait de père.

Je ne pus supporter la pensée de perpétuer la dîme que je prélevais sur le nécessaire de M. Guillard, et je résolus de l'affranchir d'un tribut onéreux : j'avais pourtant un goût bien vif, bien prononcé pour l'étude!!! J'étais déjà en troisième... Mais obtenir de la science aux dépens de la délicatesse et du cœur me semblait presque un crime.

— Bien, très bien, mon enfant, interrompit le duc de Vivonne attendri.

— J'avais des précautions à prendre vis-à-vis de M. Guillard; si je lui avais communiqué mes scrupules, il se serait gendarmé et m'aurait forcé de continuer mes classes : car c'est un homme de la vieille roche, dont le caractère est aussi inflexible que le cœur est bon et dévoué. Je me décidai à agir de ruse, et à masquer autant que possible les véritables motifs de ma conduite... Mais pardonnez-moi, monseigneur, d'entrer dans ces puérils détails, daignez vous rappeler que c'est ici un plaidoyer que je mets sous vos yeux, et faites grâce à ma prolixité.

— Continuez, continuez, Philippe Asselin, répliqua Vivonne. Les aventures d'un homme de courage sont toujours intéressantes à entendre.

— Je dis à mon parrain que je ne me sentais plus aucune vocation pour les sciences, reprit Philippe Asselin ; il gourmanda ce qu'il appelait alors ma tiédeur et ma nonchalance; mais je ne me rebutai point, et je revins si souvent à la charge, qu'il me dit enfin : Mon cher filleul, je vois avec peine que l'abandon de tes études est devenu chez toi une idée fixe. Je ne veux pas contrarier tes goûts, et, après tout, il vaut mieux être un habile artisan qu'un savant incomplet. Je consens donc, mais en faisant mes réserves, à ce que tu désires. Choisis l'état que tu veux embrasser. Mon choix ne fut pas long à faire. Je répondis à mon parrain que je voulais être orfèvre. Va donc pour l'orfévrerie, me répondit M. Guillard, et tâche d'y devenir aussi illustre que saint Eloi (1).

L'orfévrerie touche par bien des points aux beaux-arts. Chez les Grecs, chez les Romains, chez les Orientaux même, elle s'alliait à la sculpture, à la gravure, à la peinture, à la poésie. Il faut apporter dans le travail des métaux pré-

(1) Saint-Eloi, orfèvre et trésorier du roi Dagobert au septième siècle, fut ensuite évêque de Noyon et l'une des colonnes de l'épiscopat français. Il fit d'excellents ouvrages d'orfévrerie, dont quelques-uns se voyaient encore dans le trésor de Saint-Denis, avant 1789. Aussi grand évêque que grand ouvrier, Eloi se rendit aussi populaire par son inépuisable charité et son éloquence que par la perfection de ses ouvrages.

cieux une rectitude de main, une justesse de coup-d'œil qui ne s'acquièrent pas, et qui viennent bien plus des lumières de l'intelligence que de la pratique journalière. L'orfévrerie, chez les peuples puissants, est monumentale comme la sculpture et l'architecture : elle transmet comme elles les faits mémorables d'une nation et les grands évènements du monde à la postérité la plus reculée.

Elle lègue aux générations futures la figure des héros, des philosophes et des sages : en un mot, l'orfévrerie tient une place importante dans le palais des rois comme dans le temple des dieux, qu'elle orne de ses merveilles et qu'elle fait étinceler de ses prodiges. La coupe d'Antoine et de Cléopâtre, le cimeterre de Mahomet II, la châsse de Saint-Pierre, à Rome, sont des monuments d'orfévrerie de trois époques célèbres. Les ouvrages de Benvenuto Cellini, au seizième siècle, resteront aussi comme un témoignage irrécusable de l'alliance qui existe entre les arts et l'orfévrerie : l'orfèvre Florentin fut sculpteur, graveur et poète...

— Et brave guerrier, interrompit Vivonne; car le pape Clément VII lui confia la défense du château Saint-Ange, et Benvenuto Cellini le défendit avec autant de bravoure que de prudence.

— Mon imagination, reprit Philippe Asselin, me représentait ces fastes brillants de l'orfévrerie, et dans mon outrecuidance, monseigneur, faut-il le confesser ici, je nourrissais l'espoir de restaurer l'orfévrerie de mon pays, et de devenir le Benvenuto Cellini de la France.

— Tu le deviendras, s'écria Vivonne dans un accès d'enthousiasme artistique.

— Mon parrain me mit en apprentissage chez Jean-Baptiste Chouquet, l'un des plus riches et des plus occupés orfèvres de Paris. C'était bien débuter ; car Jean-Baptiste Chouquet était un homme habile et savant dans son art. Je m'appliquai de toutes mes forces à ma nouvelle profession, et je fis des progrès rapides. Ces progrès étonnèrent et intéressèrent si vivement mon patron, qu'il abrégea le temps de mon apprentissage, et qu'il me fit ouvrier. Ouvrier, c'est un beau titre, mais cela ne suffisait pas à mon ambition ; je redoublai d'efforts, et, au bout de deux années, je devenais contre-maître ou premier ouvrier, je commandais à tous les autres ; j'étais l'*alter ego* de mon patron, auquel le nombre et la qualité de ses pratiques et de ses relations commerciales ne permettaient plus de veiller à la partie purement matérielle de sa maison opulente et splendide comme celles de Jacques Cœur et de Semblançay.

Tous mes vœux étaient comblés. Je gagnais honorablement ma vie : je n'étais plus à la charge de mon cher et vénéré parrain, dont j'amassais en secret le bien-être à venir ; j'étais aimé de mes camarades et estimé de mon maître ; en un mot, j'aurais été le plus fortuné des mortels, si un fol amour ne s'était emparé de mon cœur.

Le duc de Vivonne se prit à sourire. Philippe Asselin rougit et hésitait à continuer son récit, lorsque l'amiral lui dit en souriant : — Nous connaissons cela ; je suis d'une famille où on cultive l'amour, et où il y a autant de passion pour les beaux yeux que de passion pour la gloire. Continuez, Philippe Asselin, continuez.

Philippe reprit en rougissant de plus en plus :

— Mademoiselle Fanchette, c'est le nom de la fille de mon patron, était une personne accomplie. Sa figure était charmante ; mais son âme était encore plus belle que ses traits, et de toute sa personne s'épanouissait cette fleur de bonté, de candeur et de bienveillance, qui rehausse encore l'éclat d'un beau visage et le prestige qui s'attache à une opulente héritière. Plus jeune que moi de trois ans, j'avais partagé ses jeux, lors de mon entrée chez son père. Devenu homme et ouvrier, les jeux avaient cessé, mais ils m'avaient laissé au cœur ce sentiment qu'enfant on nomme amitié, qu'homme on appelle amour. Toutefois, trop pénétré de la bassesse de ma fortune pour élever mes vœux jusqu'à la fille de mon maître, trop soigneux de son propre repos pour l'initier aux vagues tourments qu'elle partageait peut-être sans le savoir, je n'effarouchai jamais les chastes oreilles de la jeune fille du langage de la passion qui me tuait. Je renfermai soigneusement mon amour dans le tabernacle de mon âme, et si le timbre de la voix de Fanchette, si le sourire de ses lèvres venaient me troubler et me faire pâlir pendant mon travail, je me blessais aussitôt légèrement à la main, et forcé de sortir, j'abandonnais le champ de bataille à mon adorable ennemie. Hélas! que de fois ces blessures, que je me faisais en jouant, arrachèrent-elles des cris d'effroi et d'épouvante à Fanchette! que de fois n'a-t-elle pas voulu étancher ce sang qui coulait à cause d'elle! Comme je la repoussais alors, et qu'il en coûtait à mon cœur de refuser ces soins, cette pitié fraternelle, qui m'auraient causé tant d'ineffables, tant de douces sensations! Mais je comprenais toute la gravité de ma position; pour rien au monde je n'aurais voulu perdre la confiance de mon patron et l'estime de moi-même. La distance qui nous séparait était infranchissable : mademoiselle Fanchette était une créature délicieuse que je devais admirer, mais que je ne devais pas aimer. Mon cœur était la sentinelle de mon amour, et il ne le laissait pas passer.

Cependant Jean-Baptiste Chouquet, mon patron, au faîte des honneurs de sa classe, car il avait été tour à tour membre, syndic et grand'-garde du corps de l'orfévrerie, aspirait encore à s'élever plus haut dans les dignités bourgeoises. Il voulait être l'un des quatre échevins de la ville de Paris. Son ambition ne s'arrêtait pas là ; anobli par le fait même de son élection, il voulait marier sa fille à un homme de noble race, qui pût jeter, sur ses richesses et sur ses parchemins de fraîche date, les splendeurs d'un antique blason, Le premier désir de Jean-Baptiste Chouquet se réalisa : il fut porté sur la liste des candidats et accepté par le roi. Son second vœu ne tarda pas non plus à s'accomplir, madame la marquise de Montespan, dont mon maître était le familier, lui choisit, en quelque sorte, un époux pour sa fille...

— Ma sœur fait des mariages! interrompit Vivonne en riant, je ne m'en serais pas douté. Athénaïs me semblait peu propre à river les chaînes de l'hymen... C'est par esprit de contradiction, sans doute, ou par esprit de pénitence.

— Cet époux, reprit Philippe Asselin, était l'un des quatre écuyers d'honneur de madame la marquise de Montespan, le jeune marquis d'Allainval...

— Quoi! s'écria Vivonne, le marquis d'Allainval, ce poltr..., cet insensé qui n'a pas su... m'obéir à l'attaque de Messine... et que je viens de congédier à l'instant?

— Lui-même, monseigneur.

— Vous en êtes bien sûr?

— Hélas! monseigneur, les traits d'un rival ne s'oublient pas, et j'ai eu toutes les facilités du monde de le voir sur le pont Saint-Michel, quand il venait faire la cour à mademoiselle Fanchette.

— Je ne m'étonne plus, se dit le duc à voix basse, et en se parlant à lui-même, du rapide avancement de ce jeune homme et des recommandations de la marquise à son sujet. Je ferai compliment à Athénaïs (1) de son protégé; elle use merveilleusement bien de son influence sur l'esprit du roi... Trente hommes semblables sur une flotte feraient battre Duquesne lui même. Mais poursuivez, poursuivez, Philippe Asselin.

— Les choses en étaient là, continua le jeune homme, quand M. Jean-Baptiste Chouquet, dénoncé au procureur-général de la Cour des Monnaies, reçut un matin la visite de la justice dans

(1) Athénaïs était le petit nom de la marquise de Montespan.

tout son sinistre attirail. Les perquisitions, d'abord infructueuses, produisirent la saisie de plusieurs lingots d'or et d'argent au bas titre, et de quelques faux poinçons imitant les marques légales de l'Hôtel des monnaies de Paris. Cette découverte non-seulement renversait les espérances de mon patron, mais encore le déshonorait et le ruinait.... Une pensée me traversa alors l'esprit, pensée soudaine et vive comme l'éclair : je me dévouai par reconnaissance pour mon maître et encore plus par amour pour Fanchette. Je me dénonçai comme le vrai coupable, et j'assumai sur ma tête toute la responsabilité de ce délit que les lois punissent si rigoureusement. Ce fut ainsi, monseigneur, que je sacrifiai à ma maîtresse plus que la vie... je lui immolai mon honneur. Je passai en jugement, je fus condamné sans vouloir me défendre... Vous savez le reste, monseigneur... Depuis trois ans j'expie, sur les galères du roi, un crime imaginaire... Mais mon patron est échevin de la bonne ville de Paris, et mademoiselle Fanchette est marquise d'Allainval, et jouit des honneurs du tabouret chez la reine et du fauteuil chez madame la marquise de Montespan.

— Vous êtes un héros en amour comme en guerre, s'écria Vivonne quand Philippe Asselin eut achevé son récit. Mais, dites-moi, n'aviez-vous donc pris aucune précaution pour vous réhabiliter plus tard et faire éclater votre innocence ?

— Aucune, monseigneur. Seulement, avant de partir pour Toulon, je remis à mon vieux parrain Guillard une lettre qu'il ne devait ouvrir que dans le cas où je mourrais pendant ma captivité. Dans cette lettre je lui révélais le mystère de ma conduite, — mystère, au surplus, qu'il a parfaitement pénétré malgré mes dénégations, — et j'avouais mon innocence. Puis j'y joignais un billet à la marquise d'Allainval, dans lequel je lui dévoilais pour la première fois mon amour, mon dévouement et mon martyre. Oh ! monseigneur, ces deux lettres ne seront jamais lues, car, mon premier soin, après avoir embrassé mon bon vieux parrain, sera de les anéantir... Je ne veux pas qu'il reste de vestige d'un sacrifice que j'ai cru bon et bien de faire. Que m'importent les préjugés des hommes! n'ai-je pas pour moi Dieu, ma conscience, et vous, monseigneur!

— Brave jeune homme, dit Vivonne en se levant et en embrassant Philippe Asselin, votre âme est aussi belle que votre courage ; et chez vous, l'amour, le dévouement, la bravoure passent toutes les bornes de l'imagination ; ils sont fabuleux. Que prétendez-vous faire à votre retour en France?

— Mon intention et celle de mon parrain, répondit Philippe, est de nous embarquer pour les colonies espagnoles, où je m'établirai dans une grande ville du Mexique comme artiste orfèvre français.

— Vous n'irez point au Mexique; vous resterez en France et à Paris, Philippe, je le veux et je vous l'ordonne, répliqua le duc; j'ai dit que vous seriez le Benvenuto Cellini de la France, et je tiens à ce que ma prophétie s'accomplisse, entendez-vous?

— Monseigneur, le séjour de Paris sera peut-être pour moi un enfer; vous connaissez les préventions qui planent sur les hommes qui ont été... frappés comme moi.

— Ne vous préoccupez pas de cela; sans divulguer votre secret, qu'il importe de garder encore pour l'honneur de deux familles, je vais écrire en cour, d'abord, puis à ma sœur la marquise de Montespan, au ministre de la marine, au procureur-général du Parlement de Paris. Je vous garantis à Paris, sécurité, bonheur et fortune.

— En ce cas, monseigneur, je vous obéirai.

— Voici, ajouta Vivonne, en prenant sur son bureau une cassette d'ébène, voici les cinq cents louis que je vous ai promis et accordés au nom du roi. Vous pourrez, avec cette somme, fonder un établissement de quelque importance; d'ailleurs, à mon retour en France et à Paris, j'irai moi-même poser la première pierre de votre prospérité commerciale.

Philippe s'inclina.

— Ce n'est pas tout, reprit le duc, je joins pour mon propre compte, au don du roi, cette autre somme de cent louis, que vous allez employer immédiatement à visiter la Sicile, cette noble terre qui porte encore l'empreinte de la domination et de la tyrannie des Romains. La Sicile est riche en sites, en débris superbes, en monuments admirables; vous êtes artiste, vous deviendrez grand artiste; il faut vous inspirer de toutes les splendeurs de la nature et de l'art; l'Etna et Palerme ont des droits égaux à votre enthousiasme. Allez, mon cher Philippe, allez entreprendre ce glorieux pélerinage; dans un mois, vous reviendrez à Messine, et un bâtiment de la flotte sera prêt pour vous ramener en France... Adieu, mon ami, nous nous reverrons.

Philippe Asselin, pénétré de reconnaissance, allait se jeter aux genoux du vainqueur de Messine; Vivonne l'en empêcha, le serra une seconde fois dans ses bras, et le congédia enfin, en lui adressant ces paroles pleines d'esprit et de bonté:

— Je vous avais engagé, Philippe, à redevenir honnête homme; cette recommandation était inutile; je vous engage aujourd'hui à devenir grand artiste. Les conquêtes de France ne se font pas seulement avec les canons et les épées, elles se font aussi avec l'intelligence et les lumières. Ces dernières conquêtes sont les plus pures et les plus durables. J'ai pris Messine; prenez, vous, toute la Sicile, et faites passer dans vos ouvrages toutes les merveilles et toutes les inspirations de cette délicieuse contrée.

Philippe Asselin parcourut la Sicile, visita toutes les villes modernes, tous les temples encore debout, comme toutes les cités détruites et tous les monuments réstaurés. Il assista à une éruption de l'Etna et aux processions de Palerme, deux choses que l'on contemple toujours avec enthousiasme; car là sont des torrents de lave, de bitume, de soufre et de noirs silex, qui semblent rouler vers les profondeurs de l'enfer; ici, des pluies de fleurs, des averses de parfums et d'encens, qui s'envolent par grappes onduleuses, par nuages roses et blancs vers les voûtes du ciel.

Au bout d'un mois, Philippe Asselin revenait à Messine et s'embarquait immédiatement sur le navire qui devait le reporter sur la terre sacrée de la patrie, de la patrie! qu'il avait quittée en vil forçat, qu'il allait saluer en soldat glorieusement blessé par le feu de l'ennemi, en citoyen possesseur de pénates d'or et d'argent ! ! !

Heureuse métamorphose !

Au moment même où le navire qui portait Philippe Asselin sortait du port de Messine, un bâtiment de guerre français y entrait tristement, ses vergues en deuil et son pavillon en berne. Ce bâtiment de guerre était la frégate *le Phénix* : elle ramenait à Messine un corsaire algérien capturé par elle dans les parages de la Sardaigne, et le cadavre de son commandant, le marquis d'Allainval, tué pendant l'action.

Le jeune marquis, écrasé sous le poids de la honte, avait voulu reconquérir l'estime de son amiral et l'honneur de son nom. Dans un engagement terrible qu'il eut avec les pirates, à la poursuite desquels il avait été envoyé, il se jeta bravement un des premiers à l'abordage et paya glorieusement de sa vie les palmes de la victoire,

— Infortuné jeune homme! s'écria Philippe Asselin, en se découvrant pieusement devant le cénotaphe à voile qui passait devant lui.

Le canon des forts se mit à tonner lentement pour saluer les dépouilles mortelles du jeune marin, tandis que le navire de Philippe Asselin cinglait vif et joyeux vers les côtes de la Provence.

LA BOUTIQUE DE L'ORFÈVRE.

L'intervention puissante du duc de Vivonne avait opéré des miracles; dès son arrivée à Paris, Philippe Asselin s'était vu parfaitement accueillir par le corps des orfèvres, et, sans information préalable, et sur l'*ordre du roi*, il avait été reçu maître orfèvre et admis ainsi à jouir des immunités, privilèges et prérogatives attachés à tous les membres qui faisaient partie des six corps de marchands. Bien que les trois années qui s'étaient écoulées depuis la fatale condamnation prononcée contre Asselin par les juges du Châtelet n'eussent pu suffire pour effacer complètement dans l'esprit de ses nouveaux confrères la catastrophe qui en avait été le résultat, il est juste de dire qu'aucune voix ne s'éleva contre la réception, *par lettres de jussion,* de Philippe Asselin. La bourgeoisie de Paris était alors, comme elle est aujourd'hui, très-prudente, très-éclairée et très-indulgente; et d'ailleurs, avec cette perspicacité tout athénienne qui la distingue, elle avait parfaitement senti que la culpabilité n'était pas là où la loi avait fulminé une peine infamante. La vérité s'était fait jour dans toutes les âmes; mais l'esprit de corps et l'orgueil bourgeois, qui est pour le moins aussi inflexible que l'orgueil nobiliaire, n'avaient point permis d'approfondir les choses et de déchirer le voile d'une procédure qui recélait tant de mystères. L'honneur des six corps et la considération attachée à ses membres, devaient passer avant les intérêts de l'humanité, de la justice et de la vérité.

Philippe Asselin s'était installé au Palais, dans l'une des plus belles boutiques de la Galerie qu'on appelait la Galerie Mercière. En peu de mois son magasin, fourni abondamment des ouvrages les mieux travaillés et les plus gracieux, obtint une vogue extraordinaire. La cour et la ville, c'est-à-dire les seigneurs de la cour de Louis XIV, les financiers et les fermiers généraux, se firent ses tributaires. Une pièce d'argenterie de quelque importance, *surtout, vase, aiguière, fontaine, soupière ou cafetière*, n'aurait point été de bon goût, si elle n'eût été fabriquée dans les ateliers de Philippe Asselin.

La mode, il faut en convenir, était cette fois d'accord avec le bon sens. Philippe Asselin avait abordé tous les genres de sujets dans les pièces d'orfévrerie qu'il fabriquait et qu'il ciselait avec un soin, une patience et un talent tout florentin. Il mettait à tous ces ouvrages le cachet d'une imagination vive, féconde et variée. L'histoire, le paysage, la mythologie étaient de son domaine. Sur un sucrier, il faisait jaillir de son spirituel burin le charmant épisode d'Aristée, des *Georgiques* de Virgile ; au fond d'une piscine, il traduisait en rayons d'or les amours de Thétis et de Pelée ; sur cette pièce, c'était la délivrance d'Orléans par Jeanne d'Arc ; sur cette autre, la défense de Mézières par Bayard, le chevalier sans peur et sans reproches ; là, une chasse toute frémissante de péripéties dianesques ; ici, un souvenir de l'Etna, une vue de Catane ou un de ses sites admirables sur lesquels se penchent des ruines et se dressent les tombeaux des chevaliers normands, conquérants de la Sicile. La poésie et le patriotisme éclataient ainsi dans toutes les œuvres de Philippe Asselin.

L'écrivain public Guillard avait quitté sa chaire curule de la salle des Pas-Perdus pour venir auprès de son cher filleul remplir les fonctions de majordome. Le vieux praticien, formaliste jusqu'au bout des ongles, était merveilleusement propre à diriger une maison. Aussi le magasin, les ateliers et la comptabilité du jeune orfèvre étaient-ils tenus avec un ordre, une régularité, une clarté au-dessus de tout éloge. Guillard avait dans ses attributions tout le matériel de la profession : la paie des ouvriers ; la réception et la délivrance des commandes ; les recouvrements au dehors et les recettes au dedans. Philippe Asselin s'était réservé la distribution du travail, la surveillance des ateliers : ce double devoir accompli, il rentrait, lui, dans son atelier particulier où nul visiteur, où nul ami, pas même le vieux Guillard, n'était admis. Philippe, comme tous les hommes supérieurs dans les arts, comme Benvenuto Cellini, comme Gérard Dow, comme Rembrandt, comme Jean Goujon, aimait à travailler dans le silence et dans le mystère. Son génie avait besoin de se recueillir et de s'isoler pour créer : il y a, en effet, dans la solitude un soleil moral qui mûrit les inspirations et qui dore de ses invisibles rayons toutes ces grandes pensées qui s'échappent de l'âme de l'artiste pour s'incarner ensuite, si l'on peut s'exprimer ainsi, en bronze, en toile, en pierre ou en airain. Le véritable artiste répugne à recevoir l'éloge ou la critique par miettes et par brins. Il médite, réfléchit, opère, et quand l'œuvre est terminée, il la jette encore toute palpitante au milieu de la foule, et s'écrie comme Michel-Ange au peuple romain entassé sous les portiques du Vatican : Ai-je réussi? La voix du peuple répond alors, et c'est la voix de Dieu et de la postérité.

Maintes fois le bon Guillard avait voulu pénétrer dans l'*atrium* mystérieux de son filleul; maintes fois le vieil écrivain public avait cherché sous mille prétextes à s'introduire dans l'arcane atelier de l'orfèvre; et les prétextes il les faisait naître quand ils ne se présentaient pas d'eux-mêmes. Toujours Philippe Asselin le recevait sur le seuil de ce réduit enchanté, et, comme le dragon des Hespérides, faisait reculer l'indiscrète curiosité de l'écrivain. Cette expressive prudence, ces ténèbres dans une vie, d'ailleurs si pure et si bien ordonnée, désespéraient Guillard, qui aimait toujours Philippe avec les entrailles et le cœur d'un père.

— Il se défie de moi, s'écriait parfois le vieillard avec amertume. Il se cache! il m'interdit l'accès de ce qu'il appelle son sanctuaire! Que fait-il seul, toujours seul dans ce réduit? Essayerait-il là quelques industries diaboliques? Combinerait-il une fusion criminelle de métaux?... Ah! non, non, reprenait l'écrivain, chassons ces mauvaises pensées; ces misérables hypothèses; Philippe est un honnête homme, un marchand plein d'honneur, un artiste plein d'humanité : le contact du crime n'a rien laissé d'impur ni dans son âme ni dans ses actions. Il peut tout faire, excepté le mal. Tranquillisons-nous donc, laissons-le agir comme il l'entend, et respectons son secret. Tôt ou tard, au surplus, n'en deviendrai-je pas le dépositaire?... Philippe est mon enfant, et il me doit l'aveu de ses peines, ainsi que de ses plaisirs.

Cette résolution une fois bien arrêtée, l'écrivain public ne chercha plus à éclaircir le mystère de l'atelier de Philippe. Celui-ci s'aperçut de ce changement et dit un jour :

— Mon cher parrain, il me semble que vos tentatives pour entrer dans mon *atrium* sont moins fréquentes qu'autrefois ?

— Moins fréquentes! dis-tu Philippe, repartit Guillard, dis donc qu'elles n'existent plus.

— Et pourquoi donc, mon cher parrain, n'existent-elles plus? reprit Philippe Asselin.

— Mon ami, te souviens-tu d'un certain conte de M. Perrault, la *Barbe-Bleue*, que je te lisais pour t'amuser quand tu étais petit? Dame! il y a quinze bonnes années, au moins, de cela : les contes de M. Perrault étaient tout nouveaux, tu étais tout enfant et moi je n'étais pas encore bien vieux.

— Je me rappelle parfaitement ce joli conte, répondit Philippe.

— Eh bien, si tu te le rappelles, tu ne dois point avoir oublié le terrible cabinet où Barbe-Bleue défend à sa femme d'entrer sous peine de mort.

— Très-bien.

— Elle y entra, la pauvre femme, et sa curiosité y fut mise à une rude épreuve, car elle n'y trouva que des cadavres...

— Mon cher parrain, qu'a de commun le cabinet de la Barbe-Bleue avec mon atelier?

— Rien, j'en suis convaincu. Mais moi, j'ai mis à profit la moralité du conte de M. Perrault; moralité excellente, et qu'on peut appliquer en mille circonstances de la vie. La curiosité porte sa punition avec soi, et je n'ai pas voulu être puni. Voilà la clef de ma conduite.

Philippe comprit le reproche indirect et la leçon que cette parabole contenait, et prenant les mains du vieillard, qu'il serra avec effusion entre les siennes :

— Mon cher parrain, lui dit-il, je ne puis pas avoir de secret pour vous... et si mon atelier est impénétrable même à vos regards, c'est que l'art est le secret de Dieu lui-même, et qu'il n'est donné qu'à l'artiste de le connaître. Mais bientôt, oui bientôt, je l'espère, le résultat de mes longues heures de retraite vous sera connu, et je pense bien, mon bon parrain, que vous m'absoudrez du péché d'ingratitude ou de dissimulation dont vous me croyez peut-être atteint.

— Toi, ingrat! toi, dissimulé! mon cher Philippe, et moi te juger ainsi! ah! détrompe-toi l'amitié, dans ses jalouses exigences, peut exhaler quelques plaintes, lancer quelques âpres regrets...; mais elle ne calomnie jamais.

On était à la fin de février 1678. Il y avait déjà deux ans que Philippe Asselin était établi au Palais, dans la Galerie Mercière, lorsqu'un jour, Guillard, que les affaires de la maison avaient appelé à Versailles, arriva tout essoufflé auprès de son filleul, et s'écria :

— M. le duc de Vivonne est de retour! il a été aujourd'hui même reçu par le roi.

— Le duc de Vivonne est à Versailles! exclama Philippe, qui ne put maîtriser son émotion; ah! mon cher parrain, vous ne pouviez m'annoncer une plus heureuse nouvelle! Dieu soit loué, ajouta l'orfèvre, ma besogne est terminée, et ma reconnaissance pour mon illustre bienfaiteur vivra autant que sa gloire!

Ces dernières paroles étaient lettres-closes pour Guillard, qui n'en demanda pas pourtant l'explication à son filleul. Le vieil écrivain se borna à conseiller à Philippe d'écrire immédiatement au maréchal (1), pour lui rappeler la promesse qu'il avait faite à Messine, de venir poser, à Paris, la première pierre de la prospérité commerciale de son protégé.

(1) Le duc de Vivonne fut nommé maréchal de France peu de mois après son expédition de Sicile, en juin 1675.

— Votre avis est excellent, mon cher parrain, fit l'orfèvre, et je vais le suivre tout de suite.

Philippe écrivit aussitôt cette lettre au duc de Vivonne :

« Monseigneur,

« Vous m'avez fait soldat, vous m'avez fait artiste ; et, dans ces deux nobles professions, je me suis efforcé de mériter votre estime et vos suffrages. Daignez, monseigneur, couronner vos bienfaits et mes espérances, en venant visiter l'atelier d'un homme qui vous doit tout, et qui veut tout désormais rapporter à vous. Nous m'avez proposé pour modèle l'illustre Benvenuto Cellini : eh bien, monseigneur, l'atelier de ce grand artiste était souvent visité par les Médicis. Je ne suis pas, il est vrai, un Benvenuto, mais vous êtes un Mortemart, c'est-à-dire d'une famille où l'on compte les Médicis de la France, et votre place est là partout où il y a des palmes et de la gloire à acquérir ou à inspirer. J'ose croire, monseigneur, que vous n'avez oublié aucune de vos promesses, et que vous voudrez bien exaucer les vœux

« De votre très-humble, très-obéissant et très-reconnaissant serviteur,

PHILIPPE ASSELIN,

Orfèvre, aux Galeries du Palais. »

23 février 1678.

La réponse ne se fit pas attendre. Dès les premiers jours de la semaine qui suivit cette missive, un riche équipage aux armes de la maison de Mortemart, et attelé de quatre chevaux, s'arrêtait dans la Cour du Mai, et le maréchal duc de Vivonne, accompagné de deux dames, qui, selon l'usage du temps, pour les femmes de qualité, portaient un masque de velours sur leur visage, en descendit. Lui, Vivonne, monta dans une chaise à porteurs, les deux dames dans une autre, et on arriva, en gravissant les degrés du large escalier, qu'on appelait alors l'escalier du premier président, dans la Galerie des Merciers. Les deux chaises à porteurs s'arrêtèrent simultanément à la porte de la boutique de l'orfèvre.

Philippe reconnut aussitôt son illustre visiteur.

— Monseigneur le duc de Vivonne! s'écria-t-il en se précipitant à sa rencontre.

— Moi-même, mon cher Philippe, répondit le duc, et avec deux dames qui, aussi curieuses que moi, veulent contempler le chef-d'œuvre dont tu as sans doute enrichi l'orfévrerie française.

Philippe s'inclina par trois fois devant les dames masquées.

— L'Italie, la belle et riante Sicile t'aura inspiré, sans doute? reprit Vivonne en s'appuyant d'une main sur une canne de jonc à pomme d'or, et de l'autre sur l'épaule de l'orfèvre. Il faut t'arranger pour nous rendre les amphores de Syracuse, les vases de Corinthe et les coupes de Florence. Mais avoue-moi, mon cher Philippe, qu'il faut bien t'aimer pour venir, dans l'état où je suis, de Versailles à Paris, te visiter. Ne me trouves-tu pas encore engraissé depuis notre séparation, et n'ai-je pas l'air d'un hippopotame?

Vivonne en effet, quoique jeune encore, avait pris un embonpoint excessif. Les fatigues de la guerre et les veilles de la cour ne pouvaient rien contre ce luxe de santé qui vermillonnait ses joues, s'épanouissait sur son front, mais chargeait son corps d'une obésité qui lui ôtait l'allure et les grâces d'un guerrier et d'un courtisan.

— Le roi, tu le sais, Philippe, m'a donné le bâton de maréchal de France; mais c'est bien plus pour me soutenir que pour commander ses armées et ses flottes. Est-il possible, mon ami, qu'une citadelle ambulante telle que moi puisse désormais monter à cheval! à peine sur mes vaisseaux ai-je la force de garder l'équilibre!

— Monseigneur, répondit l'orfèvre, le talent

d'un général est dans sa tête, et non dans l'activité de ses membres; vous l'avez bien fait voir au passage du Rhin et à Messine.

— Flatteur! répondit le duc avec cet à-propos et cet enjouement plein de sel, qu'on appelait à la cour l'esprit des Mortemart (1), as-tu donc des prétentions à briller à l'OEil-de-Bœuf autrement que par tes chefs-d'œuvres? Rengaîne tes éloges, et montre-nous ton magasin.

Philippe Asselin conduisit le duc de Vivonne et les deux dames dans son atelier, leur expliqua les procédés de la fabrication, fit forger de-

(1) Un jour Louis XIV, qui n'aimait point à lire, demanda à Vivonne, qui lisait constamment, même à Versailles : — Mais, que vous fait la lecture? — Sire, repartit Vivonne aussitôt, la lecture fait à mon esprit ce que vos perdrix font à mes joues. (Vivonne avait de très-belles couleurs.) Cette boutade fit rire le roi, qui répliqua : — Lisez donc toujours, Vivonne.

Madame de Montespan, sœur du duc de Vivonne, était aussi très-spirituelle et avait des reparties aussi vives qu'originales. En présentant la veuve Scarron à Louis XIV (on sait que madame Scarron était gouvernante des enfants de madame de Montespan), elle s'étendit en éloges sur le compte de cette dame, et ces éloges étaient si magnifiques, que madame Scarron perdit contenance. Lorsque la gouvernante se fut retirée, Louis XIV fit observer à madame de Montespan qu'elle venait de mettre à une rude épreuve la modestie de la Scarron. — Allons donc, sire, riposta la marquise, madame Scarron est une prude; ces femmes-là rougissent toujours et à propos de rien. Mais soyez convaincu que, quelque éloge que j'aie pu faire de sa vertu, cette femme-là a encore une meilleure opinion d'elle-même que moi-même. La suite prouva que madame de Montespan avait bien jugé sa gouvernante.

vant eux des barres d'or et d'argent; et, par un de ces raffinements de courtoisie dont en France on a seul le secret, présenta au maréchal et aux deux dames trois splendides drageoirs en vermeil sur lesquels étincelaient les armoiries de l'illustre maison de Rochechouart.

Puis il les introduisit dans son atelier particulier, dans cet atelier où aucun être humain, depuis deux ans, excepté lui, n'avait mis le pied.

A peine le duc de Vivonne eut-il franchi le seuil du cabinet et eut-il jeté les yeux sur l'immense pièce d'orfévrerie qui y était installée, qu'il s'écria plein de joie : Voilà ma galère capitane !!!

— Oui, monseigneur, répondit Philippe, c'est votre galère capitane !!! Je vous la dédie, et je vous conjure de l'agréer comme un immortel témoignage de ma reconnaissance. Depuis deux ans entiers, je consacre plusieurs heures du jour et toutes mes nuits à ce travail, que je voulais rendre digne et de la France et de vous. Je dis de la France, car ce fut de cette galère que partit devant Messine le signal de la victoire, et, à ce titre, la nef que vous montiez doit avoir une part aux bénédictions et aux hommages de la nation.

— Voilà donc le grand secret divulgué! s'écria Guillard. Ah ! monseigneur, ajouta-t-il en s'adressant au duc de Vivonne, si vous saviez combien les longues retraites de mon cher filleul dans ce cabinet, m'ont causé d'inquiétude et d'insomnies !!!

— C'est un ouvrage admirable, s'écrièrent les deux dames masquées.

— C'est un chef-d'œuvre, dit Vivonne en parcourant curieusement de l'œil toutes les parties du travail.

C'était un chef-d'œuvre, en effet ; jamais l'or et l'argent n'avaient, sous la main d'un orfèvre, obéi plus ponctuellement, plus élégamment à la rectitude du souvenir et aux fantaisies de l'imagination. La galère capitane était là, représentée avec ses voiles, ses mâts, ses rameurs, son équipage prêt pour le combat, son pavillon hissé pour le carnage, sa carène, ses pierriers, son tillac étincelant de haches, de fusils et de mousquets ; rien n'était oublié dans cette miniature d'or, dans cet abrégé de navire, dans cette page de métal d'un grand évènement historique. On ne savait, en examinant ce travail, ce que l'on devait le plus admirer de la patience de l'ouvrier ou de la prodigieuse création de l'artiste.

Plus Vivonne contemplait l'œuvre, plus son saisissement augmentait.

— Philippe, dit-il à l'orfèvre, ton ouvrage est merveilleux, mais il y manque pourtant quelque chose.

— Il y manque quelque chose, monseigneur?

— Oui, Philippe; ici, à cette place! (et le maréchal désignait du doigt la proue de la galère), il doit se trouver un soldat, un héros qui affronte les boulets de l'ennemi pour maintenir le pavillon de la France. Je vois le pavillon, mais je ne vois pas son intrépide défenseur... Il me le faut, entends-tu!... il me le faut.

— Monseigneur, j'obéirai, répondit l'orfèvre en s'inclinant et en rougissant.

L'admiration des deux dames ne le cédait pas à l'enthousiasme de Vivonne, et c'était, à chaque détail d'une perfection ou d'un mérite caché, des exclamations de surprise.

Jamais, véritablement, depuis les grands travaux d'orfévrerie de saint Eloi, au septième siècle, l'orfévrerie française n'avait produit un morceau si important et si capital. On sentait que l'artiste s'était inspiré des grands ouvrages de l'antiquité dans cette partie; mais outre que les descriptions des auteurs (car il ne reste plus rien de l'orfévrerie des Grecs et des Romains (1), et

(1) Pétrone, dans le dîner de Trimalcion, donne la description suivante d'une pièce d'argenterie merveilleuse.... Sur les bords d'un grand bassin qui couvrait toute la table, on voyait les douze signes

les Barbares du moyen-âge ont tout fondu), n'étant pas toujours exactes, laissaient beaucoup à désirer, et ne donnaient pas, comme l'œuvre elle-même, le sentiment qui a présidé à sa création, le sujet de Philippe Asselin étant contemporain, puisé dans nos mœurs, dans notre tactique navale, il n'avait pu assimiler à son œuvre les idées et les formes antiques. La pensée et l'exécution appartenaient donc réellement à l'artiste français, et s'il devait quelque chose à ses devanciers de l'antiquité, du moyen-âge et de la renaissance, c'étaient les procédés de la fabrication et la poésie répandue sur l'ensemble général de l'ouvrage.

Après avoir épuisé toutes les formules de la

du zodiaque, placés en rond et dans une égale distance, et sur chaque signe un mets qui y convenait. Sur celui du Bélier, il y avait un mouton; sur celui du Taureau, une pièce de bœuf; sur les Gémeaux, des rognons; sur les Poissons, deux barbeaux, et ainsi du reste. Au milieu de ce bassin il y avait une assiette de miel, entourée de feuilles de vigne.... Ce service était double; des esclaves enlevèrent le premier, et le second se trouva dessous. Des écailles de tortue, doublées d'or, contenaient des volailles, et dans le plat du milieu, qui représentait un crocodile sur le dos, se trouvait un lièvre avec des ailes, qui figurait Pégase. Dans les angles et les extrémités de la salle, on voyait quatre petits satyres, qui par plusieurs endroits du corps jetaient de la sauce, qui tombait dans un bassin, où il y avait des poissons qui semblaient nager en pleine rivière.

Les Romains, qui avaient des Apicius, des Lucullus et des Lepidus, étaient donc, sous le rapport des arts culinaires, nos maîtres, et ils le seront encore longtemps.

louange et de l'encouragement, après avoir répété à Philippe Asselin qu'il acceptait avec bonheur la dédicace de son œuvre, le maréchal duc de Vivonne, prenant la main de l'orfèvre avec une noble familiarité, ajouta :

— Mon cher Philippe, tu t'étais déjà réhabilité par ta valeur guerrière ; aujourd'hui, tu te réhabilites encore par le talent. Mais, ce n'est pas tout : le roi, instruit de ton dévouement sublime, par la personne même qui en avait été l'objet, a ordonné, usant de sa prérogative, que le jugement qui t'a jadis condamné, fut biffé sur les registres du Châtelet et du Parlement de Paris. Enfin, pour effacer jusqu'aux derniers vestiges de la peine imméritée que tu as subie, Sa Majesté m'a ordonné de te remettre ce brevet qui te nomme orfèvre du roi.

— Orfèvre du roi!!! Ah! monseigneur, s'écria Asselin, monseigneur, je mourrai certainement de bonheur et de joie.

— Garde-t'en bien! interrompit Vivonne en souriant ; tu as encore un autre bonheur à goûter. Mon cher Philippe, tu m'as fait une belle et charmante surprise; je veux à mon tour t'en faire une qui ne sera ni moins belle ni moins charmante.

— Mesdames, ajouta le maréchal en se tournant vers les deux dames qui l'accompagnaient, veuillez, je vous prie, ôter vos masques.

Les deux dames se démasquèrent aussitôt, et Philippe Asselin reconnut la marquise de Montespan et la marquise d'Allainval, la fille de l'orfèvre Jean-Baptiste Chouquet.

Philippe se précipita aux genoux de la jeune veuve, en s'écriant : Fanchette! Fanchette!!!

Puis, rappelé presque aussitôt au respect qu'il devait à la marquise de Montespan, au duc de Vivonne et à la marquise d'Allainval elle-même, Philippe Asselin se releva tout confus; mais les larmes qui coulaient de ses yeux prouvèrent plus que tous les discours possibles les sentiments qui agitaient son âme.

— Pardonnez-moi, madame la marquise, dit-il à madame de Montespan; excusez-moi aussi, madame, ajouta-t-il en s'adressant à la marquise d'Allainval, j'avais, sans y songer, remonté ma vie de six années!!!

— Je vous excuse de grand cœur, repartit la jeune veuve en tendant à l'orfèvre une main qu'il couvrit de baisers et de larmes; je sais tout ce que vous avez fait pour ma famille et pour moi, et ce billet, écrit par vous, m'a instruite depuis longtemps de votre amour et de votre généreux sacrifice.

Et la marquise montra au jeune orfèvre un

papier qu'elle tenait à la main; il reconnut la lettre qu'il avait adressée à mademoiselle Chouquet, du cachot de la Tournelle.

— Vous possédez cette lettre! exclama Philippe; mais elle ne devait vous être remise que dans le cas où j'aurais succombé...

Et il jeta sur l'écrivain public un regard de reproche, en s'écriant : Ah! mon parrain, qu'avez-vous fait?

— Mon cher filleul, dit Guillard, j'ai dû obtempérer aux injonctions de monsieur le procureur-général du Parlement, qui n'ignorait pas l'existence de ces pièces, et qui m'a ordonné de les déposer entre ses mains. Depuis cinquante ans, je suis habitué à respecter et à obéir aux ordres de la justice. Voilà ma justification.

— Et le procureur-général du Parlement, ajouta le duc de Vivonne, ne faisait qu'obéir lui-même aux ordres exprès du roi. C'est moi, mon cher Philippe, qui suis le vrai coupable dans cette affaire, et aussi un peu peut-être ma sœur, fit-il en désignant madame de Montespan, qui était jalouse de fonder avec moi votre fortune d'amour comme votre fortune d'argent; car, mon cher Philippe, la jeune et belle marquise d'Allainval redevient pour vous la fille de l'orfèvre Chouquet. Elle abdique les futiles privilèges d'une noblesse de quelques jours pour s'unir

à l'homme qui lui a sacrifié plus que la vie.

— Est-il possible! s'écria Philippe Asselin, hors de lui, quoi! Fanchette,... Quoi! madame, vous descendriez jusqu'à moi!!! La veuve brillante du marquis d'Allainval deviendrait l'épouse obscure d'un artisan!

— Loin de croire descendre, Philippe, repartit la jeune veuve, je pense, au contraire, m'élever. L'orgueil paternel m'a fait marquise : l'amour, — et un amour partagé, — et madame d'Allainval appuya sur ce mot — me rend à ma première condition. La noblesse est partout, dans les belles actions, dans le talent, dans l'amour généreux et dévoué... Philippe, vous êtes prince à ces titres-là, et vous avez gagné depuis longtemps vos lettres de noblesse.

— Vous avez raison, madame, et vous parlez comme un ange, reprit le maréchal de Vivonne, redevenez bourgeoise, ou plutôt, car notre Philippe Asselin est de bonne souche et de ces vieilles races de gentilshommes qu'on retrouve toujours sur les champs de bataille, mais qu'on ne voit jamais à la cour des rois, — contentez-vous d'un rang moins brillant, mais aussi respectable dans le monde; rappelez-vous surtout qu'un certain César, soldat comme moi, a dit qu'il valait mieux être le premier dans un village que le second dans Rome. Conservez pourtant ces grâces, ces attraits, ce doux langage qui vous ont concilié à la cour tant de sympathies, et que la bourgeoisie de Paris vous mette au rang de ses saintes, comme naguère la cour vous avait mise au rang de ses idoles.

Le mariage de Philippe Asselin, l'orfèvre du roi, et de Fanchette Chouquet, marquise douairière d'Allainval, ne tarda pas à se conclure sous les auspices du maréchal duc de Vivonne et de madame de Montespan. Grâce à ce puissant patronage, l'établissement de Philippe Asselin, dans les Galeries du Palais, prit une extension considérable : quand le talent s'unit à la faveur, rarement n'en résulte-t-il pas de grands et fructueux avantages.

Les pièces d'orfévrerie qui sortaient des ateliers de Philippe Asselin étaient recherchées dans toutes les grandes capitales et dans toutes les cours de l'Europe, et on achetait chez lui au poids de l'or les moindres hochets inventés par le caprice et par la mode, car tout chez lui était marqué au coin du bon goût, de la solidité et du talent. Les magnifiques meubles d'argent massif commandés par Louis XIV, pour le château de Versailles, furent fabriqués par Philippe Asselin (1); et les principaux palais de Vienne, de

(1) Les meubles d'argent, fauteuils, tables, dressoirs, etc., du château de Versailles furent envoyés par Louis XIV lui-même à la mon-

Londres et de Saint-Pétersbourg, possèdent encore des ouvrages de cet artiste célèbre, qui fut à bon droit surnommé le Benvenuto Cellini de la France, selon l'horoscope qu'en avait tiré le maréchal de Vivonne.

La maison, ou plutôt l'hôtel de l'Orfèvre du Roi, à Paris, ne tarda pas à devenir le rendez-vous de la bonne compagnie. Tous les hommes de talent de la fin du dix-septième siècle hantèrent ce logis, qui était en outre assiduement fréquenté par les plus charmants esprits, par les plus hautes intelligences de cette époque. Le poête Santeul, ce Victorin illustre, qui semblait descendre en droite ligne du roi David et de l'épicurien Horace, était un des commensaux les plus fidèles de l'orfèvre de Louis XIV. Plus d'un hymne splendide fut entonné, à la table même de Philippe Asselin, par l'enthousiaste religieux, qui essayait ainsi, au sein de l'amitié, les triomphes qu'il devait obtenir dans le sanctuaire. Le sage et discret Fontenelle venait aussi s'asseoir à ce banquet perpétuel des arts et de la poésie, et les plus jolis vers du neveu de Corneille, sont

naie de Paris, pendant les années 1696, 1697 et 1698, pour venir en aide au trésor épuisé par la guerre, et soulager la misère du peuple. Beaucoup de rois de nos jours, qui ne sont pas absolus, n'en feraient pas autant. Ces meubles avaient coûté plus de 16 millions d'écus de six francs.

peut-être ceux qui lui furent inspirés par les attraits et l'active bienfaisance de la femme de l'orfèvre. Les peintres Largillière et Rigaud, Lebrun, leur maître, dans les dernières années de sa vie, manquaient rarement aussi d'assister à ces réunions joyeuses où toutes les fées de la vieille Gaule et toutes les muses de la Grèce antique semblaient se donner la main pour danser, sous les yeux des grâces, la ronde immortelle du génie, du talent et de la fraternité dans les arts.

En peu d'années, Philippe Asselin amassa une fortune considérable, dont il fit un noble et digne usage; car il fut tout à la fois splendide et bienfaisant. Rien ne manqua à sa popularité et à sa gloire : nommé échevin en 1695, il fut admis à l'Académie des beaux-arts en 1698, et reçut le cordon noir en 1699 (1). La belle marquise d'Allainval l'aida à faire les honneurs d'une fortune si loyalement acquise, et continua dans le château de Triel, que l'orfèvre du roi avait acheté, à mériter la réputation d'esprit, de bonté, de vertu indulgente et enjouée qu'elle s'était acquise autrefois dans la petite cour de la marquise de

(1) Le cordon noir ou de Saint-Michel était exclusivement réservé aux savants, aux artistes et aux gens de lettres. Cette décoration avait d'autant plus de prix, qu'elle ne servait guère d'à-point à la corruption et à la vénalité.

Montespan. Le duc de Vivonne, qui accompagnait parfois ses sœurs les marquises de Montespan, de Mortemart et de Thianges, venait souvent visiter la châtelaine de Triel, et se plaisait à badiner et à jouer avec les joyeux enfants de son aim ble Fanchette.

— Mes amis, leur disait-il souvent en les prenant sur ses genoux, ce beau château, ces riantes prairies, ce parc admirable, ces belles eaux, ces délicieux jardins vous appartiendront un jour. Mais pour réprimer l'orgueil qui pourrait vous saisir, pénétrez-vous bien de cette pensée, que le talent, la vertu, le travail, le courage sont les seules choses dont on puisse s'enorgueillir... et ne cessez jamais de vous rappeler... *la Galère de M. le duc de Vivonne!!!* (1).

---

(1) Le chef-d'œuvre de Philippe Asselin passa, à la mort du duc de Vivonne (en 1688) entre les mains de la marquise de Montespan. A la mort de la marquise, le duc du Maine, son fils, hérita de cette riche galère, et la fit transporter à son château de Sceaux, où elle resta jusqu'à l'époque où le duc de Penthièvre, petit-fils du duc du Maine, et aussi charitable que son grand-oncle était prodigue et magnifique, la fit fondre dans une calamité publique, et distribua l'argent qu'il en avait retiré aux pauvres de ses domaines, qui étaient considérables. L'orfèvre du roi, Philippe Asselin, laissa des élèves qui soutinrent dignement la renommée de l'orfèvrerie française; de ce nombre était le célèbre Germain, que Voltaire a immortalisé dans ses vers, et que l'illustre maréchal de Villars a honoré de son amitié.

UNE ÉTUDE DE NOTAIRE

A PARIS AU 17me SIÈCLE.

1641. — 1676.

La place Maubert a été longtemps le centre de Paris; voisine de l'Université, du Palais, des Ecoles publiques, chacune de ses maisons était habitée par des avocats, des procureurs, des gens du Parlement et des professeurs de collége. Par un contraste bizarre, le milieu de cette place, bornée au midi par le couvent des Carmes (dit de la place Maubert), était consacré, de temps immémorial, à un marché très-abondamment approvisionné et très-fréquenté par les populations des faubourgs Saint-Jacques et Saint-Marcel. Malgré les clameurs incessantes, les philippiques fangeuses, les apostrophes virulentes qui s'élevaient sans cesse du sein de ce petit espace, les paisibles habitants des édifices, qui formaient la ceinture inégale de la place, se livraient chaque jour à leurs doctes et utiles travaux. Le moine priait dans son cloître, l'avocat pensait dans son cabinet, le magistrat méditait dans son jardin. Comme saint Jérôme dans les déserts de la Syrie, comme Cicéron sous les ombrages de Tibur, comme Dioclétien dans les jardins de Salone, l'âme du lévite, de l'avocat, du juge était alors absorbée par une seule pensée : l'amour du devoir. Dégagée des déplorables erreurs qui nous font oublier aujourd'hui ce que nous devons à Dieu, à l'Etat, à nous-mêmes, qu'importait en effet à ces sages personnages les tempêtes populaires de la place Maubert. Leurs cœurs et leur esprit, constamment appliqués au service de leurs semblables et à la gloire de Dieu, ne laissaient point pénétrer jusqu'à leurs âmes les vains bruits du dehors : pour eux, les convulsions tragiques ou comiques de la place Maubert n'avaient pas plus de charmes que les intrigues du Louvre ou de Saint-Germain.

L'origine de la place Maubert est toute scholastique. Albert Groot, savant théologien allemand, étant venu à Paris vers 1234, professer dans l'Université, attira, par les charmes de sa parole, l'étendue de son érudition et l'éclat de sa renommée, un nombre prodigieux d'écoliers. Les classes ordinaires de l'Université ne purent contenir ces flots d'auditeurs, et Albert Groot (groot en allemand signifie grand) fut obligé de faire ses leçons au milieu de cette place, qui en a retenu le nom de place Maubert, comme qui dirait de maître Albert ou Aubert. Vers la fin du dix-septième siècle, on lisait encore sur une tablette de marbre noir incrustée dans une maison qui faisait face au couvent, ce distique en l'honneur du savant incomparable qui fit, au treizième siècle, l'ornement et la gloire de l'Université de Paris :

Inclitus Albertus, doctissimus atque disertus,
Quadrivium docuit, ac totum scibilè scivit.

Albert-le-Grand, ou mieux encore le Grand-Albert (1), est donc le véritable fondateur de la

(1) On voyait encore, avant la révolution de 1789, dans l'église des Jacobins de la rue Saint-Jacques, un monument qui avait été élevé à la memoire de ce grand homme. Il y était représenté debout, revêtu de ses habits épiscopaux et tenant un livre à la main. On lisait sur le piédestal de la statue : « Saint Albert de la maison royale de Bolstadt, surnommé le grand, à raison de sa prodigieuse science et du grand nombre de livres qu'il écrivit sur toutes les matières; il fut docteur de Paris, régent en cette école l'an 1236, maître du Sacré-Palais, évêque de Ratisbonne, etc. Il décéda l'an 1280. » Ce monument, très-précieux, sous le rapport de l'art statuaire au treizième siècle, fut déposé au museum des Petits-Augustins, par le courageux M. Lenoir. Nous l'y avons vu au commencement de ce siècle; il a disparu depuis cette époque.

place Maubert, et il n'est point hors de propos de remarquer ici que tous les monuments utiles de notre vieux quartier de l'Université, sont dûs à des personnages éminents dans les sciences, dans la piété, dans les arts et dans la vertu.

Maurice de Sully, évêque de Paris, jeta les fondements de Notre-Dame; Jacques d'Amboise édifia l'hôtel de Cluny; le cardinal de Richelieu éleva les magnifiques bâtiments de la Sorbonne; le cardinal de Mazarin, les vastes constructions du collége des Quatre-Nations; de simples citoyens, des prévôts des marchands, des échevins, des quartiniers, des curés de Paris, des magistrats, fondèrent à l'envi des colléges, des hôpitaux, des hospices, élargirent des rues, embellirent des églises, construisirent des fontaines publiques et réparèrent des édifices en ruines. Le zèle, le patriotisme des particuliers a plus fait pour l'embellissement de la capitale, que l'orgueil et la vanité des édiles modernes, bien que ceux-ci aient à leur disposition plus de ressources financières que nos bons et loyaux ancêtres.

A l'angle de la rue Galande et de la place Maubert, au rez-de-chaussée d'une maison d'assez maigre apparence, se révélaient à tous les yeux (grâce à des panonceaux fleurdelisés) et depuis plus de deux cents ans, l'étude d'un notaire au Châtelet. En 1641, cette vénérable étude avait pour titulaire et propriétaire Me Jean-Baptiste Porquet, qui passait parmi les notaires au Châtelet, ses confrères, dans un temps où l'intégrité, les lumières et la probité étaient communes dans cette utile compagnie, pour un homme doué d'une grande sagesse, rehaussée par une grande régularité. Me Jean-Baptiste Porquet était resté veuf à l'âge de quarante ans, et une fille qui atteignait, à l'époque que nous essayons de décrire, sa dix-huitième année, était le seul fruit d'une union que la religion et la vertu avaient rendue douce et attrayante pendant plus de quinze ans.

La famille (et dans ce saint nom de famille, il faut comprendre encore, quand on se reporte à ce temps-là, tous ceux que le devoir ou l'affection attachaient à un chef de maison) se composait de Me Porquet, de sa fille Rosalie, de son premier clerc Galuchard, d'un second clerc nommé Monbrun, et d'un petit clerc ou d'un saute-ruisseau, auquel on avait donné le sobriquet de Domitien, en raison, sans doute, de son adresse à attraper les mouches de l'étude, et à les immoler à l'aide d'une épingle noire à la tranquillité publique. Une de ces bonnes grosses servantes à la figure épanouie, à la brusque parole, telles que Molière nous en a légué le type dans son *Bourgeois gentilhomme* et dans les *Femmes savantes*, prenait soin du ménage, aidait sa jeune maîtresse à confectionner les modestes atours de sa toilette, et régentait les clercs en l'absence de Me Porquet et de son premier clerc. L'Hécate champenoise savait remplir ces triples fonctions à la satisfaction générale, et depuis treize ans qu'elle était au service de l'étude, aucune plainte, aucun grief ne s'étaient élevés sur son compte. La bonne fille s'était si bien identifiée avec les intérêts de son vieux maître, que les clients de l'étude n'hésitaient point, en l'absence du patron et de son maître clerc, à lui recommander les affaires les plus importantes.

— Soyez tranquille, monsieur, disait-elle avec un aplomb admirable, votre affaire est en bonnes mains; nous y songeons, mais nous avons tant de besogne en ce moment, qu'à peine nous serait-il loisible de dire un *pater* entre l'expédition de deux actes. Le client se prenait à rire, la bonne fille riait aussi en montrant ses belles dents blanches et tout le monde était content.

L'étude de Me Porquet était une petite salle basse, construite en forme de clavecin; trois tables noires et difformes, revêtues d'un cuir rare et tanné, et garnies de leurs escabeaux occupaient les trois côtés du triangle. La table du maître-clerc qui ne cédait point en décrépitude à ses compagnes, était juchée sur une vieille estrade vermoulue, qui supportait en gémissant un fauteuil de cuir de Hongrie contemporain sans doute de celui du roi Dagobert.

Quelques bancs bien luisants et deux ou trois tabourets recouverts en lambeaux de tapisseries, étaient rangés symétriquement contre les murailles, pour la commodité des clients, et trois fenêtres ornées de barreaux de fer, donnant sur la place Maubert et sur la rue Galande, se chargeaient d'apporter dans le cénacle un jour tamisé par les innombrables toiles d'araignées qui unissaient entr'eux les barreaux, et en faisaient une seule et même devanture aux regards des passants.

Le 27 septembre 1641, l'étude était au complet : le maître-clerc, le second clerc et le saute-ruisseau, Domitien, grossoyaient à qui mieux mieux. Le premier, terminait un inventaire, le second s'escrimait à pondérer les chiffres d'une liquidation épineuse, le troisième copiait un contrat de mariage. Malgré l'activité des plumes, les langues ne restaient pas oisives, et dans les intervalles du travail, dans les courts moments de trêve que les occupations les plus sérieuses permettent aux moins paresseux, l'imagination des jeunes gens prenait son essor tantôt sur une matière, tantôt sur une autre.

— Galuchard, dit le second clerc, avez-vous été voir la nouvelle pièce de M. Corneille?

— Non, repartit le premier clerc sans lever les yeux sur son interlocuteur, la besogne presse trop; vous savez, Monbrun, que je ne puis guère m'absenter de l'étude, même le soir.

— D'autant plus que mademoiselle Rosalie, la fille de notre patron, va chaque soir aux vêpres à l'église Saint-Benoît, grommela le saute-ruisseau.

— Qu'est-ce que vous marmotez-là, entre vos dents, Domitien? fit Galuchard.

— Rien, monsieur le premier; rien, je vous jure, repartit Domitien. C'est la minute de ce diable d'acte, qui est si mal écrite que je suis obligé d'épeler les mots.

— Je vous conseille, Galuchard, reprit Monbrun, d'aller voir ce nouvel ouvrage, de l'auteur du Cid. Vrai, il y a de bien beaux morceaux...

— Soyons amis, Cinna, c'est moi qui t'en convie!

Déclama Domitien en interrompant ses supérieurs.

— Comment? Domitien se mêle d'aller à la comédie! s'écria Monbrun.

— Et pourquoi pas, s'il vous plaît? monsieur le second, riposta Domitien; ne suis-je pas capable de tenir ma place au parterre aussi bien que vous?

— D'accord, mais tu as à peine atteint ta seizième année, et le théâtre n'est pas un lieu favorable pour former au travail un jeune homme déjà fort enclin à la paresse et à la dissipation.

— Merci de votre mercuriale, monsieur le second; mais apprenez que je ne veux pas rester toute ma vie encapuchonné dans une étude de notaire : je prétends être auteur et comédien quand je serai grand.

— Le beau comédien que cela fera : Domitien, je te retiens un billet pour tes débuts... qui seront magnifiques, je crois.

— Mes pareils, à deux fois, ne se font pas connaître,
Et pour des coups d'essai, veulent des coups de maître.

Fit Domitien en se drapant orgueilleusement dans sa cape de tiretaine et en grossissant sa voix comme un premier sujet de l'hôtel de Bourgogne.

— Laissez ce fou de Domitien et répondez-moi, Monbrun, dit le maître clerc. M. Corneille est-il véritablement, dans son nouvel ouvrage, à la hauteur de son Cid?

— Je ne saurais que vous répondre là-dessus, Galuchard, repartit Monbrun, je craindrais trop d'être partial. D'ailleurs, vous n'ignorez pas qu'il y a un auteur que je préfère à Corneille?

— Et cet auteur est? interrompit Domitien d'un air narquois et en se penchant sur son pupître, à la façon des dragons de pierre qui ornent la toiture des édifices gothiques.

— M. de Scudéry, curieux impertinent, répliqua Monbrun.

— Je parie alors, que vous préférez les pièces de *Hardy* à celles de *Jodelle*, continua Domitien sur le même ton.

— Sans doute.

— *Qui Bavium non odit, amet tua carmina, mœvi!* repartit le saute-ruisseau en faisant le plongeon sur son escabeau.

— Allons, trève de folies, Domitien, dit Galuchard d'une voix sévère, ou sinon je serai obligé, en conscience, de me plaindre de vous, à Me Porquet, lorsqu'il reviendra céans.

— Ah! vous voulez me réduire au silence des Chartreux! eh bien! je ne dirai plus rien, monsieur le premier. Vous saurez cependant que j'avais une bonne nouvelle à vous apprendre. M. Monbrun vient de m'y faire penser en croassant les louanges de M. de Scudéry : il s'agit de la sœur de cet illustre poète — illustre au sentiment de M. le second — qui est, comme vous savez, la marraine de mademoiselle Rosalie, l'héritière de céans.

— Ah! parle, parle, Domitien, s'écria Galuchard en jetant sa plume sur la table.

— Non, parbleu, je ne parlerai point, vous me l'avez défendu et je crains les algarades.

— Je t'en prie!

— Point.

— Voyons je suis tout oreilles...

— Me Porquet n'aurait qu'à rentrer, je courrais grand risque de faire tirer les miennes, car votre conscience vous obligerait de m'accuser de paresse. Je ne veux point encourir ni le blâme du patron, ni votre colère; la colère du roi est terrible, comme dit Salomon, et surtout celle d'un maître clerc.

— Agis donc comme tu l'entendras, Domitien, répondit Galuchard, tu es libre de ta langue, j'ai tort.

Et le premier clerc se leva et se promena en long dans l'étude comme un homme atteint d'une vive et profonde mélancolie. Aucun de ses mouvements n'échappait à Domitien qui bientôt touché de la tristesse de son supérieur, lui dit :

— Monsieur Galuchard, je ne suis point méchant garçon; je vais vous dire ce que vous désirez savoir. Mais gardez-moi le secret !

— Le secret, Domitien, oh ! je te le promets volontiers.

— Eh bien écoutez donc avec attention. J'ai été porter ce matin une lettre de mademoiselle Rosalie à mademoiselle de Scudéry. Mademoiselle Rosalie m'a dit qu'elle annonçait dans cette lettre à sa marraine, les tourments de son cœur, et elle a pleuré en me disant cela, et la détermination de son père qui veut, comme vous savez, vendre son étude.

— Et que t'a répondu mademoiselle de Scudéry, interrompit impétueusement Galuchard.

— Attendez donc. Mademoiselle de Scudéry a lu attentivement la missive que je lui ai remise. Des larmes roulèrent dans ses yeux au récit des tribulations de sa filleule bien-aimée. Domitien, m'a-t-elle dit, après avoir réfléchi quelques moments, retournez auprès de Rosalie, et assurez-la que la journée ne se passera pas sans que j'aille à l'étude de son père. Là dessus elle me donna une pièce de douze sous pour acheter des livres et me congédia. Mais en m'en allant je l'entendais s'écrier : « La pauvre enfant, il faut que je contribue à son bonheur ! »

— Elle a dit cela, Domitien? fit Galuchard.

— Voilà ses propres paroles.

— Et elle va venir ?

— Elle va venir. Je m'étonne même qu'elle ne soit pas déjà arrivée. Mais tenez, monsieur Galuchard, quand on parle du *loup*, on en voit la queue; voici un carrosse qui s'arrête à la porte, je gage que c'est mademoiselle de Scudéry.... et le patron qui n'est pas encore revenu du Châtelet!

Domitien ne se trompait pas; un carrosse de louage s'arrêtait à la porte du notaire et une femme de trente ans environ, mise avec plus d'opulence que de goût, en descendait appuyée sur le bras d'un vieux laquais en livrée couleur de citron.

Magdelaine de Scudéry ne jouissait pas encore de la brillante réputation littéraire qu'elle obtint depuis, et qui lui valut à juste titre le surnom de la Sapho francaise; elle n'avait encore publié ni le *grand Cyrus*, ni la *Clélie*; mais elle était déjà célèbre dans les belles ruelles de Paris (1) par l'éclat de son esprit, par les mérites de son style et les deux premiers tomes de son roman d'*Artamène* qu'elle venait de faire imprimer, commençaient à attirer sur elle les regards du public. Magdelaine de Scudéry n'était ni belle, ni jolie, mais une stature élevee, des manières distinguées, une voix pure et sonore, des yeux qui, quoique petits, contenaient une expression indéfinissable de douceur et d'éloquence, répandaient sur toute sa personne un parfum de grandeur et de poésie.

Mademoiselle de Scudéry entra dans l'étude et son apparition fit immédiatement cesser la con-

(1) Les ruelles s'entendaient de l'espace considérable qui existait dans les alcôves des chambres à coucher. C'était là, comme un siècle après dans les boudoirs, qu'on faisait et défaisait les renommées littéraires. Ce mot de *ruelles*, pris dans cette acception, se trouve, non-seulement dans Molière, mais encore dans Regnard et dans les pièces de Dancourt et de Dufresny.

versation des clercs. A cette époque les jeunes gens regardaient les femmes comme des êtres privilégiés, dignes du respect et de la sollicitude de tous. On ne forçait point les femmes à rougir sous leurs voiles ou sous leurs masques (1) des propos empruntés à Martial et à Meursius, et la timidité chez un jeune homme était le plus sûr indice d'une bonne et religieuse éducation.

— Me Porquet est-il dans son cabinet? demanda mademoiselle de Scudéry.

— Non, madame, répondit le maître-clerc en se levant et en saluant la cliente avec un respect où il se mêlait beaucoup de gratitude; mais mademoiselle Rosalie est au logis, et, si madame le désire, je vais la faire prévenir.

— Ne dérangez pas Rosalie, monsieur; je veux parler à son père avant de la voir. Si vous le voulez bien, je vais attendre ici l'arrivée de Me Porquet.

— Comment donc, mademoiselle, s'écria Domitien, mais vous nous ferez bien de l'honneur. Tenez, mademoiselle, asseyez-vous.... je vais courir au-devant du patron pour hâter son retour. En prenant par le pont *au double*, je suis sûr de le rencontrer; c'est son chemin d'habitude.

(1) Au XVIIe siècle, sous Louis XIII et au commencement du règne de Louis XIV, les femmes de qualité et les riches bourgeoises portaient un masque de velours sur le visage.

— Non, mon jeune ami, non, ne vous absentez pas, vous me désobligeriez, repartit mademoiselle de Scudéry ; j'ai tout le temps, je vous assure, d'attendre Me Porquet. J'emporte toujours avec moi de quoi occuper mes loisirs et par là, je ne suis jamais à charge ni aux autres, ni à moi-même. Continuez votre besogne, et occupons-nous chacun de notre côté.

Mademoiselle de Scudéry s'assit sur l'escabeau que lui avait présenté Domitien, et retirant de sa poche un petit volume relié en maroquin noir, et sur le dos duquel on lisait : *Imitation de Jesus-Christ*, elle se mit à lire. Seulement de temps à autre ses yeux se reposaient sur le maître-clerc, qu'elle semblait considérer avec une attention toute particulière. Le pauvre Galuchard dont le front blême distillait une sueur froide, était en proie à une violente émotion qui n'échappait point à la cliente et à Domitien, dont l'œil de lynx planait tout à la fois sur l'étude, sur la rue et sur le contrat de mariage qu'il transcrivait avec une espèce de frénésie, tempérée par des bâillements prolongés.

— Voilà Me Porquet !!! s'écria Domitien au bout de quelques minutes.

Me Porquet entra bientôt en effet. Après avoir fait une profonde révérence à mademoiselle de Scudéry, il la fit passer dans son cabinet.

— Mon cher maître, dit-elle, monseigneur le cardinal de Richelieu vient de m'accorder une pension de deux mille livres; d'un autre côté mon frère dont je craignais les prodigalités et les largesses, est nommé gouverneur de Notre-Dame de la Garde, en Provence, et ce poste le met pour toujours à l'abri du besoin où ses folies tragiques auraient pu l'entraîner (1). Je me trouve libre de disposer, comme je l'entends, du petit capital que j'ai déposé, il y a dix ans entre vos mains, si j'ai bonne mémoire, et je viens vous le demander.

— Rien de plus juste, mademoiselle, répon-

(1) Le gouvernement de la citadelle de Notre-Dame de la garde était fort peu de chose. Chapelle et Bachaumont s'en sont moqués dans leur voyage pittoresque :

C'est Notre-Dame de la garde,
Gouvernement commode et beau,
A qui suffit pour toute garde,
Un suisse avec sa hallebarde,
Peint sur la porte du château.

Quoiqu'il en soit, cette place rapportait à Scudéry trois mille livres, somme assez ronde pour le temps. Par malheur, le bienheureux Scudéry n'en fut ni plus riche, ni moins fanfaron, et il continua de mener une vie plus digne d'un grand seigneur que d'un simple gentilhomme et d'un écrivain modeste : ses profusions le ruinaient et son traitement de gouverneur, aussi bien que la vente de ses ouvrages, ne suffisaient pas à ses extravagances princières. C'est Georges Scudéry qui disait : « Je ne reconnaîtrai la supériorité de Corneille que lorsqu'il aura eu, comme moi, trois portiers étouffés à la première représentation de ses pièces. » Le fait était véritablement arrivé.

dit le notaire avec une gravité toute romaine, et si vous voulez bien me permettre de fausser un instant compagnie, je vais vous remettre entre les mains le dépôt tel que je l'ai reçu le sixième jour d'avril 1631.

Me Porquet ouvrit une grande armoire de noyer, — car dans ce temps-là les notaires n'avaient point de coffres-forts *Fichet* et l'argent de leurs clients n'en étaient pas moins en sûreté parce que la probité d'un officier public est cent fois préférable à la combinaison des pênes et aux doublures de tôle d'un meuble futilement invulnérable — il ouvrit donc cette armoire de noyer, qui était placée au bout de son cabinet et en retira six sacs étiquetés et couverts de poussière; un septième revêtu également d'une étiquette indicative fut exhumé d'un tiroir et vint se ranger auprès des autres.

— Chacun de ces gros sacs, dit le notaire, contient mille livres en argent, ce qui fait une somme de six mille livres; dans ce petit sac se trouvent six autres mille livres en or, ce qui nous donne un total de douze mille livres, chiffre exact de la somme que vous réclamez. Est-ce bien cela, mademoiselle?

— Comment, mon cher maître, dit mademoiselle de Scudéry, je crois, Dieu me pardonne, à voir la vétusté de ces sacs, la poudre qui les couvre, et jusqu'aux toiles d'araignées qui les ornent, que cet argent n'a pas changé de place depuis dix ans?

— L'argent confié à un notaire, mademoiselle, repartit aussitôt Me Porquet, est comme le secret que l'on confie à un confesseur : il est inviolable et sacré. Je vais vous montrer, si vous voulez bien me le permettre, le paragraphe des *Établissements* de saint Louis, où ce devoir de notre profession est tracé avec une naïve énergie.

Et le bon garde-notes avec ce flegme et cette bonhomie qui furent si longtemps les qualités distinctives du vrai bourgeois de Paris, alla prendre sur les rayons d'une bibliothèque composée en grande partie de livres de jurisprudence et de piété — car en ce temps-là encore l'étude des lois humaines était appuyée sur l'étude de la religion — un gothique in-folio qu'il posa respectueusement sur son bureau.

— Voilà mademoiselle les *Établissements* de saint Louis. Le Code fondamental de toutes les corporations et de tous les états... Ecoutez, je vous prie, comment le saint législateur entendait la pratique de tous les devoirs, et j'oserai dire de toutes les vertus essentielles à un homme, à un citoyen, à un chrétien.

Maître Porquet plaça symétriquement ses lunettes sur son nez, et lut ce qui suit :

« Les tabellions et notaires pourront recevoir en dépôt les deniers des particuliers ; mais il leur est interdit de faire usage desdits deniers soit pour eux-mêmes, soit pour les affaires d'autrui. La contravention à ce règlement du Conseil du Roi, notre Sire, entraînerait de plein droit la perte de l'office, et le délinquant sera puni d'une amende qui sera versée dans les coffres de l'Etat (1). »

On avait besoin, mademoiselle, dit en s'interrompant Me Porquet, de créer une pénalité rigoureuse pour ces sortes d'infractions à la probité. A Paris, grâce à Dieu ! le notariat est toujours resté, depuis bientôt cinq cents ans, dans les voies de la droiture et de l'équité ; mais en province et dans les justices subalternes, le Tabellionnat était exercé par des gens de peu de valeur. Dans plusieurs bourgs et villages, au quatorzième siècle, le boucher ou le barbier faisaient l'office du notaire. Philippe-le-Bel réprima cet abus par son ordonnance du mois de juillet 1304, où il dit : *Tabelliones seu notarii publici, auctoritate nostra, nullo vili officio vel ministerio sese immisceant vel utantur, nec carnifices, vel barbi tonsores existant. Quod si fe-*

(1) Etablissements de Saint-Louis, paragraphes 7 et 9 du manuscrit de la grand'chambre du Parlement de Paris : De professione Tabellionæ.

cerint ipsos post munitionem legitimam privari volumus officii suprâ dicto (1).

Mademoiselle de Scudéri ne put s'empêcher de sourire en écoutant le latin barbare des légistes du quatorzième siécle; maître Porquet s'en aperçut :

— Je vous demande mille pardons, mademoiselle, lui dit-il; de vous étourdir la cervelle de ces citations latines ; mais j'ai embrassé mon état par vocation et par goût, je l'ai suivi avec amour, et je me suis appliqué depuis plus de trente ans, que je l'exerce, à bien connaître tout ce qui en prouvait le mérite, l'utilité et la gloire.

— Parlez, continuez, mon cher tabellion, repartit mademoiselle de Scudéri, j'aime à entendre un honnête homme faire l'apologie d'une profession qui l'a honoré et qu'il a su honorer à son tour.

Le notaire fit une inclination de tête, donna avec l'index et le pouce de la main droite une chiquenaude sur son rabat, où s'étaient cantonnés quelques grains de tabac, et poursuivit ainsi :

— Avant Philippe-le-Bel, mademoiselle, le gouvernement vendait l'office de notaire royal à

(1) Ordonnances du Louvre, tome 1er, pages 419 et suivantes. Voir aussi le livre de Beaumanoir.

l'encan, au plus offrant et dernier enchérisseur, à l'exception des notaires de Paris, qui obtenaient leurs offices gratuitement; mais, en 1320, le Conseil du Roi imagina de s'associer aux bénéfices du notariat de Paris, en exigeant du notaire le quart de sa recette de la semaine, sur sa déclaration assermentée.

L'ordonnance du mois de février s'exprime ainsi : « Lesdits notaires, et chacun d'eux, paiera le quart de la recette, tant fidèlement de ce qu'il *penra* (pensera) recevoir pour ses écritures, scellées ou à sceller de notre dit scel du Châtelet, et de toutes escritures qui, à l'office desdits notaires appartenir peuvent, et jurera, chacun desdits notaires, aux saints Evangiles, en la présence de notre Prévôt de Paris et dudit scelleur, et seront tenus à payer chacun, vendredy à notre dit clerc, le quart de ladite escriture, et se ils en défaillaient (s'ils y manquaient), ledit scelleur les punirait et pourrait punir selon que bon lui semblerait, et spécialement de non sceller et refuser leurs lettres, jusqu'à temps qu'ils auraient payé ledit quart et amende convenable. » Cette exaction, mademoiselle, qu'on me passe le mot, engagea les notaires, nos devanciers, à élever le coût de quelques actes, et c'est pour cela, sans doute, que plusieurs jurisconsultes du temps se plaignirent hautement de l'énormité du salaire : *in exigendis salariis metas rationis excedunt*. Mais il semble que le blâme devait plutôt retomber sur la mesure arbitraire qui frappait le notariat dans ses intérêts légaux, que sur une augmentation rendue évidemment nécessaire par la loi précitée.

Depuis le quatorzième siècle, mademoiselle, et notamment depuis la fin du seizième, notre profession a grandi et prospéré ; nous ne sommes plus ces pauvres et humbles clercs qui allaient s'asseoir, escortés d'un seul petit scribe, autour des Piliers du Grand Châtelet, pour attendre la pratique. Nous avons des Etudes, nous avons des Clercs, nous avons des cabinets où nous pouvons recevoir honorablement les clients qui nous viennent chercher et que nous n'allons plus raccoler. Tout cela est très-bien et je m'en réjouis ; mais je crains qu'il arrive un temps — et je frémis quand j'y pense — où le luxe, le luxe qui a perdu les plus grands empires et les plus illustres maisons, viendra corrompre les vieilles mœurs qui font tout à la fois l'honneur et la sécurité de notre profession. Ce déplorable avenir du notariat, je l'avoue, me préoccupe vivement, et ce n'est point sans un profond sentiment de tristesse que je contemple de loin les menaçants écueils où le vaisseau du tabellionat doit infailliblement rencontrer le naufrage.

— Mon cher monsieur Porquet, répondit mademoiselle de Scudéry, des hommes tels que vous doivent servir de modèles à leurs successeurs. Les exemples de bonne conduite, de frugalité, de désintéressement et de gauloise probité, ne sont jamais perdus : c'est un précieux héritage qui passe de main en main, et qui se perpétue merveilleusement dans les grandes corporations.

— Dieu vous entende, mademoiselle! Au surplus, si les malheurs que je redoute pour le notariat arrivaient, ce ne serait que dans un temps où je ne pourrais plus en être témoin. Tant qu'il y aura en France un Roi et un Parlement de Paris, les mauvaises passions et l'amour du luxe, qui engendrent la soif de l'or et le mépris des devoirs, trouveront de rudes adversaires et d'inflexibles punisseurs.

— On dit, maître Porquet, que vous êtes dans l'intention de quitter bientôt votre étude et de vendre votre charge, poursuivit mademoiselle de Scudéry.

— Oui, mademoiselle. Ainsi que j'avais l'honneur de vous le dire tout-à-l'heure, il y a plus de trente ans que je suis dans les affaires; j'ai laborieusement amassé pendant cette longue suite d'années, et à force de veilles, d'application et de travail, deux mille livres de rente qui, réunies au petit patrimoine que m'ont laissé mes parents, me permettront de couler en paix le reste de mes jours dans une retraite agréable, avec ma chère fille, Rosalie, à l'établissement de laquelle je dois penser sérieusement ; car, vienne la Chandeleur, la chère enfant atteindra sa vingtième année, et c'est le moment où un père sage doit songer à marier sa fille.

— Et de quel prix sera votre étude, maître Porquet ? fit mademoiselle de Scudéry.

— Je la vendrai ce qu'elle m'a coûté, mademoiselle, car je trouverais indigne de ma profession, et je regarderais, comme une espèce de simonie, l'augmentation arbitraire du prix de ma charge. Mon Etude, à la vérité, s'est améliorée depuis qu'elle est entre mes mains, car j'y ai dépensé tout le zèle et toute l'intelligence dont le ciel m'avait doué; toutefois, je l'ai payée dix-huit mille livres, et je la céderai pour le même prix, ni plus ni moins.

— Ce prix est raisonnable, répondit mademoiselle de Scudéry, et les conditions ?

— Mademoiselle veut-elle donc me fournir un successeur ? demanda le notaire d'un air étonné.

— Peut-être, mon cher maître. Mais je vous prie, dites-moi les conditions que vous voulez mettre à la cession de votre charge.

— Je veux dix mille livres comptant, répartit le notaire, à cause des éventualités qui peuvent se présenter; telles que le mariage de ma fille, une maladie, des réparations à ma maison de la rue Cloche-Perce, etc. Quant aux huit autres mille livres, j'accorderai cinq ans pour les payer et l'on m'en servira la rente à raison de deux et demi pour cent par an.

— Tout cela est parfaitement juste et régulier, fit mademoiselle de Scudéry.

— Mais, ajouta le notaire, si je suis de bonne composition pour la finance, je me montrerai plus difficile sur le choix du candidat. Je veux un homme d'une probité à toute epreuve, d'une piété solide, d'un savoir incontestable; en un mot il me faudra, toutes proportions gardées, plus de garanties morales pour céder mon étude que pour marier ma fille. Et n'en soyez pas étonnée, mademoiselle; en mariant ma fille à un mauvais sujet, je ne fais après tout que son malheur et le mien; mais en donnant mon étude à un homme sans foi, sans lumières et sans principes, j'expose la fortune de mes clients, je signe la ruine des personnes honorables qui ont regardé pendant trente ans mon étude comme le *Palladium* de leurs intérêts les plus chers et les plus sacrés. Or, en quittant ce cabinet où nous sommes, je prétends dire à mes clients en eur présentant mon successeur : « Voilà un *alter ego*, voilà un autre moi-même : je n'ai jamais trahi votre confiance; il ne la trahira jamais non plus; c'est moi qui suis son garant et je veux rester solidaire de toutes ses actions ». Telles sont, mademoiselle, mes intentions bien arrêtées sur ce chapitre.

— La personne que j'ai en vue, mon cher maître, répondit mademoiselle de Scudéry, remplira parfaitement, je le crois, toutes les conditions que vous exigez à si juste titre... mais le temps s'écoule rapidement; j'ai promis à ce pauvre abbé Scarron d'aller le visiter aujourd'hui et je désire acquitter ma promesse... adieu, mon cher maître.

— Et vos douze mille livres, mademoiselle? Désirez-vous que mon petit clerc vous accompagne où vous les porte chez vous?

— Non, cher monsieur Porquet, je veux que vous les apportiez vous-même à mon logis. Je vous attends ce soir avec Rosalie, ma filleule, à l'hôtel de Soissons. Je profiterai de votre bonne visite pour vous présenter la personne qui traitera de votre étude. J'espère que vous aurez tout lieu d'en être satisfait.

— De votre main, mademoiselle, le choix ne peut-être douteux. Mais, mademoiselle, l'honneur que vous faites à ma fille et à moi est vraiment trop considérable, c'est aujourd'hui un de vos jours de réception à l'hôtel de Soissons, et comment un pauvre notaire pourra-t-il tenir son coin au milieu de tant de beaux et excellents esprits!

— Mon cher maître, la place d'un honnête homme est partout. Songez-y bien, je compte sur vous et sur Rosalie.

— Vos désirs sont des ordres pour moi et j'y souscrirai, mademoiselle.

Maître Porquet accompagna l'auteur de *Clélie* jusqu'à son carrosse, et prit congé d'elle en lui promettant encore d'être exact au rendez-vous qu'elle venait de lui assigner.

L'hôtel de Soissons où demeurait alors mademoiselle de Scudéry, appartenait au prince de Conti qui se faisait un honneur d'y loger les personnes célèbres dans les sciences, dans les arts et dans les lettres. Chaque semaine, mademoiselle de Scudéry ouvrait son salon à l'élite de la société parisienne, et les hommes les plus renommés par l'exquise urbanité de leurs manières; par l'éclat de leur naissance ou de leur esprit, briguaient à l'envie le bonheur d'y être admis. On rencontrait là Corneille, Bois-Robert, Conrard, le musicien Galiot, si habile à jouer du luth et de la basse de viole; le peintre Lesueur, ce Raphaël de la France, Pascal, le jeune Roberval qui devait plus tard se faire un nom si respectable dans la science, le formaliste Ménage et ce spirituel et sceptique abbé Bourdelot, médecin de la reine Christine de Suède, qui se composa, quelques années avant sa mort, cette épitaphe singulière :

Ci-gît le savant Bourdelot,
Dont l'esprit était si fertile,
Disant toujours quelque bon mot,
Joignant l'agréable à l'utile.
Il s'efforça de parvenir :
La Cour connut mal ses mérites ;
Il fut contraint de devenir
Un grand semeur de marguerites.

Des magistrats illustres, des avocats recommandables, des prélats éloquents, venaient souvent se mêler à cette troupe Apollonienne — comme l'appelait Ménage; et l'on rencontrait dans le salon de mademoiselle de Scudéry, auprès du maréchal de l'Hospital et du Mestre de camp Villarceaux, le chancelier Pierre Séguier, le premier président du Parlement de Paris Nicolas Le Guay, les procureurs-généraux Achille de Harlay, (depuis premier président) et Armand de la Briffe, et les avocats Antoine Lemaître, Martin Husson et Olivier Patru, Patru l'ami de Boileau et l'éloquent interprète des Elzevire et du bon goût !

Me Porquet et sa fille Rosalie, furent d'abord un peu étourdis de se trouver au milieu de cette savante et brillante foule; mais le notaire avait un bon sens admirable, sa fille était jolie comme un ange; ils trouvèrent bientôt l'un et l'autre des gens qui les mirent à leur aise. D'ailleurs, mademoiselle de Scudéry avait fait placer sa filleule sur un pliant près de son fauteuil et veillait sur elle avec une sollicitude maternelle. « Mon enfant, avait-elle dit tout bas en l'embrassant à la fille du notaire, j'ai reçu ta lettre ce matin et je t'en donnerai ma réponse ce soir. » Elle tint parole.

La soirée fut remplie par des lectures amusantes et variées. Mademoiselle de Scudéry lut un fragment de son *Almaïde* on l'*Esclave reine;* Bourdelot un extrait de son *Voyage en Suède*, et le musicien Galiot exécuta sur le luth une de ses plus suaves fantaisies, Corneille couronna la soirée par ces quelques vers qu'il avait improvisés à l'occasion des nouvelles fontaines que l'on construisait alors sur divers points de la capitale.

Que le dieu de la Seine a d'amour pour Paris !
Dès qu'il en peut baiser les rivages chéris,
De ses flots suspendus la descente plus douce,
Laisse douter aux yeux s'il avance ou rebrousse;
Lui-même à son canal il dérobe ses eaux,
Qu'il y fait rejaillir par de secrètes veines,
Et le plaisir qu'il prend à voir des lieux si beaux,
De grand fleuve qu'il est le transforme en fontaines.

Neuf heures sonnèrent à l'église de saint Eustache et le dernier coup de l'horloge donna le signal de la retraite. Me Porquet et sa fille allaient suivre la longue file des habitués de l'hôtel de Soissons qui se déroulait capricieusement sur les degrés de marbre de l'escalier, quand mademoiselle de Scudéry les arrêta.

— Me Porquet, restez, ne vous ai-je pas promis tantôt de vous présenter votre successeur?

— Mademoiselle, il est bien tard! neuf heures viennent de sonner, et avec une jeune fille il n'est guère permis de battre impunément le pavé de Paris : la ville est pleine de larrons et il y a loin d'ici, à la place Maubert.

— Mon carrosse vous reconduira, et votre successeur vous accompagnera, mon cher maître; restez.

— J'obéis, mademoiselle. Vous pouvez avoir remarqué qu'en entrant, je me suis empressé, aidé de Rosalie, de porter vos douze mille livres dans votre chambre.

— Je le sais. Vous auriez pu vous en dispenser, car vous allez être obligé de les remporter.

— Comment, mademoiselle! fit le notaire stupéfait.

— Certainement!.... ne m'avez-vous pas dit ce matin que vous exigeriez dix mille livres comptant sur le prix de votre étude?

— D'accord, mademoiselle.

— L'acquéreur vous en laisse douze : c'est la dot de sa femme.

— Je ne comprends absolument rien à ceci, mademoiselle.

— Vous m'avez encore dit ce matin, reprit mademoiselle de Scudéry, que vous vouliez pour successeur un homme probe, droit, intelligent, zélé, un homme enfin capable de continuer la route honorable que vous avez tracée?

— Cela est parfaitement vrai, mademoiselle.

— Eh bien, maître Porquet, j'ai ici un jeune homme qui remplit entièrement toutes les conditions que vous exigiez : je vais vous le présenter.

Et mademoiselle de Scudéry entra dans son cabinet et en sortit bientôt après, en tenant par la main un jeune homme vêtu avec goût et simplicité.

— Maître Porquet, fit mademoiselle de Scudéry, voici votre successeur.

Le notaire leva les yeux et reconnut son premier clerc.

— Galuchard! s'écria-t-il.

— Moi-même, monsieur, répartit le maître clerc, en s'inclinant avec respect devant le notaire et devant Rosalie.

— Comment, mon pauvre garçon, dit maître

Porquet, toi, orphelin ; toi, sans fortune et sans appui dans ce monde, tu as trouvé une femme qui t'apporte douze mille livres? tu vas devenir notaire royal? Tu seras mon successeur?..... Je tombe de mon haut!

— Trouvez-vous le candidat à votre convenance, maître Porquet, et la bonne opinion que vous avez de lui, suffira-t-elle pour vous engager à lui résigner votre office? demanda mademoiselle de Scudéry.

— Galuchard a toutes les qualités requises pour faire un parfait notaire, mademoiselle, et j'aurais volontiers confié le sort de mon étude, et un sort non moins précieux encore, ajouta le vieux praticien en regardant sa fille du coin de l'œil, à ce brave et loyal garçon, qui n'avait à mes yeux qu'un défaut, défaut essentiel, hélas! dans notre temps, celui d'être pauvre!

— Le voilà corrigé aux trois quarts de ce défaut, de ce péché, qui n'est après tout que véniel, repartit mademoiselle de Scudéry en riant; maintenant maître Porquet, vous avez agréé Galuchard pour votre successeur, vous défendrez-vous de l'accepter pour gendre? Il aime Rosalie, votre fille; Rosalie ne le hait pas; ce qui signifie, dans le *pays des soupirs*, que ma filleule le paye de retour. Unir deux cœurs bien épris, est une félicité terrestre. Je veux donc, si vous le trouvez bon, goûter de cette félicité, et c'est en faveur du vertueux attachement de ces chers enfants, et de l'union qui doit couronner une flamme si pudique et si belle, que j'abandonne à ma filleule et à son ami Galuchard les douze mille livres qui doivent si puissamment contribuer au bonheur de tous deux.

— Eh! mon Dieu, mademoiselle, répondit maître Porquet, comment voulez-vous que je refuse mon consentement à un mariage qui doit assurer le bonheur de mon enfant chéri. Galuchard, Rosalie, soyez unis; je ferai moi-même votre contrat de mariage, et je vous prouverai que le vieux notaire, tout formaliste qu'il est, sait encore s'imposer des sacrifices pour assurer sur des bases inébranlables, l'avenir et la prospérité de ses enfants.

— C'est ce que vos enfants, ni moi, ne vous permettraient, interrompit mademoiselle de Scudéry. Galuchard est en état de tirer un très-bon parti de l'Etude que sa femme lui apporte, et outre cela, je lui procure un client considérable. Lisez, je vous prie, cette lettre qu'on vient de m'envoyer il y a quelques heures.

Le notaire prit la lettre et lut :

« Avec cette grâce et cet atticisme qui vous
» caractérisent, mademoiselle, vous me de-
» mandez d'accorder ma confiance au notaire

» Galuchard. J'accède d'autant plus volontiers à » votre demande, que, de plus en plus malade » et souffrant, je songe sérieusement à faire » mon testament. Dites à votre protégé qu'il » peut se présenter sans crainte au Palais Car- » dinal, et qu'il y sera reçu comme un notaire » royal a le droit de l'être.

» Je suis avec passion, mademoiselle,
» votre bien affectionné

» Le Cardinal de RICHELIEU. »

— Je vous devrai donc tout, mademoiselle, s'écria Galuchard au comble de la joie, mon bonheur domestique, mon avancement et ma fortune. Comment pourrai-je jamais reconnaître tant de bienfaits.

— Rosalie, ma filleule bien-aimée, sera heureuse avec vous, Galuchard ; c'est tout ce que j'attends et tout ce que j'exige de votre reconnaissance.

— Je délivrerais volontiers un certificat de ses bonnes et louables intentions, fit Me Porquet ; mais si quelque jour il oubliait un instant ce qu'il doit à la noble et incomparable Magdeleine de Scudéry, la gloire de notre siècle et la muse de notre France, sa femme et ses enfants sauraient bien l'en faire ressouvenir, et n'auraient pas besoin, soyez en convaincue, mademoiselle, de procuration pour continuer à vous chérir et à vous honorer.

Galuchard devint effectivement le notaire du cardinal de Richelieu, et il s'acquitta avec une grande intégrité de la distribution des legs que le premier ministre de Louis XIII, avait laissé sous le *tacet* à sa disposition. Galuchard qui prit le nom de Miramion dix ans après son mariage avec la fille de Me Porquet, exerça pendant vingt-cinq ans la profession de notaire à Paris. Il devint échevin en 1676.

Le second clerc de Me Porquet, Claude Monbrun se fit recevoir avocat et obtint de grands succès au Parlement de Rouen, où il était allé s'établir sous le nom de Sainte-Croix. On a de ce légiste des annotations sur le *Digeste* et de très-lumineuses recherches sur l'ancienne coutume de Normandie.

Ce Sainte-Croix cultiva aussi les lettres et donna, sous le nom de son ancien camarade d'étude, Domitien, quelques comédies qui eurent un succès de rire au Théâtre-Français. Il mourut fort âgé, à Rouen, où il avait passé par toutes les charges de la magistrature civique.

Quant au troisième clerc, Domitien, il prit le parti du théâtre, et devint l'un des plus spirituels, l'un des plus comiques acteurs de son temps. Sa réputation, comme acteur et comme auteur, est encore vivante au Théâtre-Français. Inimitable dans les Crispins, compère du grand Colbert et aimé de Louis XIV : il s'appelait Poisson (1).

---

(1) Colbert avait, en effet, tenu sur les fonds baptismaux un enfant du comédien Poisson. L'avenir de cet enfant, devenu homme, préoccupait le père de famille, et un jour, à la table du ministre, il lança cette requête burlesque à l'improviste :

Ce grand ministre de la paix,
Colbert que la France révère,
Dont le nom ne mourra jamais,
Eh bien ! tenez, c'est mon compère.

Puis il ajouta :

Fier d'un honneur si peu commun,
On est surpris si je m'étonne,
Que de deux mille emplois qu'il donne,
Mon fils n'en puisse obtenir un.

Le ministre se prit à rire, et Poisson emporta pour son fils le brevet d'un emploi de quinze cents livres ; il fut peu après nommé contrôleur-général des Aides.

Un des fils de Poisson, qui avait pris le parti des armes, se distingua sous les yeux de Louis XIV, au siège de Cambrai, et y fut tué.

Poisson a laissé quelques comédies faites en collaboration de son ami Monbrun, et qui toutes pétillent d'esprit, de sel et de gaîté.

LE DINER DE LA SAINT-MARTIN

CHEZ LE PREMIER PRÉSIDENT DU PARLEMENT DE PARIS.

1550. — 1750.

Le sénat romain, sous la République et sous les premiers empereurs, avait coutume de rassembler dans un splendide festin les proconsuls et les préteurs, qui allaient prendre possession, en Europe, en Asie et en Afrique, des fonctions triennales que leur confiaient le sénat et le peuple romain. Avant de quitter le Capitole, ces illustres personnages, chargés d'inoculer la civilisation romaine et les lois du peuple-roi aux nations vaincues ou soumises, éprouvaient le besoin de retremper leurs âmes et leur vertu aux sages enseignements, aux éloquents entretiens de ces patriciens vénérables, dont la savante politique consistait à conquérir le monde pour l'éclairer, et à combattre la barbarie pour inaugurer la liberté sur les débris des trônes renversés. Dans ces festins d'adieu, dont Salluste et Florus ne nous ont dit que peu de mots, la conversation générale roulait vraisemblablement sur les mesures législatives et militaires que chaque proconsul allait adopter dans sa province; mais on y sacrifiait aussi aux grâces, à l'amitié, à la poésie, et de savants commentateurs ont prétendu que la septième ode d'Horace avait été composée pour une de ces agapes politico-judiciaires et en l'honneur de Valerius Posthumius, nommé récemment proconsul en Bithynie, et neveu des Pisons.

Peut-être le dîner de la Saint-Martin du vieux sénat de la France n'a-t-il pas d'autre origine que le festin des Ides de Mars de l'ancienne Rome. Les deux solennités avaient, en effet, le même but : resserrer les liens qui unissent tous les dépositaires de la justice; confondre dans les mêmes vœux et dans les mêmes espérances la prospérité de la patrie et le triomphe de ses lois tutélaires; s'encourager mutuellement à bien faire et à bien dire (1). Tel était l'objet des pa-

(1) « Les magistrats pusillanimes détruisent l'empire des lois, les droits du trône et l'ordre social lui-même. » Paroles de l'empereur

cifiques réunions de la haute Magistrature dans les salons du premier président du Parlement de Paris, la veille de la rentrée des Tribunaux. A Paris, à la vérité, il ne s'agissait pas, comme à Rome, de marier le glaive de la conquête à la balance de Thémis. Il n'était pas question de subjuguer les peuples et de dénaturer les institutions des nations voisines; mais pourtant, comme à Rome, les austères sénateurs de la France délibéraient *inter charta et pocula*, sur les grands intérêts de la couronne, qui étaient alors les intérêts du péuple, sur l'application des édits conservateurs, sur les résistances à opposer aux ambitions des hautes classes, aux cupidités des basses, aux instincts pervers qui pouvaient se produire soit dans l'ordre moral, soit dans l'ordre politique, dans les rangs les plus illustres ou les plus infimes des citoyens; car, si la justiçe a été rendue sur la terre avec des mains intègres et un cœur pur, ça été, sans contredit, par le glorieux Parlement de Paris. Il a, sans doute, commis des fautes et des erreurs comme

Napoléon au sénat après la conspiration avortée du général Mallet.

A cette phrase digne d'être inscrite en lettres d'or dans tous les prétoires de la France, il faut joindre ces mots de Dioclétien aux proconsuls qu'il envoyait en Afrique : « Soyez justes, mais fermes, et gardez-vous de capituler jamais avec la rébellion.

« Souvenez-vous qu'avec sa balance, Thémis vous a donné un glaive; frappez sans crainte, le salut de l'empire est en vos mains. »

tout ce qui est humain; mais il fut grand jusque dans ses faiblesses et incorruptible jusque dans ses écarts. La vertu, dans ce grand corps, n'était pas le résultat de l'orgueil ou de la politique, elle prenait uniquement sa source dans la conscience du devoir, de la religion et de la fidélité.

Achille de Harlay, repoussant les avances d'un usurpateur heureux; Michel de Lhospital, se condamnant à l'exil pour ne pas légitimer une agression contre les droits du peuple; Mathieu Molé opposant la mâle intrépidité de son cœur aux clameurs impies et aux menaces sanglantes des factieux, sont plus véritablement grands que Caton se plongeant un poignard dans le sein en commentant le *Phedon* de Platon; le sénateur romain désespérait de la liberté de sa patrie et ne voulait pas lui survivre; les sénateurs de la France, sous le coup même de la tyrannie populaire ou de la tyrannie royale, se tenaient fièrement au poste du danger, ne désespéraient jamais du salut de la France, combattaient à outrance, restaient vainqueurs ou tombaient, comme l'avocat-général Servin, sur le champ d'honneur de la justice et de la vérité (1).

(1) En 1629, Louis XIII vint au Palais tenir un lit de justice pour faire enregistrer quelques édits bursaux. L'avocat-général Servin s'éleva, avec une courageuse éloquence, contre cette nouvelle exaction,

Le dîner de la Saint-Martin avait lieu la veille, nous venons de le dire, de la rentrée du Parlement, le 11 novembre de chaque année. Il précédait d'un jour cette fameuse *messe rouge* qu'on célébrait avec tant de pompe, soit dans la Chapelle-de-Saint-Nicolas du Palais, soit dans le haut-chœur de la Sainte-Chapelle, soit enfin, comme au dix-huitième siècle, dans la salle des Pas-Perdus, transformée en nef et en sanctuaire (1). Quelques auteurs ont prétendu que le dîner de la

et tomba subitement frappé d'apoplexie presqu'aux pieds du roi. On fit alors ces deux beaux vers sur cette noble fin qui couronnait une noble vie :

> Servinum una dies pro libertate loquentem.
> Vidit. et oppressa pro libertate cadentem.

(1) La messe rouge date du règne de Louis XII, et fut instituée vers 1512. Voici l'origine que les historiens en donnent. Depuis près de deux siècles, les procureurs au Parlement, réunis en confrérie sous l'invocation de saint Nicolas, étaient dans l'usage de faire célébrer chaque jour la messe à la chapelle du Palais, située dans la Grand'-Salle. En 1406, Arnault de Corbie, alors chancelier (et qui avait été avocat), voulant assurer un fonds à la célébration de la messe, établit une contribution de *deux écus* sur la réception de chaque avocat et d'*un écu* sur celle de chaque procureur, applicable à la dépense de la chapelle du Palais. Au moyen de ce fonds, la messe de la Rentrée ayant pris un peu plus d'apparcil et de solennité, la corporation des procureurs adopta l'usage d'y inviter les magistrats et les avocats, qui s'y rendaient en robes noires. Les choses étaient en cet état, quand Louis XII monta sur le trône. On connaît la passion de ce prince pour le Palais, où il avait pris un logement pour être plus à portée d'entendre les harangues de ses chers avocats, qu'il connaissait presque tous par leurs noms. (Voir tome III, *des Galeries*, page 375).

Saint-Martin ne datait que de l'institution de la messe rouge sous le règne de Louis XII, mais ils se sont évidemment trompés. Philippe de Maisières, dans l'appendice de l'ouvage intitulé le *Pélerinage du pauvre Pélerin*, parle avec éloge du festin offert au Parlement et aux principaux seigneurs de la cour de Charles V, le jour de la Saint-Martin, par le premier président du Parlement, Arnaud de Corbie. Nous voyons dans ce curieux programme que l'hôtel du premier président était alors situé près de l'abbaye Saint-Victor, et que le dîner, servi à dix heures du matin, ne se termina qu'à deux heures (1). On comptait à ce ban-

Le monarque ordonna donc que la messe du Saint-Esprit serait célébrée en grande pompe à la rentrée solennelle du Parlement, et que le parlement, ainsi que les avocats, y assisteraient en robes rouges. Le costume éclatant et splendide des membres du Parlement firent donner à cette messe de Saint-Esprit le nom de messe rouge, qu'elle conserva jusqu'en 1789.

(1) Philippe de Maisières, dont il est question ici, mena une vie des plus singulières. D'abord avocat au Parlement de Paris, il abandonna le barreau pour servir, les armes à la main, André, roi de Sicile, et Alphonse, roi de Castille. Il revint ensuite à Amiens, sa patrie, où il devint chanoine de la cathédrale. Six ans après, il part pour la Terre-Sainte, sert une année entière dans les troupes du Soudan, passe ensuite auprès de Pierre, roi de Chypre et de Jérusalem, et devient son chancelier et son premier ministre. Philippe de Maisières revint en France en 1372, et Charles V lui donna une charge de conseiller d'Etat et le fit précepteur du dauphin (depuis Charles VI). Huit ans après son retour, Philippe, dégoûté du monde, se retira de la cour et chercha un logement chez les Célestins; mais il ne consentit

quet judiciaire plus de soixante convives, tant clercs que laïcs, et parmi ces derniers brillaient deux maréchaux de France, le prévôt des marchands, Hugues Aubriot; le président de la Cour des comptes, le surintendant des finances, le proviseur de la Sorbonne et quelques hommes de science et de poésie.

Mais ce ne fut que vers le milieu du 16ᵉ siècle, et alors que le Parlement grandit, pour ainsi dire, avec la civilisation et la puissance de la France, que le dîner de la Saint-Martin atteignit la proportion d'une solennité politique. Ce fut à cette époque, à peu près aussi, que les premiers présidents vinrent s'installer dans le Palais même, et les embellissements opérés dans cette résidence par Achille de Harlay, l'extension donnée à l'édifice et les somptueuses constructions élevées dans la dernière moitié du dix-septième siècle par le

jamais à prendre le froc et à faire des vœux. C'est dans ce monastère, situé près de l'Arsenal, et qu'on vient récemment de démolir, qu'il mourut, en 1404. Philippe de Maisières était un homme fort savant, fort spirituel,et qui a fait paraître dans ses ouvrages toute la témérité de son caractère et toute la finesse de son esprit plein de ressource et d'originalité. Outre le *Pélerinage du Pauvre Pélerin,* livre très-rare aujourd'hui, on a aussi de lui le *Songe du vieux Pélerin;* le *Chemin de Jérusalem;* le *Poirier fleuri en faveur d'un grand prince,* espèces de paraboles pleines de charmes et de sensibilité. Du temps de Charles V, Maisières nous l'apprend, on dînait à dix heures; sous François Iᵉʳ, Henri II et Charles IX, on dîna à onze heures; sous Louis XIV, à midi.

premier président Guillaume Lamoignon, achevèrent de donner au dîner annuel de la Saint-Martin une illustration européenne. Disons en passant que la salle Saint-Martin, dont on admire encore la vaste étendue (1) à l'hôtel de la Préfecture de police, jadis l'hôtel du premier président, avait été bâtie et était exclusivement consacrée, du temps du Parlement, au festin judiciaire de la rentrée.

Tout était réglé séculairement dans cette réunion de chaque année. Le premier président y invitait tous les présidents et conseillers de grand'-chambre; les présidents *à mortier* de la Tournelle et des enquêtes; les premiers présidents des autres cours souveraines, Cour des Comptes, Cour des Aides, Cour des monnaies; le premier greffier ou greffier en chef du Parlement; le procureur

(1) Les asiles augustes de la piété et du savoir, tels que Clairvaux, Citeaux, Fontevrault, etc., sont aujourd'hui d'ignobles prisons, où les blasphèmes des scélérats frappent les voûtes encore imprégnées des parfums de la prière et de l'encensoir. La salle Saint-Martin a subi le même sort; cette belle et noble salle, où se sont réunis pendant un siècle et demi les oracles de la justice, les plus fermes et les plus dévoués défenseurs de la société, de la religion et de la patrie, cette salle Saint-Martin, bâtie par le premier président Guillaume de Lamoignon, est la *salle commune* du dépôt de la Préfecture de police. Cet usage rappelle la découverte que l'on fit, en 1728, de la tombe d'un Scipion. On crut trouver dans ce sépulcre, échappé à la rage des barbares, quelques ossements vénérables.... on n'y trouva qu'un crapaud!...

général et les avocats généraux. Mais les derniers n'y assistaient jamais, par suite d'un scrupule de préséance : ils prétendaient avoir le pas sur les conseillers de grand'chambre, et cette prétention ridicule, repoussée, comme de raison, par la hiérarchie judiciaire, les excluait de la fête Thémisienne, comme disait le président de Thou. Le parquet était représenté uniquement par le procureur-général; mais les avocats généraux avaient ailleurs des prérogatives qui les consolaient de l'annuel échec imposé à leur amour-propre (1). A cette compagnie, déjà si vénérable et si nombreuse, le premier président joignait parfois des ambassadeurs, des pairs de France, des généraux d'armée, des savants, des poètes, des écrivains, des artistes, ou des financiers distingués. Ces choix étaient rares, et ceux qui en étaient l'objet avaient le droit d'en être fiers, car c'était une faveur qui n'avait jamais été prodiguée.

Le cardinal Bentivoglio a parfaitement exprimé

(1) Le premier avocat-général vérifiait le temps d'études des licenciés et leur en délivrait certificat. Tous les avocats-généraux avaient inspection sur la bibliothèque de Saint-Victor, sur celle de l'Ecole de Médecine, sur le collége Mazarin, et participaient, avec les trois premiers présidents du Parlement, de la Chambre des comptes et de la Cour des aides, à la fondation des ducs de Navarre pour marier des filles vassales des terres de la maison de Gonzague. Trois d'entre eux assistaient, le jour de la Saint-Louis, au compte qui se rendait, chaque année de cette fondation, aux Grands-Augustins, et chacun d'eux y recevait cinquante jetons d'argent et vingt livres de bougie

les sentiments qu'on éprouvait au milieu de cette admirable assemblée, lorsqu'on avait le bonheur d'y être admis. Pendant sa nonciature à Paris, il fut invité au dîner de la Saint-Martin, et voici ce qu'il en écrivait à un prélat de la noble famille des Farnèse : « Je suis encore, monsignor, sous l'impression d'un sublime spectacle. Non, je ne regrette pas de n'avoir point vécu au temps de l'aéropage et au temps du sénat romain... j'ai vu, j'ai contemplé aujourd'hui, dans un étroit espace, toutes les vertus, toute la magnanimité, toute la grandeur des sages de la Grèce et de Rome : mais, ces vertus, cette magnanimité, cette grandeur sont dépouillées de l'ostentation et de l'orgueil païen. Le christianisme les a teintes de modestie, de candeur et de mansuétude, et l'on est fier d'être de ce siècle, quand on est à même, comme je l'ai été, d'entendre et d'écouter de grands hommes et de profiter de leurs leçons. M. le premier président m'avait fait l'insigne honneur de me convier au dîner de la Saint-Martin; j'ai accepté, vous le pensez bien, avec un empressement qui ressemblait bien plus à la joie d'un écolier qu'à la satisfaction d'un ambassadeur ; demain j'assisterai, en ma double qualité de nonce et d'étranger, à la messe du Saint-Esprit, qu'on appelle ici la messe rouge; je serai à la droite du premier président (alors M. Nicolas de Verdun), comprenez-vous l'honneur de cette situation? j'ai beau me mettre dans la tête que c'est le souverain pontife, dont je suis le représentant indigne, qu'on honore dans ma personne, je ne puis me défendre d'un petit grain d'orgueil. Que Dieu me pardonne et vous aussi, monsignor, Dieu de mon péché, et vous de mon babillage; mais j'avais besoin d'épancher l'urne de mon admiration pour la France et pour son Parlement, et je suis trop heureux de vous trouver pour vous la faire partager, s'il est possible. »

Près d'un demi-siècle après, le savant et caustique Guy-Patin parlait ainsi, dans l'une de ses lettres, du dîner de la Saint-Martin : « M. le premier président de Lamoignon a daigné m'inviter au dîner de la Saint-Martin ; tout farouche que vous me connaissez, j'y suis allé et je ne m'en repents pas. C'est vraiment un magnifique coup-d'œil, et l'esprit s'y est trouvé satisfait aussi bien que le regard. L'architecte est un grand homme, je vous assure, car nous étions plus de cent convives, et tout le monde était à l'aise; l'ordonnance du repas était digne d'un roi; le maître d'hôtel de M. le premier président doit descendre en ligne droite d'Apicius, de gourmande mémoire. Je n'ai point d'enthousiasme, et je raille volontiers les fanatiques de toute coleur, mais je vous avouerai sans vergogne que le dîner de la Saint-Martin est l'une des plus belles conceptions que je connaisse. C'est la coupe d'ambroisie que Jupiter verse à Bellone avant le combat. Despréaux nous a lu dans le jardin, après le dîner, des vers sur le procès de la Sainte-Chapelle, qui ont fait rire bien du monde, M. le premier président tout le premier (1). »

On le voit, les muses n'étaient point exclues de ces graves réunions, et l'esprit national pénétrait au milieu même de ces austères interprètes de la loi. C'était à une Saint-Martin que le poète Montmort, de l'Académie française, improvisa, sur la demande du premier président, ce vers charmant qu'on regrette de ne plus lire au-dessus de l'horloge de la Grand'Salle, pour laquelle il avait été fait :

Sacra Thémis mores, ut pendula dirigit horas.

Nous avons cité deux écrivains d'un génie bien différent, qui s'accordent à louer les dîners de la Saint-Martin. Que ne pouvons-nous apporter des témoignages non moins illustres et plus concluants encore en citant Bossuet, Balzac, Voiture, La Bruyère, Racine, Saint-Evremont, Boileau, Fontenelle, et tant d'autres.

En 1686, un ambassadeur Turc assista à un

(1) C'est sans doute le troisième chant du *Lutrin* que Boileau récita alors chez le premier président.

dîner de la Saint-Martin ; M. Nicolas Pothier de Novion était alors premier président du Parlement et M. Jean-Armand de la Briffe, procureur-général. Cet ambassadeur, dont les talents diplomatiques n'étaient point inférieurs aux talents militaires, et qui s'était distingué dans les guerres que le Sultan avait soutenues quelques années auparavant contre les Hongrois, fut saisi d'un tel sentiment de respect en entrant dans la salle du festin, qu'il dit tout bas à son interprète : « Je me sentirais plus à l'aise sur un champ de bataille que dans cette Chambre, où la vertu semble avoir assis son sanctuaire ! » Et il montrait en prononçant ces paroles le premier président et les membres du Parlement groupés autour de leur chef suprême. A la fin du repas, l'ambassadeur prit un gobelet, le fit remplir d'eau d'anis par un de ses valets éthiopiens et élevant le hanap à la hauteur de son turban : « Je bois, s'écria-t-il, à la grandeur et à la prospérité de la France qui ne périra point, tant qu'elle aura un Parlement de Paris pour présider à ses destinées et pour défendre les droits du peuple et les droits de la justice ! »

Ces mots étaient une paraphrase de ce passage du Koran : « Le juge est le bouclier de la foi et de la loi ; sans foi et sans loi, il n'y a plus ni peuple, ni monarque ! »

Le Musulman avait raison ; la France n'a péri qu'au jour où le Parlement de Paris a sombré avec les institutions nationales, et sa chute a entraîné celle de la royauté.

La Magistrature moderne a conservé, nous le savons, les plus importantes et les plus précieuses qualités de sa devancière ; mais les traditions se sont usées au frottement prolongé des révolutions. Nous avons la *messe rouge;* qui nous rendra les dîners de la Saint-Martin ?

LE CARNAVAL DU PARLEMENT DE PARIS.

1390. — 1790.

Plus on étudie les Annales éparses du Parlement de Paris — car, à la honte de notre pays, l'histoire de ce grand corps politique et judiciaire est encore à faire, — plus on est frappé de l'admirable accord qui existait entre les mœurs, les devoirs, les travaux et les délassements mêmes de cette vénérable compagnie,qui laissa bien loin derrière elle, sous le double rapport du patriotisme et de la vertu, et cet aréopage d'Athènes si vanté, et ce sénat romain avare et opresseur sous la République, rampant et corrompu sous les empereurs. Cependant, ingrats que nous sommes, à peine savons-nous qu'il y a moins d'un siècle, florissait en France, à Paris, le plus noble, le plus ancien, sans en excepter le Parlement d'Angleterre, le plus savant, le plus sage corps politique qui ait jamais présidé aux destinées d'une nation!

Notre mémoire toute grecque et toute romaine a dédaigné de se meubler des noms des anciens pères de la patrie, et si les grands capitaines de la France, Duguesclin, Sancerre, Clisson, Bayard, Turenne, Vauban, Luxembourg et Catinat ne nous sont pas tout-à-fait aussi inconnus à vingt et même à trente ans que les Simon de Bucy, les Lavaquerie, les Achille de Harlay, les Lamoignon, les Servin, les Omer-Talon, les d'Aguesseau et tant d'autres immortels magistrats, il faut demander le secret de cette préférence, non pas à notre raison, mais à ce vieil instinct gaulois qui nous pousse à entourer de nos hommages et de notre turbulent enthousiasme tout ce qui porte glorieusement une framée, un casque et une épée. Le peuple de France aime par-dessus tout les grands coups d'épée, comme le remarquait et l'écrivait si spirituellement madame de Sévigné, et, entre les bruyantes vertus guerrières et les placides et modestes vertus du

Forum et du Prétoire, le choix de son culte n'est pas un instant douteux.

Si l'on recherche la cause de la splendeur et de l'immense autorité morale et politique du Parlement de Paris, on la trouvera dans cette merveilleuse solidarité qui unissait en un faisceau invincible tous les membres de ce grand corps, depuis le premier président, *ce roi de la loi*, ainsi que le nommait Louis XI, jusqu'au plus humble des greffiers de la Chambre des enquêtes; on la retrouvera surtout dans cet esprit d'indépendance, dans cette intégrité stoïque, dans cet attachement inviolable aux principes fondamentaux qui seront éternellement la gloire et l'honneur du Parlement de Paris.

Il ne faudrait pourtant pas croire que la gravité parlementaire fût une gravité pédantesque, ennemie des plaisirs honnêtes et des spirituels loisirs. Les chefs les plus illustres et les plus admirés du Parlement de Paris furent aussi les hommes les plus polis et les plus aimables de leurs temps. Ce grand Lavaquerie, qui parlait sans pâlir à un roi dont le regard sombre faisait trembler tout le monde, était chez lui, au coin de ses pénates d'argile, le plus gai et le plus enjoué des hommes; le président de Thou, cet historien sagace et véridique, qui rencontre parfois sous sa plume les pompeuses descriptions de Salluste et l'énergique indignation de Tacite, entonnait dans la circonstance, à l'exemple du vieux Caton, la chanson narquoise et les refrains bachiques; Pasquier, l'auteur incomparable *des Recherches*, ne dédaignait pas de célébrer, dans des vers latins, plus élégants que ceux de Sannazar, l'utilité du chou et le parfum de la rose, et de rédiger les *Ordonnances d'amour* dans un style qu'Ovide lui-même aurait peut-être loué; les deux Lamoignon étaient supérieurs aux Pisons, immortalisés par les vers et la réconnaissance d'Horace; et, plus éloquents, plus magnifiques et plus savants que ces personnages consulaires, ils furent, non-seulement les protecteurs des lettres, mais des modèles de force, de concision, de grâce et de bon goût dans les lettres et la parole. Les Omer-Talon, les Fleury, les d'Aguesseau, et cent autres dont nous pourrions grossir notre liste, avaient inauguré, dans leurs maisons des champs, à Châtillon, à Viarmes, à Auteuil, les riantes agapes de la sainte Liberté, et, dans la naive joie que leur inspiraient la limpidité de leur conscience, l'accomplissement de leurs devoirs de magistrats et de sujets fidèles, l'emploi d'une vie consacrée à la défense de tout ce qui était juste, de tout ce qui était grand, ces doctes magistrats ne croyaient pas déroger à la majesté du sacerdoce, dont ils étaient revêtus, en se livrant, au sein de l'amitié et de la famille, à ces délassements si chers aux belles âmes, aux grands esprits et aux grands cœurs.

Les fêtes du carnaval, en tant que réunions de famille, trouvaient les hommes les plus sérieux et les plus sages des six derniers siècles, tout disposés à jouir de cette aimable liberté. Or, le Parlement de Paris, sentinelle vigilante de ses mœurs aussi bien que des institutions et des lois de la nation, n'avait garde de négliger la célébration de ces jours de jubilation que l'Eglise a placés sur la limite de la pénitence et des austérités, comme pour apprendre aux hommes qu'il n'y a qu'un pas de l'abondance à la famine, de la joie aux larmes, de la félicité à la douleur. Tous les traités de Sénèque, toutes les dissertations d'Epictète ne valent pas cette annuelle et sublime leçon de morale donnée par le christianisme.

Mais en s'associant aux usages populaires, le Parlement avait imprimé le sceau de la religion, du patriotisme et de l'humanité à ces festins joyeux où les esprits superficiels et vulgaires ne voient qu'une arène ouverte aux extravagances et à la folie. Le carnaval du Parlement de Paris était sanctifié, en quelque sorte, par le resserrement des liens qui unissaient tous les membres de ce grand corps dans la même communion religieuse et politique.

Bien des années avant l'ordonnance de Philippe-le-Bel, qui déclarait la sédentarité du Parlement à Paris, les présidents et conseillers de la Cour alors ambulatoire, mais réunis dans la capitale pour le Parlement de la Chandeleur, *festoiaient ensemble les dimanche et mardi-gras.* On dînait le dimanche chez le souverain du Parlement, qu'on nomma depuis le premier président, et le mardi chez le procureur-général. A ces repas, dressés avec magnificence, venaient s'asseoir tous les conseillers, clercs et laïques, de la Grand'Chambre : les présidents et doyens des Chambres des requêtes et des enquêtes ; les trois greffiers civil, criminel et des présentations ; l'huissier en chef, le bailly du Palais et son lieutenant-général ; les avocats généraux et le président de la Chambre de la Marée (1).

(1) La Chambre de la Marée était une juridiction subalterne, mais qui avait une grande importance dans un temps où l'impôt prélevé sur le poisson de mer formait plus d'un cinquième des revenus de la ville de Paris et un soixante-dix-septième des revenus royaux. Il est prouvé que le commerce du poisson de mer était, au treizième siècle, vingt fois plus considérable à Paris qu'il n'est aujourd'hui, quoique la population de la capitale soit centuplée. Ce fait s'explique de lui-même : le carême était religieusement observé par toutes les classes de citoyens, et on faisait généralement maigre trois fois par semaine. La Chambre de la Marée se composait d'un président, de deux conseil-

A ces graves et vénérables personnages, venaient parfois se joindre, sur l'invitation du premier président et du procureur-général, le prévôt des marchands de la ville de Paris; les quatre échevins, le chevalier du guet, les présidents et dignitaires de la Chambre des Comptes, de la Cour des Aides; de la Cour des Monnaies; le grand-maître des Eaux et Forêts siégeant à la Table de marbre; les lieutenants de l'Amirauté, de la Connétablie et de la Maréchaussée, et le prévôt de Paris. Souvent aussi des princes du sang, de hauts et puissants seigneurs, des monarques étrangers briguaient l'honneur d'être admis à ces festins judiciaires; c'était un hommage de la puissance et de la force à la sagesse, aux lumières et à la vertu (1). La table du premier président comptait ordinairement, le jour du dimanche-gras, plus de cent-vingt couverts; et celle du procureur-gé-

lers commissaires, d'un procureur-général et de trois greffiers, sans compter quelques autres officiers secondaires.

(1) Un roi de Bohême, deux princes de la maison de Ladislas, roi de Hongrie; Guy de Lusignan, roi d'Arménie; et un empereur de Trebizonde, Alexis Cantacuzène, vinrent s'asseoir tour à tour, du XIIIe au XVe siècle, à la table du premier président du Parlement de Paris, le jour du dimanche-gras. Des potentats moins illustres s'honorèrent également en acceptant la magnifique et somptueuse hospitalité que leur offrait, ce jour-là, le chef de la Magistrature française.

néral, le mardi-gras, reçut, plus d'une fois, cent soixante convives (1).

Dès les premières années de la permanence du Parlement, à Paris, les festins des jours gras, offerts par le premier président et par le procureur-général, jouissaient d'une espèce de célébrité. Les *Olim*, ou registres du Parlement, font mention de quelques-unes de ces réunions, et Olivier de Maleboiste, procureur au Parlement sous Philippe de Valois, cite, dans son curieux ouvrage intitulé : *Des us et coutumes du Parlement de Paris*, et vante, avec complaisance, le dîner du dimanche-gras donné par le premier président, Simon de Bucy, en 1346. « La chère était des meilleures, dit le bon procureur, et des mets, dont personne onc n'avait entendu parler, s'étalèrent sur une table gigantesque, autour de

(1) La salle à manger de la première présidence existe encore aujourd'hui : c'est un vaisseau très-vaste et qui pouvait contenir cent cinquante convives. Le premier président, Achille de Harlay, qui fit bâtir l'hôtel de la première présidence au commencement du dix-septième siècle, n'avait rien oublié pour le rendre digne de la haute magistrature qu'il devait abriter. Achille de Harlay rassemblait, au dîner de la Saint-Martin (jour de la rentrée) et au dimanche-gras, plus de deux cents convives. Avant lui, les premiers présidents, qui demeuraient, depuis le premier président Lavaquerie, dans un grand hôtel de la rue des Marmouzets, aujourd'hui abattu, ne pouvaient recevoir que soixante à quatre-vingts convives. Lorsque le nombre des invités dépassait ce chiffre, le premier président transformait son salon en salle à manger.

laquelle s'esbattaient et glosaient plus de soixante-quinze magistrats et seigneurs des plus huppés. L'hypocras (1) coula à flots dans ce festin, et, au dessert, on servit des vins, non seulement des crûs de la Bourgogne et de la Champagne, mais encore du pays des Turcs et des Hongrois. A ce magnifique repas, ajoute l'historien, assistaient, outre nos seigneurs du Parlement, le bâtonnier de l'Ordre des avocats, les présidents de la Cour des Comptes et des Monnaies, et une douzaine de ducs, de comtes et de chevaliers; entre autres le comte de la Marche, les chevaliers d'Armagnac et de Charolais, le duc de Brabant, qui tous paraissaient hilaires (joyeux) de se trouver en si bonne, si nombreuse et si savante compagnie. Les discours étaient si doctes et si polis, les questions et les réponses si saupoudrées de sel attique et de jovialité française, qu'on ne s'apercevait presque point de l'absence du sexe, qui embellit tout ce qu'il touche, et qui a fait les délices de Corinthe et la ruine de Troie (2). »

(1) L'hypocras, breuvage composé de miel et d'anis, était alors en usage même sur la table du roi. Le vin ne paraissait qu'au dessert avec les dragées, les confitures, les massepains, les croquignoles et les gimblettes. Clopinel de Mehung, dans son roman fameux de la *Rose*, fait allusion à cette coutume quand il dit : « La dame de Beauté attendit l'arrivée du vin de Champagne et des croquignoles pour enivrer de ses regards ceux que les grappes foulées d'Aï n'auraient pu faire broncher. »

(2) Il n'y avait point de femmes aux dîners officiels du premier pré-

Mais ce ne fut véritablement que vers la moitié du quatorzième siècle que les réunions du dimanche-gras et du mardi-gras chez le premier président et chez le procureur-général prirent un caractère de grandeur, d'utilité et de charité chrétienne, qu'elles conservèrent jusqu'à la destruction du Parlement en 1790. De 1350 à 1790, nous voyons ces repas splendides se signaler, en effet, par les actes les plus purs et les plus efficaces de la sollicitude patricienne et de la bienfaisance. Sans remonter l'océan des âges et évoquer des noms et des événements qui nous feraient dépasser de beaucoup les bornes que nous nous sommes assignées, nous nous contenterons d'indiquer les particularités les plus essentielles et sans doute les plus oubliées de ces fêtes du Parlement.

Depuis la fin du treizième siècle, les religieuses de l'ordre de Saint-Augustin, qui soignaient les malades de l'Hôtel-Dieu, avaient coutume d'en-

sident et du procureur-général, ce qui faisait dire plaisamment au cardinal Bentevoglio, nonce du pape à Paris, sous le règne de Louis XIII : « Tous les hommes en robes noires me brouillent la vue. J'aimerais à voir, parmi toutes ces hermines, quelques autres robes plus légères, qui n'ôteraient rien à la gravité de ces banquets, qui leur ajouteraient, au contraire, un agrément de plus. »

Au dix-septième siècle, le magistrat se mettait à table orné de sa robe, comme le prêtre avec sa soutane, comme le militaire avec son uniforme.

voyer chez le premier président, le jour du dimanche-gras, deux bassines d'argent chargées de beignets au sucre, à la crème et au citron. En 1452, Adam de Cambray, alors premier président, décida que ces bassines ne seraient pas servies sur sa table, mais placées sur un buffet de la salle à manger, où il serait loisible aux convives d'en faire demander. Sur ce buffet, deux énormes escarcelles (bourses), placées au-dessous d'un écusson sur lequel était écrit : *beignets des pauvres*, attendaient le tribut de la charité des convives, et ce tribut était devenu fort important, puisqu'en 1461, sous la première présidence de Mathieu de Nanterre, et en 1561, sous la première présidence de Gilles Lemaître, il atteignit la somme de 7,000 écus, chiffre considérable, puisqu'il représente plus de 30,000 francs d'aujourd'hui. Cet argent était versé immédiatement dans les coffres de l'Hôtel-Dieu. Ces aumônes annuelles n'avaient pas médiocrement contribué à augmenter la fortune de l'Hôtel-Dieu, qui possédait plus de quatre-vingts maisons à Paris, sans compter les bois, fermes, métairies, prés, vignes et prairies, qu'il faisait valoir dans un rayon de plus de quarante lieues.

Sous le vestibule de l'hôtel du premier président était placé aussi, et de temps immémorial, un tronc de bois d'ébène sur le couvercle duquel on lisait : *Pour les pauvres prisonniers du Châtelet.* Le produit de ce tronc, qui n'était ouvert qu'une fois l'an, le jour des Cendres, était destiné à libérer de malheureux pères de famille qui avaient été mis en prison faute de payer les mois de nourrice de leurs enfants. De discrètes largesses enrichissaient ce tronc, et il arriva qu'une année on y trouva plus de 60,000 livres. C'était en 1644. Le public pensa avec quelque apparence de raison que la belle duchesse de Longueville, qui avait, cette année-là gagné un procès fort compliqué au Parlement, était de moitié au moins dans le legs fait aux infortunés, et que les convives du dimanche gras avaient été les heureux complices de son royal bienfait.

Les dîners du mardi-gras chez le procureur-général du Parlement étaient peut-être moins splendides et moins fournis en convives que les dîners du premier président; il faut en excepter cependant les festins que donna le fastueux et prodigue Fouquet, quand il occupait le poste éminent de procureur-général. Jamais, peut-être, le luxe de la table, l'abondance de la bonne chère, l'exquise délicatesse des vins n'avaient été poussés à un si haut degré. Ces repas, où s'asseyaient plus de trois cents convives, coûtaient à Fouquet des sommes fabuleuses. Son ami Gourville, cet homme si spirituellement intrigant et si effrontément épicurien, qui eut le rare bonheur de conquérir l'estime de Condé, de La Rochefoucauld, de Turenne et de madame de Sévigné, fait, dans quelques-unes de ses lettres, la description de ces festins, qui réveillent dans l'imagination les souvenirs classiques des banquets de Trimalcion et des deux Apicius. Selon Gourville, le dîner du procureur-général, en 1652, coûta plus de 20,000 livres.

Fouquet fut peut-être le premier procureur-général qui appela au festin judiciaire du mardi-gras des savants, des artistes et des hommes de lettres. Nous voyons dans la correspondance de Chapelain, le chantre de la *Pucelle*, avec Conrard, de l'Académie française, qu'il se trouva à un de ces dîners du mardi-gras chez le procureur-général Fouquet avec l'architecte Mansard, le célèbre mathématicien Huygens et le peintre Simon Vouët. On croit, avec quelque fondement, que notre inimitable Lafontaine lut, à un de ces dîners de Fouquet devenu surintendant des finances, son admirable fable des *Animaux malades de la peste* et le délicieux apologue du *Chêne* et du *Roseau*.

C'était ordinairement à l'issue du dîner du mardi-gras, chez le procureur-général, que les conseillers de la Grand' Chambre et des autres

Chambres du Parlement se partageaient les visites à faire pendant le carême dans les hôpitaux et dans les prisons. Par une coutume, en effet, qui remontait au-delà de la permanence du Parlement, à Paris, un fort grand nombre des conseillers-clercs et des conseillers-laïcs se rendaient trois fois par semaine dans les prisons de la Conciergerie, du grand et du petit Châtelet, du For-l'Évêque et de la Tournelle, et dans les hôpitaux de la Pitié, de Bicêtre, de Saint-Magloire, ainsi qu'à l'Hôtel-Dieu, pour y faire des lectures pieuses aux prisonniers et aux malades, réveiller chez les uns le repentir, chez les autres l'espérance, inspirer à tous la résignation aux décrets de la Providence et accompagner d'abondantes aumônes des exhortations empreintes de l'amour du prochain et de l'amour de Dieu, de la mansuétude évangélique et de l'inflexible raison de la vertu. Ces croisades parlementaires au sein des asiles consacrés à la douleur et au châtiment des délits et des crimes, se renouvelaient chaque année et se sont pieusement perpétuées durant six cents ans. Et, il faut le répéter bien haut, rien ne faisait obstacle au zèle et à la charité de ces courageux consolateurs de l'infortune, qui abandonnaient gaiement leurs familles ou leurs études pour aller passer des heures entières dans des geôles impures ou dans des salles d'hôpitaux infectes, pour rappeler à la santé de l'âme ou à la santé du corps des milliers de créatures souffrantes et délaissées. Sous Charles VI, sous Charles IX et sous Henri IV, Paris fut visité par la peste. Chaque jour, de funestes tombereaux emportaient des masses de cadavres : les magistrats du Parlement ne reculèrent pas devant ce hideux péril, et à peine descendus des fleurs-de-lys où ils avaient rendu la justice, ils allaient volontairement dans les souterrains de la Conciergerie ou entre les lits empestés de l'Hôtel-Dieu (1) affronter héroïque-

(1) Des critiques, dont l'implacable désir de fronder est fondé sur une insigne mauvaise foi ou sur une insigne ignorance, ne cessent de se lamenter sur le régime de l'Hôtel-Dieu avant 1789. Au nombre des griefs qu'ils reprochent à la *barbarie* de nos pères, ils font grand bruit que les malades couchaient *quatre* dans un lit. Nous ferons observer à ces philanthropes que si les malades couchaient, en certaines occasions, quatre par quatre, ce n'était point la *barbarie* de nos pères, mais bien leur *charité* qui en était l'unique cause. La population de Paris, au commencement du dix-huitième siècle, n'était pas ce qu'elle avait été sous Hugues Capet et même sous François Ier. L'Hôtel Dieu n'avait point grandi avec la population, et sa distribution était restée la même depuis le onzième siècle. Lorsqu'au douzième siècle, l'illustre Maurice de Sully, évêque de Paris, décida, avec le consentement du chapitre métropolitain, que les lits des chanoines qui viendraient à décéder appartiendraient désormais à l'Hôtel-Dieu; cet hôpital ne contenait que cent vingt lits qui suffisaient, avec les léproseries, aux besoins d'une capitale peu étendue. Grâce à la mesure de Maurice de Sully, du douzième au quatorzième siècle, les lits s'augmentèrent considérablement, et le chiffre, en 1370, montait déjà à plus de trois cents; notez aussi que la plupart de ces couchers excel-

ment le fléau dévastateur et semer, par leur seule présence, la foi dans tous les cœurs et la patience dans tous les courages.

Quelle assemblée politique, quel sénat de l'antiquité pourrait offrir à l'histoire de tels dévoûments, de telles abnégations, de telles splendeurs !!! Nous l'avons dit au commencement de cette esquisse, le Parlement de Paris est sans pair dans l'histoire des grands corps délibérants. Si, dans un espace de huit siècles, il a commis des fautes, citée devant le tribunal de l'histoire, cette auguste et vénérable assemblée pourra du moins se faire absoudre des imperfections de quelques-uns de ses actes, par sa fière et noble indépendance, par son attachement au trône, par son amour pour le peuple, et surtout, surtout aussi, par son invincible dévoûment aux libertés publiques et à la religion, base de la grandeur et de la prospérité morale et matérielle des nations.

---

lents (ils venaient des chanoines) avaient huit et douze pieds de long sur six et huit de large. Est-il donc étonnant que nos pères, qui n'étaient pas si éclairés que nous, mais qui étaient pour le moins aussi charitables, missent dans ces vastes lits, qui ne ressemblaient en rien aux cages de fer d'aujourd'hui, quatre ou cinq malades qui, sans cela, seraient morts de froid dans la rue, ou faute de soins et de médicaments dans leurs maisons. Nous ne prétendons pas dire que ce mode était rationnel, mais nous soutenons qu'il n'était pas inhumain et que nos pères n'étaient point des barbares.

LES AVOCATS-SOLDATS.

1594. — 1794.

La Ligue touchait à sa fin. L'éloquent exposé du conseiller aux enquêtes Duvair, qui concluait à ce qu'il fût rendu arrêt par lequel tous traités faits ou à faire, pour l'établissement de princes ou princesses étrangères, seraient déclarés « nuls et de nulle valeur, comme faits au préjudice de la loi salique et des lois fondamentales du royaume; et tous ceux qui y prêteront aide, faveur et consentement, déclarés criminels de lèse-majesté, etc. », avait été accueilli par acclamation au sein du Parlement de Paris. L'arrêt fut rendu à une grande majorité, et l'on put dès-lors prévoir que Henri IV ne tarderait pas à ressaisir une couronne dont il était déjà digne par sa clémence et par ses victoires.

Ce mémorable arrêt du 28 juin 1593, que le chancelier de Chiverny attribuait à une inspiration divine, consacra d'une manière irréfragable les droits de Henri de Bourbon, et vint rendre à la France, sinon sa tranquillité, du moins l'espoir d'un avenir plus heureux.

Quelques historiens, et Voltaire en particulier, ont prétendu que l'arrêt du Parlement n'avait eu qu'une bien faible influence sur les évènements qui annoncèrent le triomphe définitif du parti de Henri IV. Cette opinion est mal fondée. La cour de Rome, le roi d'Espagne Philippe II, la maison d'Autriche allemande, la maison de Savoie, la maison de Lorraine faisaient entrer, dit un écrivain judicieux, dans leurs spéculations, le suffrage du Parlement en *première ligne*, comme une condition essentielle et *sine quâ non;* mais ils avaient besoin du vœu réel ou apparent de la nation, pour s'opposer à Henri, et il n'y avait aucun de ces *partis* qui ne se tînt pour assuré du vœu du Parlement. On peut juger d'après cela de l'étonnement de tous les partis à l'apparition d'un *arrêt* qui maintenait l'exécution rigoureuse de la *loi salique,* frappait de nullité *toute élection* d'un roi pris dans une autre maison que celle de France, et qui flétrissait du crime de *lèse-majesté* quiconque participerait à une pareille élection.

L'abjuration solennelle de Henri IV dans l'église de Saint-Denis, acheva l'œuvre patriotique du Parlement de Paris.

Quoi qu'il en soit, l'arrêt du Parlement et l'abjuration de Henri tranchèrent les difficultés de la situation politique, et réunirent les royalistes jusqu'alors divisés. Dès ce moment, il n'y eût plus que des ligueurs et des royalistes. Le premier parti, dit un historien, se trouvait réduit à quelques milliers d'hommes ou *pervers* ou égarés par un scrupule mal entendu, ou *pensionnaires* de la maison de Lorraine, d'Espagne, de la cour de Rome ou de toute autre puissance qui avait intérêt à entretenir les troubles de la France.

Cette poignée de factieux était cependant redoutable. Soutenus par le duc de Mayenne, appuyés par les troupes espagnoles, wallonnes et italiennes qui formaient la garnison de la capitale, encouragés par les frénétiques sermons de quelques curés de Paris, ils pouvaient encore renouveler les sanglants attentats de 1593. La sagesse des bons citoyens devait poser une digue au débordement des mauvaises passions.

Il s'agissait de sauver la France; il s'agissait de

préserver Paris des horreurs de la guerre civile : tous les hommes animés du saint amour de la patrie se rassemblèrent, et des notabilités du Parlement et de la bourgeoisie travaillèrent sans relâche à la délivrance de la capitale.

Les avocats du Barreau de Paris s'étaient, depuis plus de trois siècles placés par leurs lumières, leur probité et leur patriotisme à la tête de la bourgeoisie. Plusieurs d'entre eux occupaient les principales charges de la cité, et le peuple confondait dans une même vénération et un même amour, les conseillers au Parlement et les avocats. Ces personnages d'élite commencèrent et dirigèrent les négociations.

Les mémoires du temps nous ont conservé la physionomie des deux assemblées principales.

La première se tenait chez le conseiller au Parlement, Pierre Damours. Pour justifier aux yeux d'un pouvoir soupçonneux les nombreuses visites qu'il recevait chaque soir, Pierre Damours avait fait venir à grand frais, dans son hôtel du quai de la Tournelle (depuis hôtel du président de Nesmond), un jeu de billard. On sait que ce jeu, inventé à Florence, avait été mis à la mode par les gentilshommes de Catherine de Médicis. Un billard existait au Louvre. Celui du conseiller Damours fut le second apporté à Paris. Il est bizarre de penser que l'une des plaies populaires de notre époque soit due au patriotisme d'un grave magistrat.

La seconde réunion se tenait rue Pierre Sarrazin, dans la maison de Martin Langlois, premier échevin de Paris et avocat au Parlement.

Ce Martin Langlois, dit un historien, était une forte tête, un véritable homme d'État, ne paraissant pas se mêler d'affaires, allant tous les jours au Palais remplir ses fonctions d'avocat. Il pratiquait pourtant, par sa prudence et son habileté, dans tous les quartiers de Paris, un grand nombre de personnes de toutes qualités pour faire réussir l'entreprise.

L'assemblée, présidée par le conseiller Damours, comptait dans son sein le premier président Lemaître, Edouard Molé, procureur-général, Guillaume Duvair, Hugues de Rochebrun, Stanislas de Corberon, Jean-Baptiste Courtamel, tous conseillers au Parlement.

La réunion de la rue Pierre-Sarrazin se composait de Martin Langlois, président; Lhuillier, procureur de la ville; Aure Samtoré, Philippe Curmane, Nicolas Gauthier, André Godard, échevins; de plusieurs colonels et capitaines de quartiers, désignés alors sous le nom de quartiniers et de dizainiers, et de la majeure partie des avocats inscrits au tableau. Le nombre des avocats royalistes s'élevait à plus de cent quatre-vingt-dix, c'est-à-dire aux deux tiers des membres du Barreau.

Le but des deux assemblées était de faciliter par tous les moyens possibles l'entrée de Henri IV dans la capitale. Tous les conjurés, si l'on peut donner le nom de conjurés à des citoyens qui veulent assurer la gloire et le bonheur de leur patrie, s'étaient liés par un serment solennel d'employer tout ce que Dieu leur avait donné de courage et de talent pour mener à bien cette grande et périlleuse entreprise.

Les séances chez le conseiller Pierre Damours avaient quelque chose d'auguste et de grave; chez l'avocat Martin Langlois, elles étaient vives et agitées. C'était le Sénat et le Tribunat de la monarchie à naître.

Les deux assemblées réunies avaient formulé les conditions sous lesquelles la *réduction* de Paris devait avoir lieu. On y remarque ce passage, qui prouve la sollicitude éclairée et prévoyante du Parlement et du Barreau : « L'introduction paisible des troupes, sans aucun dommage aux habitants, de *quelque parti* qu'ils fussent, ni dans leurs personnes, ni dans leurs biens; au contraire, protection solennelle de chacun d'eux, sans acception de personne; amnistie complète et oubli du passé. »

L'échevin-avocat Martin Langlois fut chargé d'aller auprès du roi porter la délibération des Conseils. Henri reçut le négociateur avec tous les témoignages que méritait un dévouement si pur.

« Sire, dit Martin Langlois, je vous apporte la couronne de France et les clés de Paris : l'une ne va pas sans l'autre; mais je vous apporte aussi des conditions qu'il vous faudra accepter, s'il vous plaît : car les Parisiens veulent un roi; mais ils ne se soucient pas d'un conquérant, et s'ils consentent à ouvrir leurs portes, ils ne consentent pas à être traités en prisonniers de guerre. »

« — Mon compère, repartit Henri en tendant la main à l'avocat, pas un de mes cheveux ne pense à entrer dans Paris par la brèche. Je vais examiner vos conditions, et, ventre-saint-gris! il faudrait qu'elles fussent bien dures à la couronne, pour que je ne les acceptasse pas. Retournez à Paris; dites à vos amis du Parlement et du Barreau, dites surtout au peuple, que Henri de Bourbon est moins un roi qu'un père, et que s'il désire rentrer dans sa capitale, c'est moins pour s'asseoir sur un trône que pour se reposer au milieu de ses chers sujets des fatigues d'une guerre déplorable. »

Langlois revint à Paris, et les paroles du roi

furent en un instant le texte de toutes les conversations du Palais et de la ville.

Cependant, les négociations s'entamèrent presque immédiatement. Henri chargea Despinay Saint-Luc de le représenter, et les Parisiens nommèrent pour le même objet, le comte de Brissac, gouverneur de la ville.

Le choix des deux négociateurs n'était pas dû au hasard. Despinay Saint-Luc et le comte de Brissac étaient en procès depuis longtemps. Le Parlement venait de nommer un arbitrage composé de *quatre avocats*, et, à l'occasion de cet arbitrage, Despinay se rendit à Paris avec les passe-ports nécessaires. On désigna, pour le lieu de la conférence, l'abbaye Saint-Antoine, et les deux plaideurs s'y trouvèrent avec leurs avocats. On se doute bien que, pendant que ceux-ci étaient occupés à discuter les intérêts des parties, Saint-Luc et Brissac s'entretenaient d'intérêts bien plus importants. Ce fut à la faveur de ces entrevues secrètes que les articles de la reddition de Paris furent arrêtés. Dans une dernière assemblée, tenue le 19 mars 1594, où se trouvaient les principaux membres de la réunion Damours et Langlois, on acheva la rédaction générale de l'acte de reddition. Le 20 mars au matin, le premier président Lemaître recevait la ratification du roi.

Le roi prit jour au 22 mars, à quatre heures du matin, pour son introduction dans Paris.

Toutes les mesures prises, tous les préparatifs terminés, l'avocat Langlois, l'âme de cette généreuse conspiration, rassembla les avocats dans une des galeries souterraines du Palais-de-Justice pendant la soirée du 21.

— Mes chers confrères, leur dit-il de cette voix forte et vibrante qui l'avait fait surnommer au Palais le *Memnon*, vous avez déjà tous donné bien des gages à l'amour de l'ordre et au respect des lois, mais votre tâche n'est pas entièrement accomplie. Il ne s'agit plus de parler aujourd'hui, il faut agir. Demain, notre roi légitime, Henri IV, se présentera avec son armée aux portes de Paris, et Paris, vous le savez, est occupé par six mille hommes et plus de troupes wallonnes, espagnoles et piémontaises. Pour éviter une collision fâcheuse, peut-être une action sanglante, je pense que les bons citoyens doivent s'armer afin d'imposer à la soldatesque étrangère et de la réduire à l'impuissance de rien entreprendre contre les troupes du roi. Mes chers confrères, *cedant arma togæ*, mais quand le salut de la patrie l'exige, la toge doit céder aux armes. Je vous préviens donc que demain je me trouverai à cette même place avec plusieurs capitaines de quartier sous mes ordres. Que ceux d'entre vous qui désireront suivre mon exemple veuillent bien s'inscrire sur ce registre, à cette fin que je puisse leur confier les commandements que ma qualité d'échevin de la ville me mettra à même de leur donner.

Soixante-dix-huit avocats étaient présents, soixante-quinze s'inscrivirent sur-le-champ. Les trois qui n'ajoutèrent pas leurs noms à ceux de leurs confrères avaient plus de quatre-vingts ans. C'étaient : Ange Dalibon, Pierre Lerognard et Sébastien du Tiolet. Encore ces bons vieillards demandèrent-ils avec instance d'être employés à quelque mission en harmonie avec leur faiblesse. Langlois les commit au soin de faire distribuer dans les rues et carrefours, par les clercs de la Basoche, mis en réquisition à cet effet, des billets imprimés et ainsi conçus :

« *De par le roi, grâce, amnistie et oubli du passé*, avec défense à tous ses procureurs-généraux, leurs substituts et autres officiers, d'en faire aucune recherche à l'encontre de quelque personne que ce soit, même à ceux appelés vulgairement les *Seize*, promettant, Sa Majesté, en foi et parole de roi, vivre et mourir en la religion catholique, apostolique et romaine, et de conserver tous ses dicts sujets et bourgeois de ladite ville de Paris en leurs biens, privilèges, états, dignités, offices et bénéfices, etc. »

Jamais peut-être le Palais-de-Justice n'avait eu sous ses voûtes une scène aussi touchante, aussi dramatique que celle qui se passait alors. C'était à qui saisirait le premier la plume pour tracer son nom sur le registre. Un jeune avocat, dont l'histoire ne nous a pas conservé le nom, ne pouvant signer assez vite à son gré, la plume appartenant d'abord aux anciens, ramassa un petit morceau de bois, se fit une blessure à la main, et de cette plume et de cette encre improvisées écrivit son nom sur la liste.

Tous furent exacts au rendez-vous de l'honneur. Le 22 mars, à trois heures du matin, les soixante-quinze avocats du Barreau de Paris entouraient Martin Langlois, dans le vestibule de la salle Saint-Louis, d'où l'on devait se diriger sur plusieurs points de la capitale.

— Des armes ! des armes, Me Langlois ! s'écriaient les jeunes avocats, pensez-vous à nous donner des armes ?

— J'ai songé à tout, mes jeunes confrères, répondit l'échevin, et je vais vous le prouver.

A un signal de Langlois, la porte de la galerie qui donnait sur la cour Dauphine s'ouvrit avec fracas, et on vit entrer les échevins, les quartiniers et les dizainiers de Paris, tous armés jusqu'aux dents. Plusieurs valets de ville, tenant à la main des torches allumées, précédaient des hommes chargés d'épées, d'espingoles, de hallebardes, de piques et même de framées (ancienne arme des Francs). Ces armes avaient été extraites des caveaux du Palais, où la plupart étaient enfouies depuis le procès des Templiers et les troubles du règne du roi Jean.

Chacun s'arma à la hâte, chacun s'empara des armes qui lui convenaient le mieux; quelques avocats se revêtirent de cuirasses, d'autres se contentèrent d'une simple épée; tous arborèrent les couleurs de la nation. Martin Langlois s'arma le dernier; une épée d'une effroyable dimension lui resta : « Mes amis, s'écria-t-il gaiement, voici une vieille épée de Bouvines qui a sans doute appartenu à quelque vaillant chevalier : avec l'aide de Dieu, je m'arrangerai de façon à ce qu'elle ne s'aperçoive pas qu'elle ait changé de main.

C'était un spectacle curieux que de voir ces hommes aux habitudes simples et paisibles, aux formes graves et austères, transformés tout-à-coup, le pot en tête et le glaive à la main, en soldats indomptables. Mais tel est l'heureux privilège de notre nation, que l'odeur de la poudre, le reflet de l'acier, le son du tambour suffisent pour créer une milice ardente, valeureuse, intrépide. Les avocats de 1594, étaient les dignes devanciers des avocats de 1790 qui, sous les noms de Joubert, de Moreau, de Meunier et de Vial, apportèrent un tribut de lauriers si splendide sur l'autel de la patrie.

Martin Langlois distribua les postes, conféra les grades, expliqua les consignes avec une présence d'esprit, un sang-froid, et surtout un tact plein de convenance et de délicatesse. Il mit à la tête de chaque troupe six avocats et un échevin ou un quartinier. Ces troupes, composées de trente, quarante, et même soixante et quatre-vingts hommes, avaient l'ordre de s'emparer de tous les postes occupés par les troupes espagnoles, wallonnes et piémontaises. « Et maintenant, mes chers compagnons, dit en terminant l'avocat-échevin Langlois ; maintenant que nous allons, par notre démonstration armée, ramener le calme et le bonheur dans notre chère ville de Paris, le cœur et la tête de la France, n'oublions pas, si nous rencontrons dans notre chemin des frères, des compatriotes encore égarés, de fermer les yeux... Une goutte, une seule goutte de sang français ne doit pas couler aujourd'hui... Mais si les soldats étrangers, si les satellites des princes qui depuis longtemps nous dévorent et nous humilient faisaient mine de vouloir s'opposer à nos desseins... mes compagnons, vous êtes Français, vous avez des armes, et vous savez ce qui vous resterait à faire... Triomphe au bon droit, à la justice, et vive la France!.....

— Vive la France! répondirent les assistants, et tous se précipitèrent sur les pas de leurs chefs en brandissant leurs épées.

Les diverses troupes se séparèrent en silence sur le Pont-au-Change. Martin Langlois avait choisi le poste le plus difficile et le plus périlleux, celui de la porte Saint-Denis,

Suivi de vingt avocats les plus jeunes et les plus ardents, de trente clercs de la Basoche, de vingt-quatre capitaines de quartiers, il arriva sur les remparts. A son approche, le poste des soldats espagnols prit les armes et parut enclin à disputer le passage. Martin Langlois s'avança rapidement vers eux, les culbuta; d'un coup de pistolet fit sauter la ferrure de la porte, et laissa ainsi le passage libre à Vitry, l'un des généraux de Henri IV, qui campait dans le faubourg, à la tête de six escadrons de cavalerie et de trois régiments d'infanterie.

Au même instant la porte Saint-Antoine était enlevée aux soldats wallons par l'avocat Claude Charencebaud, assisté de l'échevin de la Hure; la porte Saint-Honoré, par l'avocat Duhaumet, et l'échevin Côme Saladier; la porte Montmartre, par l'avocat Duplessis, assisté du capitaine Hocquet. L'abbaye Saint-Germain-des-Prés, l'abbaye Saint-Martin, les couvents et les monastères qui pouvaient devenir des foyers d'insurrection et de désordre, étaient simultanément envahis par les bourgeois, que les avocats et les dignitaires de la ville conduisaient.

Les mesures furent si bien calculées de part et d'autre, qu'au jour et à l'heure indiqués, les troupes du roi, et le roi lui-même, étaient au milieu de Paris avant que les *meneurs* de la Ligue, dit un historien, en eussent le moindre soupçon. Les habitants se réveillèrent aux cris de *vive le roi!* et à dix heures du matin la ville était aussi tranquille que s'il n'y avait jamais eu de troubles.

On remarqua que le roi entrait dans Paris par la même porte que Henri III en était sorti.

Dans le trajet de la barrière à Notre-Dame, où le roi s'empressa de se rendre, Henri remarqua l'avocat Martin Langlois qui, à la tête de sa troupe, faisait éclater les plus vifs transports d'allégresse. Henri l'appela.

— Messire Martin Langlois, lui dit le roi, je n'oublierai de ma vie les marques de dévouement que vous m'avez données aujourd'hui.

— Sire, répondit Langlois, je n'ai ni plus ni moins fait que tous ces braves et honnêtes personnages qui m'entourent.

— Quels sont-ils? dit le roi.

— Sire, ce sont les avocats du barreau de Paris.

— Messieurs les avocats de Paris, fit le roi en saluant affectueusement les jurisconsultes sous les armes, je vous remercie; c'est entre nous désormais à la vie et à la mort.

— Vive le roi! s'écria l'Ordre tout d'une voix.

— Vivent les avocats et les bourgeois de Paris, dit Henri aussitôt. Et, se retournant vers le comte de Brissac, gouverneur de Paris, qui était à cheval à sa droite : — M. de Brissac, lui dit-il, je suis le plus heureux des rois, car je suis aimé de la fleur de ma noblesse et de la fleur de ma bourgeoisie.

PENDANT LA PESTE.

1596. — 1696.

Au commencement de l'année 1596, à la suite d'un hiver rigoureux, de pluies continuelles, d'inondations et de débordements de rivières qui avaient causé une affreuse disette, les pauvres habitants des campagnes à trente lieues à la ronde vinrent par milliers se réfugier à Paris dans l'espoir d'y trouver des secours. « Les rues de Paris, dit le journal de Henri IV, se voyaient pleines de processions de pauvres qui affluaient de tous côtés, si qu'on faisait compte que depuis trois jours il est entré dans Paris jusqu'à dix mille (ce nombre atteignit vingt-cinq mille, huit jours après), chose pitoyable à voir. »

Ces malheureux parcouraient pendant le jour les rues par bandes de trente ou quarante individus, vieillards, femmes et enfants; et faisaient retentir les airs de lamentables supplications; la nuit, ils se rassemblaient sous le porche des églises, sous les voûtes du charnier des Innocents, dans les échoppes des marchés aux œufs et aux poissons, et là, ils s'entassaient les uns sur les autres, comme de vils animaux, pour se garantir du froid ou de la pluie. C'était un hideux spectacle que de contempler tant de créatures humaines livrées à toutes les horreurs de la faim, et à tous les maux qu'entraînent après elles la misère et la malpropreté.

L'énorme affluence de ces mendiants, qui se concentraient dans des rues étroites et resserrées, dit un auteur, corrompit l'air au point de le rendre pestilentiel. La contagion embrassa bientôt la surface de la capitale et toutes les classes d'habitants; la mortalité devint universelle et d'une rapidité effrayante. Tous les états furent dépeuplés, les boutiques et les ateliers fermés, les audiences suspendues, et il n'y avait pas une maison qui n'eût à pleurer quelque perte.

Le fléau sévit principalement dans les rues

qui avoisinaient le Palais-de-Justice; les rues de la Calandre, des Marmouzets, des Ursins, perdirent en quelques semaines plus de trois mille habitants. Dans la rue de la Barillerie, on vit enlever dans l'espace de trois jours sept cents cadavres. La désolation, la peur, la consternation régnaient partout. Comme dans toutes les calamités publiques, les malfaiteurs se montrèrent avec audace et se mirent à piller impunément les maisons veuves d'habitants ou qui ne contenaient que des morts ou des mourants. Un régiment suisse, qui s'était dévoué à la garde de la capitale, empêcha bien des crimes; mais ces braves soldats, décimés eux-mêmes par la peste, ne pouvaient pas être en tous lieux, et une foule d'atrocités signalèrent la marche du fléau.

Les citoyens riches, les familles opulentes abandonnèrent Paris et coururent se séquestrer dans leurs métairies ou leurs châteaux. La noblesse et le haut clergé suivirent cet exemple; mais le Parlement, toujours fidèle à ses devoirs, toujours attaché par-dessus tout au titre glorieux de *tuteur du peuple*, annonça hautement qu'il ne quitterait pas son poste.

Comme pendant l'épidémie de 1348 (deux cents vingt-six ans auparavant), les magistrats faisant face à l'ennemi, se lièrent par une délibération unanime, du 12 juin 1596, prise les Chambres assemblées, à rester à leur poste, sans désemparer en demandant pour toute grâce au roi qu'en cas de décès, l'office du magistrat, mort victime de son devoir, fut conservé dans la famille, et à la disposition de la veuve ou des héritiers. Le Parlement sollicita la même grâce pour les officiers ministériels qui se dévouaient au même sacrifice.

Cette requête était ainsi conçue : « Que le roi sera très-humblement supplié d'accorder aux présidents, conseillers, et autres officiers de ladite Cour, que, en cas qu'ils décèdent en cette ville en la présente année, leurs états et offices soient et demeurent à leurs veuves et héritiers, pour les faire mettre au nom de personnes capables et de la qualité requise. »

Jean de la Guesle, président à mortier; Renard de Montreuil et Toussaint de la Vallée, conseillers, portèrent cette requête au roi Henri IV, qui était alors à Fontainebleau avec la cour.

Le roi reçut avec de vifs témoignages d'intérêt la députation du Parlement de Paris. Non-seulement il accueillit favorablement la supplique, mais encore il voulut que les trois parlementaires eussent les honneurs de la cour. Il les fit dîner à sa table, les combla de louanges, et leur dit en les quittant : « Je n'oublierai jamais, messieurs, la conduite de mon Parlement de Paris dans cette triste circonstance. Dites-bien à vos collègues que je saurai reconnaître un jour, en père et en roi, le bel exemple qu'ils donnent aux magistrats de mon royaume. »

Puis, se retournant vers les courtisans : « Messieurs, ajouta le roi, le courage de nous autres soldats n'a rien de bien merveilleux ; car le sang français coule dans nos veines, et l'espoir du triomphe ôte à la mort ce qu'elle a de hideux; mais attendre cette mort sur un siège de judicature, la braver à toute heure au milieu d'une ville empestée, voilà le comble de la grandeur et de l'héroïsme. Désormais pour apprendre à bien vivre et à bien mourir, il faudra contempler mon Parlement de Paris. »

L'éloge n'était que juste et il fut mérité. L'intrépidité du Parlement ne fut pas un courage d'ostentation et de parade, et l'évènement vint justifier les paroles du monarque.

La contagion s'étendant de jour en jour, sema la mort dans les rangs de la magistrature et du barreau, qui avait voulu, comme toujours, suivre les destinées du Parlement. Vingt-six conseillers succombèrent; dix-sept magistrats de la plus haute classe, parmi lesquels on comptait le lieutenant-civil Séguier, quatre Montholon, un de Thou, deux de Harlay, et quelques autres non moins illustres, furent moissonnés dans l'espace de trois mois. Le barreau éprouva le même ravage, et vingt-deux avocats de la plus grande considération et de la plus heureuse espérance périrent de la même manière.

L'illustre Achille de Harlay, premier président du Parlement, donna un éclatant et nouveau témoignage de son amour pour la patrie et de sa religieuse fermeté. Chaque jour, les audiences terminées, il se promenait sur sa mule dans Paris, entouré de quelques conseillers et suivi d'un grand nombre de serviteurs (1). Les quartiers, les rues les plus maltraitées par l'épidémie étaient choisis par préférence. La vue de ces généreux magistrats inspirait au peuple la résignation et

(1) La grandeur d'âme et les vertus civiles étaient de tradition dans le Parlement de Paris. En 1581, Paris fut affligé d'une affreuse contagion qui enleva en six semaines plus de 40,000 personnes. Les audiences furent suspendues, les boutiques fermées, les églises interdites; les bourgeois aisés se réfugiaient dans les campagnes, laissant la capitale en proie à la peste et aux voleurs, qui pillaient sans crainte du guet.

Au milieu de ce désastre, le premier président, Christophe de Thou, donna une grande preuve de courage et d'attachement à ses devoirs. Il ne voulut jamais, disent les mémoires du temps, abandonner ses concitoyens; même pendant les *vacations*, qu'il avait coutume de passer à la campagne. Il se promenait tous les jours en carrosse dans les rues; et, quelques prières que lui fissent ses parents et ses amis, pour l'engager à *changer d'air*, ils n'y purent rien gagner; il leur disait, d'après Martial, que la mort n'est exilée d'aucun lieu, et qu'elle pénétrait aussi bien à *Tivoli* qu'en *Sardaigne*. Certes, l'histoire des Grecs et des Romains n'offre pas de plus belles actions, de plus nobles conduites à l'admiration des hommes.

la confiance; on se pressait autour d'eux, on baisait leurs robes, on les comblait de bénédictions, et on croyait à un meilleur avenir en les voyant si calmes et si tranquilles au milieu des sépulcres entr'ouverts.

Une correspondance inédite de cette époque désastreuse nous a laissé un touchant épisode de ces promenades du premier président au milieu de Paris désolé. Nous allons le citer en nous efforçant de lui conserver son tour naïf et ses expressions pittoresques :

« Une après-midi, après l'heure des plaids, M. le premier président, selon sa coutume, monta sur sa mule et quitta le Palais en tirant vers le Pont-aux-Changeurs. On lui avait dit le matin que la rue Saint-Denis, qui jusqu'alors n'avait pas été grandement maltraitée par la peste, n'avait rien perdu pour attendre : soixante-onze personnes y étaient mortes dans l'espace de vingt-quatre heures, et le clergé de Saint-Leu, ainsi que celui des Saints-Innocents et de Saint-Magloire, ne pouvait suffire à enterrer tant de gens à la fois. Le peuple dans ce quartier était saisi d'une frayeur non pareille. M. le premier président résolut donc d'aller visiter ce quartier, et y alla; mais à peine avait-il franchi, lui et les siens, la porte du Châtelet, que voilà les quartiniers et les dizainiers de cette partie de la ville qui viennent à lui. N'allez pas plus loin, monseigneur, lui dirent-ils, il y a foule au cimetière des Innocents : les cercueils y entrent à la file, et les émanations de tous ces morts et de tous ces vivants peuvent vous être funestes; rebroussez chemin. — Mes amis, répondit M. le premier président en poussant sa mule en avant, s'il n'y avait point quelque danger à courir, je ne viendrais point parmi vous. La place du premier président du Parlement de Paris est partout où le péril se montre, et je ne fais ici que mon devoir. Prions Dieu qu'il nous fasse miséricorde, et ne nous décourageons pas, car nous sommes chrétiens et nous sommes Français. Là-dessus il avança plus vite, et il fut suivi par les dizainiers, les quartiniers et un grand nombre de bourgeois et de populaire qui ne cessaient d'admirer sa contenance assurée et sa bonne mine.

« On n'avait point trompé M. de Harlay, l'entrée du cimetière des Saints-Innocents était obstruée par tous les cercueils, qui avaient chacun à leur suite les parents et les amis des défunts. C'était à qui entrerait le premier pour se débarrasser de ces dangereux fardeaux, et les valets d'église de Saint-Leu, de Saint-Magloire et de Saint-Merry augmentaient le trouble en se disputant les honneurs du pas. L'arrivée de M. le premier président mit un terme à toutes ces folles contestations, et sa parole austère, son regard d'aigle firent bien plus que les exhortations des bourgeois et les jurements des Suisses. Après avoir mis ordre à toutes ces funérailles, M. le premier président et son cortège remontèrent la rue Saint-Denis jusqu'à la rue Grénétat qu'ils prirent pour déboucher dans la rue Saint-Martin. Au milieu de cette rue Grénétat une jeune fille fort belle, échevelée et en larmes, vint se jeter aux genoux de M. de Harlay. M. le premier président s'arrêta tout court, et cette jeune fille, au milieu de pleurs et de sanglots, lui apprit qu'elle venait de perdre dans la même journée son aïeul, son père, sa mère et un frère aîné qu'elle avait, et qu'il ne lui restait ni pain, ni ressources. M. de Harlay fut visiblement ému d'une si grande infortune dans un âge si tendre; il consola la jeune fille en lui adressant des paroles affectueuses et paternelles, lui promit de s'intéresser à son sort, et la fit monter en croupe derrière un de ses plus vieux serviteurs. Le soir même, M. le premier président la faisait entrer, moyennant finance, au couvent des religieuses du Saint-Sacrement, et lui assurait, par un acte authentique, de quoi subvenir à ses besoins tout le reste de ses jours, soit qu'elle voulût rester dans le cloître, soit qu'elle désirât rentrer dans le monde.

« Il ne se passait guères de jour sans que de pareils bienfaits de M. le premier président vinssent édifier et réjouir la population de la capitale : et il n'était pas le seul à vaquer à ces œuvres de miséricorde et de charité. »

Non, certes, le premier président n'était pas le seul à braver la mort, à partager avec les affligés le pain et le vin de sa table, les deniers de son épargne. Tous les magistrats suivirent l'auguste exemple de leur chef; tous, à très-peu d'exceptions près, prodiguèrent leurs existences et leurs fortunes sans hésitation et surtout sans orgueil. Tandis qu'une commission de douze conseillers au Parlement se tenaient *constamment* à l'Hôtel-Dieu, pour régulariser les secours, plusieurs de leurs collègues parcouraient la ville avec des voitures de pain, de vin et de médicaments, entraient dans les maisons, s'informaient du nombre et des ressources des malades, et ne sortaient d'aucune sans avoir laissé des traces de leur libéralité et de leur évangélique charité. Parmi ces hommes infatigables, parmi ces apôtres intrépides de l'humanité, on remarquait Jacques de la Guesle, le même qui était allé à Fontainebleau porter au roi la supplique du Parlement, Jérôme de Hacqueville, qui fut depuis premier président, et qui n'était alors que jeune conseiller aux enquêtes : Jean Bochard de Champigny, qui fut aussi premier président, alors conseiller aux requêtes, et cet illustre Louis Servin, grand citoyen, grand magistrat, grand orateur, qui vécut comme Bossuet et qui mourut comme Turenne, au champ d'honneur, en défendant les droits et les libertés de la nation (1).

Jacques de la Guesle avait fait de son hôtel une succursale de l'Hôtel-Dieu. Cent vingt lits avaient été dressés par son ordre dans ses salons, ses bibliothèques et son cabinet. Il s'était réfugié avec ses livres dans les greniers de son hôtel, et en descendait plusieurs fois par jour pour inspecter le service de ses malades.

Jérôme de Hacqueville vendit une terre qu'il possédait aux environs de Paris, et en appliqua exclusivement la somme aux malheureux frappés de l'épidémie. Il entrait chez les artisans qui lui étaient signalés comme les plus nécessiteux, s'enquérait de leur position, et se retirait sans s'être fait connaître, et après avoir glissé sur le lit du malade trois, quatre ou six pistoles, selon les besoins et le nombre des membres de la famille.

(1) En 1626, Louis XIII vienr au Parlement tenit un lit de justice pour faire enregistrer plusieurs édits bursaux. Louis Servin, devenu avocat-général, développait aux yeux du roi tous les inconvénients de cette nouvelle exaction, lorsqu'il tomba subitement frappé d'apoplexie, presque aux pieds du monarque. Le savant Bouhier, conseiller en la Grand' Chambre, composa sur cette mort les beaux vers suivants :

Servinum una dies pro libertate loquentem
Vidit, et opressá pro libertate cadentem.

Jean Bochard de Champigny vendit jusqu'à son carrosse et ses chevaux pour soulager les misères de son quartier. Un de ses oncles mourut à cette époque et lui laissa une somme de 30,000 livres en écus. Bochard la distribua en l'espace de quelqnes jours, et se trouva réduit à emprunter cinquante pistoles pour achever de payer sa charge un mois après cette succession.

Louis Servin fit venir des sacs de farine et de maïs du midi de la France, les fit distribuer chez les divers bourgeois de Paris, et confia à l'évêque le soin de faire la répartition quotidienne des pains qui lui appartenaient; il donna en même temps à un droguiste de la rue des Lombards, nommé Cognant, une somme de 6,000 livres pour fournir des drogues et des médicaments à tous ceux qui se présenteraient chez lui, sans distinction d'état, de paroisse et même de croyance.

On ferait un énorme volume des grandes et belles actions du Parlement de Paris pendant cette seule periode de temps; et, si l'on réfléchit qu'un très-petit nombre de ces bienfaits ont été divulgués par ceux qui en ont été les objets, si l'on considère que le mystère le plus absolu régnait dans les transactions du protecteur et du protégé, qui souvent ignorait la qualité de la main qui le sauvait, on se fera une idée des bienfaits répandus incognito par le Parlement de Paris, en 1596, sur la population de cette ville. Vély a dit quelque part que la peste de 1596 avait plus coûté au Parlement qu'à l'État : les registres de la ville de Paris ne font monter les dépenses, pendant toute la durée de l'épidémie, qu'à un million 376 mille livres, et, ajoute Vély, il est de notoriété publique que la Grand' Chambre a seule dépensé plus de 800 mille livres pour le soulagement du peuple; or, la Grand' Chambre ne formait qu'un peu plus du tiers du Parlement de Paris.

Mais si le Parlement s'attira de nouveau, dans cette circonstance fatale, la reconnaissance et la sympathie des habitants de Paris, une classe de simples citoyens ne mérita pas moins que les magistrats la gloire de passer à la postérité la plus reculée. Nous avons dit que les avocats en corps avaient déclaré qu'ils ne quitteraient pas le poste du péril ; ils tinrent parole : sur deux cent quatre-vingt-six inscrits sur le tableau, vingt-trois oublièrent la sainteté d'un serment et la noblesse d'un sacrifice civique, tout le reste ne bougea point de Paris. Il était beau de voir chaque jour ces nombreux avocats se promener dans la Grand' Salle en attendant les audiences (car plaidant ou ne plaidant pas, on se faisait un point d'honneur de paraître au milieu de ses confrères), et se presser avec affection autour des présidents et des conseillers, lorsque ceux-ci quittaient les audiences et s'en retournaient chez eux. « J'ai eu hier les larmes aux yeux, écrivait Gomez da Sylva, secrétaire de l'ambassadeur d'Espagne, au duc de Médina-Celi, en voyant, dans la grande cour du Palais les avocats et les conseillers au Parlement se quitter pour vingt-quatre heures : c'était hier samedy, et ils ne se verront plus que lundy; et, en vingt-quatre heures, tant de ces bonnes personnes, déjà âgées et usées par le travail, peuvent si bien mourir ! On s'embrassait, on se baisait à qui mieux mieux; enfin, les présidents et les plus vieux conseillers ont monté sur leurs mules et ont pris la route du logis, non sans dire adieu de la main et avec une mine souriante à tous ces avocats qui les conduisaient des yeux, avec un intérêt tout tendre et tout filial. Les jeunes avocats se faisaient surtout remarquer par leur zèle et par leur respect; quand M. de Harlay, le premier président, a descendu les degrés du Palais, il en avait plus de soixante à sa suite. Jamais général d'armée n'a été l'objet de tant de vénération, et jamais la vertu n'a eu tant de motifs pour se croire, dès cette terre, arrivée au ciel. »

Il est fort douteux que Gomez da Sylva écrivit la même relation aujourd'hui, s'il revenait au monde et à Paris.

La conduite des avocats hors du Palais ne différa en rien de celle des conseillers au Parlement; ils firent tous beaucoup de bien; tous ils ouvrirent à l'indigence des maisons de refuge, de travail ou de convalescence; mais ce que les historiens ont négligé de faire connaître, et ce qu'une lecture attentive des documents que nous avons eu entre les mains nous a prouvé, c'est qu'en 1596, l'Ordre des avocats improvisa, pour la sûreté du Palais, du Parlement et de la Cité, une espèce de bataillon sacré, dont le bâtonnier était le capitaine, et dont le premier président était le général. Chaque compagnie était de cinquante hommes, et le temps de son service était fixé à une semaine. Les avocats-soldats étaient armés uniformément de lances, de sabres et de piques, qui se trouvaient et qui se trouvent probablement encore dans les caveaux de la Sainte-Chapelle, et près de la galerie qui correspond des caves aux souterrains du Palais.

Cette milice rendit les plus grands services au Parlement et à la ville, et produisit sur le moral des populations un excellent effet. Le jour, les avocats de service plaidaient comme les autres; la nuit, mêlés aux braves soldats suisses, que leur exemple électrisait, ils faisaient des patrouilles, ou se tenaient dans la cour de la Sainte-Chapelle, autour d'un grand feu constamment allumé pour purifier l'air infecté par les bicoques de la rue de la Barillerie. L'avocat Hotman (1), qui commandait un jour ce poste, fit une sortie contre une troupe d'assassins et d'incendiaires armés de torches et de piques. Les bandits croyaient avoir bon marché des avocats, mais ils avaient compté sans leur hôte : les avocats les repoussèrent, en tuèrent même quelques-uns, et les soldats suisses achevèrent une défaite qui débarrassa Paris d'une bande de misérables qui espéraient, par l'incendie et le sac du Palais, se rendre maîtres des principaux quartiers de la capitale.

(1) Antoine Hotman avait été avocat-général durant la Ligue, et du nombre des hommes d'esprit qui s'étaient laissé égarer par l'illusion d'une fausse doctrine. Dans son système, dit un biographe, la succession à la couronne n'appartenait pas à Henri IV, mais bien à son oncle, Charles de Bourbon (cardinal), sous le prétexte qu'en matière de succession l'oncle était préférable au neveu. Il publia un ouvrage consacré au maintien de ce système. Ce livre, qui était anonyme, fut réfuté à Strasbourg par François Hotman, qui ne se doutait pas qu'il écrivait contre son frère. Mais, après la mort du fantôme de roi (cardinal de Bourbon), l'obstacle qui avait séduit Hotman n'existant plus, il se hâta d'abandonner le pacte de la Ligue, et devint un des plus zélés partisans de la cause de Henri IV.

Hotman était, comme on vient de le voir, un homme de cœur et de courage ; il devait se ranger sous la bannière de Henri IV.

C'est à cette occasion que les avocats reçurent, du président Achille de Harlay, cette devise que Beaumarchais a indignement parodiée dans son *Barbier de Séville* : CONSILIO MANUQUE.

Et, ici, qu'il nous soit permis de rappeler le dévouement qui honora, deux siècles après, le Barreau de la France. La guerre civile avait désolé trois de nos plus belles provinces, la Bretagne, le Maine et l'Anjou. Des maladies contagieuses décimaient des populations déjà frappées cruellement par le fer, par le feu, par la disette et par le glaive des bourreaux. Cinq avocats de Rennes, les plus riches et les plus éloquents de ce Barreau, illustre depuis tant d'années, forment une espèce de confédération de charité, exhortant par leurs écrits, entraînant par leur exemple tous les citoyens de la Cité bretonne à venir en aide à leurs frères des campagnes malheureux, et parviennent, à force de soins, de sacrifices et de voyages, dans les communes les plus maltraitées par le fléau, à organiser, sur tous les points du *Delta* breton, dans le Maine et dans l'Anjou, des secours aussi efficaces que rapides. Grâce à ces héroïques citoyens, la peste est partout combattue, et, loin de s'étendre sur les autres parties du territoire, elle expire et s'éteint aux lieux mêmes où elle avait pris naissance. L'épée de l'ange exterminateur était rentrée dans le fourreau devant la Foi, l'Espérauce et la Charité de cinq avocats unis par l'amour de Dieu, de la Patrie et de l'Humanité !!!

Quand des statues de bronze se dressent de toutes parts pour perpétuer la mémoire des héros, ne doit-on pas être surpris de ne point voir quelques gouttes de ce bronze mises en réserve pour reproduire, du moins, les modestes effigies des citoyens, de chrétiens qui ont, aux dépens de leur vie et de leur fortune, contrebalancé, par leurs bienfaits, les hideux et déplorables résultats de la guerre civile?

LE BATON DE SAINT-NICOLAS.

1610. — 1790.

Une mule vigoureuse et proprette, chargée de deux cavaliers, l'un vieux et cassé, l'autre jeune et d'une beauté remarquable, s'arrêtait, le 3 décembre 1601, devant le logis de maître Nicolas Lepetit, un des plus célèbres membres du Barreau de Paris, et bâtonnier, pour cette présente année 1601, de l'ordre très-illustre des avocats. Le jeune homme abandonna lestement la croupe et reçut dans ses bras le vieillard, dont un lourd balandras ralentissait encore les mouvements. Après avoir recommandé le soin de leur monture à un serviteur qui les suivait à pied, les deux cavaliers frappèrent discrètement à la porte bâtarde de l'avocat.

La maison de maître Nicolas Lepetit était située à l'angle de la rue de la Licorne en la Cité. Déjà les plus jeunes membres de l'ordre avaient été porter leurs pénates dans le beau quartier d'alors, celui de l'Université, au-delà des ponts; mais maître Lepetit, qui se piquait d'être l'ennemi des innovations et l'apôtre inébranlable des vieux *us* du Barreau, après avoir fulminé contre cette tendance universelle de sévères mercuriales, s'était retranché invinciblement dans sa maison de la rue de la Licorne; s'efforçant ainsi de ramener, par son exemple comme par ses paroles, les brebis indociles qui s'éloignaient du bercail. Au reste, la maison de maître Nicolas, quoiqu'ancienne, puisqu'elle datait dejà de l'année 1375 et du règne de Charles V, était commode et spacieuse. L'avocat y avait établi une riche bibliothèque, fruit de quarante années de soins et de recherches; un vaste parloir, salon de l'époque, occupait une partie du rez-de-chaussée. Et dans un terrain limitrophe de sa maison et qu'il avait acheté aux marguilliers de Saint-Pierre-aux-Bœufs, maître Nicolas avait fait planter un jardin pour la jeune Isabeau, sa fille, gracieux et mignon fruit d'un hymen tardif. Le soleil, il est vrai, visitait rarement les pauvres fleurs transplantées dans ce petit coin de terre, mais les roses, les jonquilles, les œillets et les jasmins frappés de mort y étaient incessamment remplacés par des victimes nouvelles. Le jardinet d'Isabeau était un champ de bataille où la faulx de la mort avait chaque jour à moissonner, et ses fraîches plantes ressemblaient à ces mamelucks de l'Orient qui se recrutaient sans jamais se propager.

Une vieille servante, à la figure jaune et creusée de rides, vint ouvrir la porte, après avoir préalablement reconnu les visiteurs à travers la grille du guichet.

— Eh quoi ! c'est vous, monsieur le gouverneur de la Tournelle ! s'écria-t-elle en souriant, et avec cette familiarité que les vieux serviteurs emploient à l'égard des anciens amis de leurs maîtres; si on attendait céans quelqu'un, ce n'était pas votre seigneurie, car il fait froid, et le temps est nuble (couvert) comme un jour de Circoncision.

— Il est vrai qu'il fait un temps à ne pas mettre un ladre dehors, repartit le vieillard ; mais, Gertrude, vous savez qu'il y a des occasions où l'on ne regarde pas au ciel s'il fait soleil ou s'il pleut. Votre maître est-il rentré des plaids? il se fait tantôt trois heures (1).

(1) Les audiences du Parlement duraient de neuf heures du matin

— Il rentre à la minute, et c'est tout au plus s'il a eu le temps de déposer son chaperon.

— Allez lui dire, Gertrude, que nous sommes ici, reprit le vieillard, et que son ami, Hugues de Bois-Jourdan, accompagné de son fils, désire l'entretenir quelques instants toute affaire cessant.

— Oh! oh! quelque bon procès avec monseigneur l'évêque de Paris ou son chapitre, fit la vieille en hochant gaiement la tête, ou bien quelques petits démêlés avec le Prévôt des marchands et les échevins, relativement au moulin qu'on vient de détruire à la Tournelle!

— Il ne s'agit pas d'un procès de cette espèce pour le moment, Gertrude, repartit le vieillard avec un léger mouvement d'impatience causé par la loquace curiosité de la servante, il s'agit simplement d'une prise à partie où M. l'avocat votre maître et moi devons, si Dieu le permet, ne jouer qu'un rôle secondaire.

— Allons, allons, ce sera ce que ce sera, repartit Gertrude un peu désappointée, je vais vous quérir Monsieur.

En discourant ainsi, la vieille servante avait introduit le père et le fils dans le parloir. Elle

à midi; mais quand le rôle était trop chargé, on plaidait encore de deux à trois heures; c'est ce qu'on appelait audiences de *relevées*.

les quitta en les invitant d'un geste à s'asseoir sur les escabeaux luisants et bien époussetés qui le garnissaient, et qui, avec un Christ colossal, peint sur toile par un artiste de l'école florentine, composait tout l'ameublement de la salle.

— Eh bien, mon pauvre Michel, dit le vieillard à son fils quand ils furent seuls, ton cœur bat bien fort, n'est-il pas vrai? Voilà le moment décisif, voilà l'instant suprême qui doit décider du bonheur ou du malheur de ta vie. Prends courage, mon enfant, ajouta Hugues, en regardant son fils avec un mélange indéfinissable d'orgueil paternel et de tendresse, et remettons tout entre les mains de celui qui est là-haut, et qui nous donne des joies ou nous inflige des peines selon sa volonté.

— Je ne le vous cache pas, mon père, répondit le jeune homme en rougissant, je souffre beaucoup. Je pressents que la démarche que vous voulez bien faire pour l'amour de moi, auprès de M. le bâtonnier, n'aura pas une issue favorable. O! mon cher père, s'il allait nous refuser!

— Enfant! enfant! interrompit le vieillard, en affectant une assurance qu'il était loin d'avoir réellement, tu ne sais pas comment se traitent les affaires du monde... Mais j'entends Me Nicolas Lepetit... du courage, et surtout, mon enfant, quoi qu'il arrive, de la résignation.

L'avocat entra en effet; c'était un petit vieillard encore vert, d'une physionomie qui tenait de l'émouchet et de la fourmi, et dont la parole brève, abondante et saccadée, décélait l'intelligence et la facilité de compréhension. Sa voix, à laquelle il savait donner tous les tons, selon l'humeur qui le possédait (et cette bizarre propriété de timbre avait contribué, autant au moins que son immense érudition, à sa renommée au barreau), sa voix était alors dans son ton naturel, c'est-à-dire pleine et sonore, ce qui parut d'un bon augure au gouverneur de la Tournelle.

— Eh ! vous voilà donc, mon cher et respectable ami ? s'écria le bâtonnier en tendant les bras à Hugues de Bois-Jourdan, c'est donc ainsi que vous surprenez les gens. C'est bien, très-bien, *benè, optimè ;* mais il fallait venir trois heures plus tôt, nous aurions dîné ensemble, et ce que vous avez à me dire, vous l'auriez déduit, *inter pocula*. Comment vous portez-vous, mon ami ?

— On ne peut mieux, messire Lepetit, répondit Hugues, et malgré mes soixante-dix-huit ans, j'ai le cœur aussi chaud et la tête aussi froide qu'un homme de quarante ans ; mais j'ai l'honneur de vous présenter un malade...

Et le bonhomme désigna son fils, qui, rouge comme une robe de conseiller, ne savait quelle contenance tenir.

— Qui? Michel? repartit le bâtonnier; à d'autres, mon compère. Il a une face de chanoine de Sainte-Opportune et une prestance de Bernardin. J'ai bien remarqué, dans les visites qu'il nous faisait de temps à autre, qu'il n'était pas si mièvre ni si espiègle qu'autrefois, mais il ne faut pas se plaindre de cela, mon vieil ami, les jeunes gens ne sauraient répudier trop vite les façons et manières d'une adolescence fougueuse, surtout lorsque, comme votre fils, ils sont appelés à remplir des charges graves et honorées. Oh! la maladie de Michel ne durera pas, j'en suis convaincu, et vous pouvez sans crainte partager ma conviction.

— Je l'espère, messire, repartit Hugues, et je l'espère avec d'autant plus de fondement, qu'il ne tient qu'à vous de guérir radicalement mon cher et unique enfant.

— Vous vous riez, mon compère, interrompit maître Lepetit; je ne suis pas médecin, et n'ai de ma vie ouvert un livre de médecine, si ce n'est Galien, au chapitre de *casibus mulieris*, pour une cause dont je m'étais chargé... et que j'ai gagnée.

— Comme toutes celles que vous plaidez, dit Bois-Jourdan.

— Hum ! hum! fit le bâtonnier en se rengorgeant, sans avoir l'air d'entendre son ami ; je ne me connais donc nullement en maladies, et je ne m'aviserais pas de donner des conseils, quand bien même il ne serait question que d'un mal d'aventure.

— Je persiste cependant à dire, reprit Hugues, qu'à vous seul est réservé le pouvoir de guérir Michel. Si vous le permettez, je vais m'expliquer plus clairement.

— Asseyez-vous, et parlez à cœur ouvert, répondit l'avocat, avec une voix de fausset qui semblait indiquer qu'il commençait à démêler les véritables motifs de la visite du gouverneur, et ne trouvez pas mauvais que la Cour se couvre.

Hugues fit une légère inclination de tête, et messire Lepetit tira de sa poche une calotte de feutre à oreilles qu'il mit avec une précaution oratoire sur sa tête. Cette cérémonie accomplie :

— Parlez, dit-il à Hugues, je suis tout yeux et tout oreilles pour vous entendre.

Le gouverneur de la Tournelle toussa, regarda du coin de l'œil son fils, et, approchant son escabeau du siège de maître Lepetit, il lui dit :

— Si ma mémoire ne me trompe pas, messire, voilà tantôt quarante ans, que nous nous connaissons. Dans cette période de temps, je crois que vous m'avez toujours tenu pour bon et loyal sujet du Roi, fidèle catholique et citoyen franc du collier.

— Cela est vrai, fit l'avocat avec gravité.

— Si donc, reprit Hugues de Bois-Jourdan, je n'ai point démérité dans votre estime; si vous m'avez témoigné constamment des sentiments que j'ai été heureux de vous inspirer, il ne tient qu'à vous de me prouver aujourd'hui la force et la solidité de ce bon vouloir.

— Et quelle preuve voulez-vous que je vous en donne, mon maître, interrompit le bâtonnier d'une voix aigrelette.

— La preuve! la voici en deux mots, sans préambule et sans phrases. Isabeau, votre fille, et mon fils Michel, s'aiment depuis longtemps. Ils se sont donné leur cœur avant même de savoir ce que c'est que l'amour. Je viens vous demander la main d'Isabeau pour mon cher Michel. Je ne m'enquiers pas de ce que vous lui donnerez en dot; c'est là le moindre de mes soucis. Je ne veux que le bonheur de mon enfant, comme vous ne devez désirer que la félicité du vôtre. Michel a ma charge de gouverneur de la Tournelle en survivance; dès qu'il sera marié, je lui abandonne un poste que j'ai tenu avec quelque honneur durant vingt-cinq ans. Cette charge est d'un revenu fixe de 3,000 livres tournois; j'y joindrai une partie de mes épargnes, car je ne crois pas m'appauvrir en enrichissant mon cher fils, et je donnerai à ma bru deux cents beaux écus d'or pour ses épingles et son bouquet de mariée. Cette proposition vous rit-elle, mon vieil ami, et ne seriez-vous pas charmé, comme moi, de planter sur le chemin de notre tombe deux beaux jeunes arbres qui nous donneront des fruits, et un bel et consolant ombrage jusqu'au jour où Dieu nous rappellera à lui?

— Voilà qui s'appelle une proposition à brûle-pourpoint, mon vieil ami, répondit le bâtonnier d'une voix claire et stridente et en se pinçant les lèvres; une chose de cette importance mérite, je crois, une mûre délibération.

— La délibération est de peu d'utilité dans l'espèce, reprit Hugues. Nos jeune gens s'aiment de tout leur cœur, nos fortunes sont égales, nos positions sociales ne sont pas disparates; que voulez-vous davantage?

— Là, là, voilà bien le style d'un vieux guerrier. Est-il possible, mon maître, que vous soyez si impétueux!

— J'ai conservé les vertus et les défauts de mon

premier métier, répliqua Hugues de Bois-Jourdan avec impatience, et il serait à désirer que tout le monde fît de même. Une expérience de soixante ans m'a d'ailleurs prouvé jusqu'à l'évidence, messire Nicolas Lepetit, que les bonnes affaires sont celles conclues rondement. Dites-moi un bon oui, ou un bon non; je saurai me contenter de l'un ou de l'autre; mais de grâce, ne nous tenez pas le bec dans l'eau : les vieillards et les amoureux n'ont pas de temps à perdre. Répondez-donc franchement, catégoriquement à ma demande, et ne craignez pas, par un refus, de blesser ma susceptibilité. Dieu merci, j'ai vécu assez longtemps pour être triplement cuirassé contre les déceptions de la vie.

— Puisque vous voulez absolument une réponse séance tenante, reprit le bâtonnier, je vais vous la faire, maître Hugues de Bois-Jourdan. Mais n'oubliez pas, je vous prie, que vous me faites violence, et que j'aurais désiré.....

— Point de circonlocution; au fait, messire.

— Eh bien! mon vieil ami, je vous dirai d'abord qu'Isabeau est trop jeune pour...

— A vingt ans. Ce motif n'est pas le véritable; parlez sans détour et sans arrière-pensée, maître Nicolas.

— Eh bien donc, seigneur gouverneur de la Tournelle, puisque vous me mettez sur la sellette, je vous dirai que je destine à ma fille un époux...

— Plus honorable que celui que je vous offre, interrompit pour la troisième fois l'impatient vieillard.

— Non pas, mais d'un rang plus en harmonie avec le mien. Je suis, comme vous savez, avocat et chevalier-ès-lois; j'ai l'honneur d'être bâtonnier de l'ordre pour la présente année, et j'ai quelques chances pour être réélu l'année prochaine (1). A ces causes, je ne prétends et ne veux donner ma fille qu'à un membre haut placé de la Magistrature ou au moins du Barreau. La réflexion vous fera juger que ma prétention est juste, légitime et rationnelle. Si Michel était conseiller aux enquêtes, avocat, ou même conseiller du Châtelet, l'affaire pourrait s'arranger ; car, avec du talent, on peut devenir président à mortier, avocat du roi ou maître des requêtes ; mais il n'en est pas ainsi ; à bien prendre, même, votre charge participe beaucoup plus de l'épée que de la robe, et je tiens essentiellement à la robe.

(1) La nomination du bâtonnier se faisait le 9 mai de chaque année, et pour un an seulement. Elle n'était pas attachée à l'ancienneté de la réception, mais purement élective.

— Le gouverneur de la Tournelle est tout à la fois homme d'épée et homme de robe, repartit le vieil Hugues, et vous n'ignorez pas que je suis revêtu, dans l'intérieur de mon gouvernement, d'un droit absolu, et que je connais des crimes et délits que les prisonniers de la Tournelle peuvent commettre dans l'intérieur de la prison. Ainsi donc...

— Ainsi donc, interrompit l'avocat d'un ton d'impatience, vous m'avez entendu, mon vieil ami, et vous savez que les idées tiennent dans ma cervelle comme les chaînes aux crampons des pignons des rues. Vous auriez beau dire, vous ne me feriez pas changer de résolution. Moi qui me rappelle vous avoir vu sous le règne de notre glorieux roi Henri II, capitaine d'une compagnie d'hommes d'armes, vous ne me ferez jamais croire que vous êtes complètement devenu un homme de robe; c'est une illusion à laquelle mon esprit ne pourrait pas se prêter.

— Mais considérez, reprit le vieux gouverneur, qui par amour paternel faisait violence à son caractère emporté, que les jeunes gens s'aiment, qu'ils seront malheureux éternellement si vous contrariez leur vertueuse tendresse.

— La cause est entendue, repartit le bâtonnier, ne parlons plus de cela. Le don de la parole est le plus grand bienfait de Dieu, et ce serait en abuser que de parler encore de choses oiseuses. *Nescio vos*, mon compère, sur ce chapitre-là, et entretenons-nous d'autre chose. Ça j'espère que vous assisterez à la grande messe que l'ordre des avocats fera célébrer dans trois jours à la Sainte-Chapelle, en l'honneur de Saint-Nicolas, notre patron, dont vient la fête. En ma qualité de bâtonnier pour la présente année, je rendrai le pain bénit, et je figurerai, la bannière à la main, à la procession, qui sera magnifique. L'évêque de Paris officiera pontificalement, et des députations du Parlement, de la Cour des Comptes et de la Cour des Aides s'y trouveront : on fait même courir le bruit que notre jeune dauphin y viendra accompagné de son auguste mère. Ce sera splendide et royal, comme vous voyez. Il faut y venir, mon cher gouverneur, et amener Michel avec vous.

— Maître Nicolas Lepetit, répondit austèrement le gouverneur, il m'arrive rarement de hanter les églises les jours de cérémonies pareilles. Quand je vais dans la maison du Seigneur, c'est pour prier, c'est pour invoquer, dans le silence de la méditation et de la prière, la miséricorde de celui qui tient la clef des cœurs et des volontés : ce n'est jamais pour jouir de l'étalage et de la pompe des vanités humaines. Adieu, maître Lepetit, je vous remercie de votre invitation, mais ni Michel, ni moi n'en profiterons, car le *Nescio vos* que vous venez de prononcer ferme désormais chez vous tout accès aux anciennes relations que nous avions ensemble. Mariez votre fille, messire Nicolas, mariez-la, et que Dieu vous pardonne le mal que vous faites à Isabeau, à mon cher fils et à moi.

Et sans attendre de réponse, le vieillard se leva, prit le bras de son fils consterné et tremblant, et regagna la porte de la rue, où sa mule l'attendait tenue par son serviteur.

Accablé de douleur par le refus de maître Nicolas Lepetit, Michel de Bois-Jourdan se promenait seul dans l'étroit jardin qui bordait la prison du côté de la rivière (1). Les ténèbres d'une nuit d'automne, la brise qui agitait les nombreuses girouettes du triste manoir, le murmure des flots de la Seine venant se briser contre de vieux saules dépouillés de leur écorce, tout contribuait à nourrir et à augmenter les pénibles

(1) La prison de la Tournelle, dont l'érection datait des premiers rois de la première race, etait située sur le bord de la Seine, non loin du pont qui porte encore aujourd'hui son nom. C'était une lourde et hideuse prison, qui fut démolie vers la fin du dix-huitième siècle. On trouva dans ses fondations des débris de constructions romaines.

impressions de la journée dans son âme. Il pensait à Isabeau, il pensait à son vieux père, et le fragile édifice de bonheur qu'il s'était plu à élever, s'écroulait pièce à pièce devant une réalité à laquelle il ne pouvait échapper. — Isabeau! s'écria-t-il dans sa fièvre d'amour et de désespoir, faut-il donc renoncer à vous pour jamais : faut-il vous voir passer dans les bras d'un autre! Il formait alors mille projets insensés, il voulait fuir et chercher une mort glorieuse à l'étranger; mais l'image de son père, qu'il fallait abandonner, qu'il fallait livrer dans ses derniers jours à l'isolement et au désespoir, apparaissait à son esprit : le malheureux Michel se prenait alors à pleurer de rage, car placé entre une passion déçue et une tendresse inaltérable, il était dans la situation du navigateur perdu sans boussole dans l'immensité des mers inconnues.

— Ne vous désolez pas ainsi, mon jeune maître, dit en ce moment une voix rendue plus imposante par le silence et l'obscurité. Prenez courage; il y a remède à toutes choses, hormis à la mort.

Michel leva les yeux, et reconnut dans l'homme qui lui parlait ainsi Claude Simon, le geôlier principal de la prison. Ce Claude Simon, malgré son titre de geôlier, était un brave et honnête homme, il avait servi longtemps sous les ordres du capitaine Bois-Jourdan, et il était venu, par attachement pour lui, en quittant le service militaire, s'enfermer, avec ce titre peu profitable et peu honorifique à la fois, dans les murs épais de la Tournelle.

— Ah! Claude, si tu savais! répartit le jeune homme...

Il voulut continuer, mais ses sanglots l'empêchèrent de proférer une parole.

— Je sais tout; votre père m'a tout dit, répondit le vieux soldat. Et à quoi servirait, en effet, de camper cinquante ans son pennon dans la même famille, si quelque chose devait vous être caché. Oui, je sais tout, et c'est précisément pour cela que je vous dis de prendre courage; mademoiselle Isabeau ne se marie pas demain, n'est-ce pas? et d'ici à ce que le tabellion griffonne un contrat, il passera de l'eau sous notre pont.

— Claude Simon, fit Michel, ne cherche pas à rappeler l'espoir dans mon cœur. Si tu connaissais comme moi maître Nicolas Lepetit tu ne raisonnerais pas ainsi. Les décisions de cet obstiné vieillard ressemblent aux sentences de la Grand'Chambre : elles sont sans appel.

— Il y a un pouvoir plus haut et plus fort, je pense, que le Parlement, répliqua Claude Simon, et c'est celui du roi...... qui peut faire grâce quand il lui plait. Mais croyez-moi, maître, il n'y a pas de décisions sans appel, et nous pourrons faire casser l'arrêt de maître Nicolas.

— Que dis-tu? Claude Simon.

— Je dis que si vous voulez bien fortement vous tirer de ce mauvais pas, il ne tient qu'à vous.

— Peux-tu douter un instant de ma réponse? Je suis homme à employer tous les moyens possibles; tous ceux du moins qu'autorise l'honneur, pour sauver mon amour du naufrage dont il est menacé. Parle, explique-toi, je t'en conjure.

— Ecoutez-moi donc. Il y a ici en ce moment, dans ce cachot dont vous voyez le guichet presque au niveau de la rivière, un homme qui peut vous servir d'une manière efficace. Cet homme, ou plutôt ce diable incarné, est en commerce réglé avec tout ce que Paris renferme de braves à trois poils (1), de mendiants, de cagoux, de reîtres : c'est un crocodile, un renard, un loup, cousus tous ensemble dans une peau humaine.

— Y penses-tu, Claude Simon, voudrais-tu me donner pour auxiliaire un voleur ou un assassin?

— Ce n'est ni un voleur, ni un assassin, soyez

(1) On appelait braves à trois poils sous Charles IX, ces spadassins porteurs de moustaches et de bouquets de barbe au menton. Sous Charles V et ses successeurs, ces mêmes hommes, qui se sont perpétués jusqu'à nos jours, s'appelaient *mauvais garçons*.

tranquille : c'est tout simplement le très illustre Goripeau, roi des Argotiers (1) qui, à la suite d'une querelle avec un sergent du Châtelet, a été amené ici pour y faire pénitence. Venez le visiter, contez-lui votre aventure, et soyez persuadé qu'il vous donnera un bon conseil, moyennant, bien entendu, quelques carolus d'or bien frappés à l'effigie du roi et aux armes de la ville de Paris.

— Conduis-moi donc vers cet homme, Claude Simon ; car dans le cruel état où je me trouve, l'assistance d'un gueux est préférable peut-être à la protection d'un souverain.

— Suivez-moi donc, fit le vieux geôlier car je porte précisément au côté les clefs qui ouvrent les cages de la rivière.

Michel et son guide arrivèrent bientôt devant le cachot du roi des Argotiers : Claude Simon ouvrit avec fracas la porte de fer, et à la lueur d'une lanterne qu'il portait, Michel pût contempler le hideux réduit où se trouvait enterré sous un monceau de paille infecte le monarque à couronne de foin des truands de Paris.

Au bruit que les deux visiteurs firent en entrant, Goripeau secoua la paille qui lui servait de

(1) Le roi des Argotiers était aussi le roi de Thune : il portait encore d'autres titres bizarres, et dont la liste était longue autant que celle des vrais potentats.

lit et de couverture, et se mit sur son séant; ses yeux s'allumèrent comme ceux d'un basilic, et sa barbe grise se hérissa comme les poils d'un sanglier poursuivi et harcelé par une meute.

— Venez-vous me rendre la liberté, Claude Simon? dit-il d'une voix pleine et accentuée, et M. le prévôt a-t-il enfin reconnu qu'en frappant le misérable sergent qui m'avait insulté, je n'ai fait que repousser une attaque aussi lâche que cruelle?

— Je ne viens point encore vous rendre la liberté, Balthazar Goripeau, répondit Simon. Mais cela ne tardera pas, et je viens vous offrir les moyens d'abréger votre captivité en rendant service à ce jeune homme. Balthazar, vous savez que toutes les fois que vous êtes venu ici, vous avez été bien traité.

— Bien traité! interrompit le monarque, vous m'avez toujours relégué dans les cachots les plus malsains; le pain que vous me donnez est plus noir que l'âme d'un maltotier; une pierre me sert d'oreiller; des animaux immondes troublent mon repos le jour et la nuit, et une paille pourrie me suffoque par ses exhalaisons pestilentielles. Vous appelez cela être bien traité, maître Claude?

— Je demeure d'accord que vous n'avez jamais été logé convenablement, reprit le geôlier;

mais une prison n'est pas un palais, et des ordres venus de haut lieu...

— Ah! c'est cela! des ordres. Voilà l'éternel refrain des subalternes cupides ou cruels; mais, dites-moi, ces ordres supérieurs venus de haut lieu vont-ils jusqu'à commander que les prisonniers soient mangés vivants par les rats. Je leur dispute chaque nuit, maître Claude, les membres amaigris qui me restent, et souvent je n'obtiens la victoire sur eux qu'avec peine.

— Exagération! fit Claude Simon.

— Exagération? répéta Goripeau; voyez donc jusqu'à quel point j'exagère?

Et d'une main il souleva la paille de son chevet, et aussitôt une dixaine de rats s'échappèrent en criant hors du cachot, dont la porte était restée entr'ouverte, et passèrent entre les jambes de Michel.

— Si j'étais un criminel, un assassin, un faux-monnoyeur, passe encore, je pourrais souffrir patiemment : j'aurais mérité mes tribulations. Mais non, on n'a à me reprocher que la dignité que j'exerce avec honneur et profit : le roi des Argotiers porte ombrage à M. le Prévôt de Paris, parce qu'il sait mieux que lui ce qui se passe dans la grande ville : c'est une jalousie de métier.

— Vous avez une mauvaise tête, Balthazar,

vous êtes toujours mêlé dans les rixes et les querelles.

— Oui, quand on m'attaque, répond Balthazar. Mais voyez vous-même, mon jeune seigneur, dit-il en s'adressant à Michel, si les reproches de ce brave geôlier sont fondés. Voici l'homme qu'il donne comme le provocateur et l'agent de toutes les querelles.

Balthazar écarta le reste de la paille qui le couvrait, et se dressant à l'aide de ses poignets dans la jatte qui lui servait de support, montra à Michel, stupéfait, qu'il n'avait pas de jambes.

— Mais au moins, continua Claude Simon, vous ne pouvez pas nier que nous ayons eu pour vous, et moi en particulier, tous les égards compatibles avec la rigueur de nos devoirs.

— Quant à cela, répondit Balthazar, je ne dis pas non, bien que cependant, en mainte occasion, vous eussiez pu vous relâcher de l'excessive sévérité dont j'étais l'objet; n'importe, chacun pour soi et Dieu pour tous, c'est la devise des enfants de la besace, et j'ai vu que c'était aussi la vôtre.

— Assez de salamalecks comme cela, mon prince, fit Claude Simon, il ne s'agit plus du passé, il s'agit du présent. Voulez-vous rendre service au fils unique de M. le gouverneur de la Tournelle, à ce jeune homme que je vous présente? il est aussi libéral que beau et bon, ainsi vous n'aurez pas à vous repentir de l'aider, et de mener à bonne fin l'affaire dont il vous chargera.

— Je ne suis pas cupide, répondit le truand, et je rendrais service à ce jeune homme à l'inspection seule de sa physionomie. Parlez, mon jeune seigneur, et parlez sans crainte, car tout infirme, tout abandonné que paraisse le pauvre Balthazar, le sceptre de coudrier qu'il tient en la main, dans sa Cour des Miracles, s'est plus d'une fois enlacé avec le sceptre d'or fleurdelysé, dans les arcanes réduits de l'hôtel de Soissons.

Michel hésitait à faire confidence de ses chastes amours à un homme en apparence si éloigné d'en pouvoir comprendre l'ineffable sincérité; mais, sur un signe d'encouragement de Claude Simon, il se décida, et raconta de point en point au roi d'Argot, l'histoire de sa tendresse, les espérances du matin et les déceptions du soir.

Dès qu'il eut achevé son récit, prolixe comme les harangueurs des poëmes d'Homère, Balthazar, qui l'avait écouté avec une attention sérieuse, s'écria :

— Je connais comme mon *Pater* maître Nicolas Lepetit : sa maison, ses mœurs, ses habitudes et ses boutades me viennent à l'esprit. Rien ne me sera plus facile que de créer des intelligences dans sa maison, car la Gertrude, sa gouvernante, a pour neveux deux sujets très-distingués de notre confrérie ; les mauvaises langues de ma cour prétendent même qu'ils lui tiennent d'un degré plus près encore. Voyons, jeune homme, que prétendez-vous faire de Nicolas Lepetit? Si j'étais hors d'ici, mon pouvoir serait sans bornes ; mais, quoique dans les fers, mes ordres n'en seront pas moins exécutés avec une aveugle fidélité. Désirez-vous que maître Nicolas soit hissé dès demain dans la lucarne la plus obscure et la plus élevée de la tour de Sainte-Geneviève? Voulez-vous qu'une armée de rats envahisse sa maison et porte la dévastation dans sa bibliothèque et dans son garde-manger?...

— Je ne veux pas porter atteinte à la liberté, ni à la fortune de messire Nicolas Lepetit, interrompit vivement Michel, cherchez un autre expédient, Balthazar.

— Voulez-vous que je fasse enlever votre charmante Isabeau, reprit encore le roi ; demain, à l'heure du couvre-feu, elle sera remise entre vos mains.

— J'aimerais mieux renoncer éternellement à

la possession d'Isabeau, plutôt que de la devoir à un acte de violence, répondit Michel ; je supporterais avec l'aide de Dieu sa perte; mais je ne me sentirais pas le courage de supporter ses reproches et le cri de ma conscience.

— Que voulez-vous que je fasse? Je ne suis ni ange, ni saint, et ne puis opérer pour vous des miracles. Demandez-moi de l'audace, mon gentilhomme, de la ruse, de la finesse; mais des expédients où la vertu joue le premier rôle, des entreprises où la sagesse domine, ce n'est pas mon fort, et il faut vous adresser à d'autres qu'à moi.

— Comment, Balthazar, fit Claude Simon, vous jetez ainsi le manche après la cognée? Votre imagination ordinairement si féconde ne trouve rien pour nous sortir d'embarras ! Allons donc, mon prince, vous oubliez votre ancienne gloire, et vous perdez de vue que la fin prochaine de votre captivité dépend du succès de notre démarche. Ça, faites un bon appel à votre esprit de Bohême; fouillez bien avant dans votre sac à malice, vous trouverez quelques expédients. Vrai Dieu ! pour un homme de votre trempe les difficultés n'ont fait jamais qu'augmenter les ressources et les talents.

Sa majesté argotine fut sans doute flattée du compliment, car elle se gratta l'oreille, ferma les yeux, et parut pendant quelques instants livrée à la plus profonde méditation.

Tout à coup Balthazar fit un bond sur sa crêche, et jeta aux voûtes de son cachot une glorieuse et métaphorique exclamation.

— Qu'y a-t-il, qu'est-ce? fit Claude, un rat vous aurait-il cru endormi?

— Non, répliqua le roi, ce n'est pas un rat, c'est une idée qui vient de me mordre l'esprit, et dont je me suis emparé.

Puis il ajouta avec une volubilité extraordinaire :

— Maître Nicolas Lepetit est cette année bâtonnier de l'ordre des avocats?

— Oui.

— La bannière de Saint-Nicolas est déposée chez lui, dans la salle qui précède sa bibliothèque?

— Je l'ai vue encore aujourd'hui, dit Michel.

— Dans deux jours, l'ordre tout entier célèbre en grande pompe la fête de Saint-Nicolas?...

— A la Sainte-Chapelle, interrompit Claude Simon; maître Nicolas Lepetit rend le pain bénit et figure, portant la bannière, à la tête de la procession, qui sera suivie d'un nombre considérable de parlementaires, d'avocats, de seigneurs de la cour, et de bourgeois notables de la bonne ville de Paris.

— Isabeau est à nous, reprit le roi en se frappant le front. Je veux dire est à vous, mon gentilhomme, et votre âme timorée n'aura rien à redouter. L'expédient que je vais employer, n'est, à proprement parler, qu'une espièglerie de page ou d'écolier. Vous serez le premier personnage de l'intrigue; me promettez-vous de vous conformer exactement à mes prescriptions?

— Oui, si... fit Michel.

— Allons, pas de restrictions, puisque je vous affirme que rien ne sera plus innocent que les moyens que j'emploierai; mais de votre obéissance à mes ordres dépend le succès de l'entreprise. Voyez si vous voulez m'obéir?

— J'obéirai, dit Michel, que l'exaltation du roi des Argotiers avait électrisé malgré lui.

— Ça, du papier, de l'encre, une plume, dit Balthazar.

Michel détacha l'encrier de corne qu'il portait à sa boutonnière, et Claude Simon construisit, à l'aide de quelques débris de bois pourri, une espèce de pupitre devant Balthazar.

Callot, un siècle plus tard, se serait estimé heureux d'avoir à traduire sous son ingénieux pinceau cette scène fantastique. Un orgueilleux mendiant, dont les guenilles attestaient le génie, traçant à la lueur blafarde d'une lanterne des ordres et des injonctions, entre un geôlier à mine rébarbative et un adolescent qu'on aurait pu prendre, n'eut été le costume, pour Pâris ou pour Apollon.

Balthazar écrivit deux lettres, une dans un idiôme et avec des caractères bizarres, l'autre dans le style et avec des caractères ordinaires.

— Mon gentilhomme, dit-il, après avoir soigneusement plié les deux missives; voici l'alpha et l'oméga. Demain, au premier chant du coq, levez-vous, et allez sous le Charnier-des-Innocents; vous y trouverez un aveugle conduit par un chien noir, faites l'aumône au chien, et remettez cette lettre à l'aveugle, en prononçant ce mot : *Pougalermas*. L'aveugle, à ce mot de passe, mettra son violon dans sa poche et marchera vite et longtemps, suivez-le. Vous repondrez aux questions qu'il jugera à propos de vous faire, et vous vous conformerez à ses conseils, car ce grand homme est mon chancelier, et gouverne le royaume pendant mon empêchement. A midi, vous reviendrez trouver l'aveugle sous le porche de l'église Saint-Magloire, et s'il vous dit à son tour *pougalermas*, vous lirez la lettre que je vous remets avec celle qui lui est destinée. N'omettez pas, dans ce dernier cas, de vous conformer aux indications précises qu'elle renferme, et n'hésitez pas à demander, par un billet de votre main, un rendez-vous à Isabeau dans le petit jardin de son père.

— Et si ce billet tombe entre les mains de maître Nicolas? fit Michel; c'est un Argus...

— Il faut qu'il y tombe, en effet, et mon chancelier se chargera de ce soin. Quant à vous, vous ne devez point chercher à vous introduire dans la maison du bâtonnier; c'est du pignon du mur du jardin que vous parlerez à Isabeau. Au surplus, tout est prévu, tout est arrêté dans la double instruction que je vous remets. Allez reposer en paix, mon jeune seigneur, et demain soyez debout aux premières lueurs de l'aube.

— Mais vous n'avez pas stipulé, Balthazar, le prix que vous mettez à vos généreux efforts! Il est de mon devoir de vous le demander avant de passer outre, dit Michel.

— Ce que je demande, ce que je veux?

— Oui, sans doute.

— *La Liberté!* répondit Balthasar en se drapant orgueilleusement dans ses haillons (1).

(1) Le gouverneur de la Tournelle avait le singulier privilège de mettre en liberté, de son autorité privée, les prisonniers qui n'avaient contre eux que les accusations vagues et intéressées des sergents de la douzaine ou des rondes et patrouilles du guet. On rapporte ainsi

Et, sans attendre de réponse, le mendiant s'étendit sur son grabat et s'endormit comme Annibal et le grand Condé la veille d'une action décisive.

Deux hommes, dont l'un portait en carquois sur son épaule une petite échelle, descendaient à la tombée de la nuit l'étroite et sale rue de la Juiverie en la Cité. Ils paraissaient l'un et l'autre pressés d'arriver au but de leur course, et causaient gaîment, pour charmer l'ennui d'une route à tout moment interrompue par le mauvais état et les embarras des rues.

— Ceux qui nous verraient ainsi arpenter le pavé du roi, disait en riant le plus jeune à son compagnon, ne se douteraient pas que vous êtes l'aveugle de Saint-Magloire. Par quel artifice contrefaites-vous si bien l'homme privé de la vue, Zorobabel ?

l'origine de ce privilège qui était devenu un droit : « Le frère de saint Louis faisait tapage dans le faubourg Saint-Marcel, avec quelques jeunes seigneurs de son âge ; il fut pris par les gardiens de nuit de la ville *(custodes noctis)* on le conduisit à la Tournelle, malgré ses prières et son opposition, et on le renferma dans un cachot, ainsi que ses compagnons. Le lendemain, des officiers du roi et de la régente (Blanche de Castille) vinrent les réclamer. Vivement affecté de cette correction, bien supérieure à sa faute, le jeune prince obtint de saint Louis que le gouverneur de la Tournelle eût *droit de liberté* sur ses prisonniers.

— C'est un secret du métier, mon gentilhomme, répondit l'homme à l'échelle, qu'il serait trop long pour le moment de vous expliquer. Qu'il vous suffise de savoir que grâce à cette infirmité factice, votre serviteur a su se concilier les suffrages unanimes de l'auguste confrérie des Truands et Ribauds de la bonne ville de Paris. Vous avez vu dès aujourd'hui un échantillon de mon savoir-faire, et vous ressentez dès ce soir les bons effets de ma politique. Aussi puis-je dire sans présomption que si le roi Balthazar est la tête de notre association, j'en suis le bras. Balthazar est l'homme du conseil, moi je suis l'homme de l'action. — L'un et l'autre nous passons avec raison pour les piliers et les plus fermes soutiens du royaume; si Dieu nous frappait tous les deux en même temps, on pourrait prédire que la puissance de l'antique royauté de l'Argoterie et de Thune serait bien près de tomber.

En discourant ainsi, les deux hommes que nos lecteurs ont déjà reconnus pour Michel de Bois-Jourdan et l'aveugle du Charnier-des-Innocents, s'étaient faufilés dans le dédale des petites rues de la Cité. Au coin de la rue de la Licorne, où ils étaient entrés par la rue des Ursins, Zorobabel s'arrêta, déchargea ses épaules de la petite échelle, la braqua contre le mur du jardin d'Isabeau, et à voix basse dit au jeune homme :

— Maintenant, c'est à vous le dé; jouez-le comme nous en sommes convenus, et n'omettez pas une syllable de ce que vous savez.

— Je ferai de mon mieux, répondit Michel.

— A l'issue de votre entretien, vous me retrouverez au cabaret de la Cornemuse, sur le parvis Notre-Dame. Je vous attendrai avec le gage de la victoire et du triomphe. Adieu ! de la présence d'esprit et du sang-froid.

Le Truand s'éloigna à grand pas et disparut dans les ombres sinueuses de la rue des Ursins.

Michel, resté seul, se repentit presque d'avoir laissé éloigner son compagnon. Si une patrouille du guet venait à passer, se disait-il, on me prendrait pour un rôdeur de nuit, un voleur, et cette échelle ne contribuerait pas peu à corroborer cette mauvaise opinion Tout en faisant ces peu rassurantes réflexions, le jeune homme montait un échelon, puis deux, puis quatre; enfin il s'enhardit, et gravit précipitamment ceux qui restaient. Sa belle tête, encadrée de sa riche chevelure brune, couronna alors le chaperon moussu du vieux mur, et sa main put caresser les feuilles dentelées et toujours vertes des deux ifs dont les rameaux surbaissés formaient, dans ce triste jardin, un berceau protecteur, survivant toujours à la mort des roses et des lilas.

— Isabeau! Isabeau! êtes-vous là? dit-il à voix basse.

— Oui, répondit-on, en étouffant également le son.

— Oh! ma chère Isabeau! que je vous sais gré de votre tendre pitié. J'avais besoin de vous faire mes derniers adieux, car après le refus de votre père, je pars, je m'enrôle dans les armées du roi.

— Hélas! fit en poussant un soupir, la voix.

— Le désespoir n'est-il pas mon seul recours? mais que du moins j'emporte cette consolation, de penser que vous partagez mes regrets, mes douleurs.

— Hélas! fit encore cette voix.

— Isabeau! vous m'êtes donc pitoyable, reprit Michel. Ah! si votre père doit nous séparer en vous mariant à quelque personnage de la cour, conservez-moi encore une chaste tendresse; j'en suis digne, vous le savez, et pour vous le prouver encore en partant, je viens vous restituer ce drageoir que vous m'aviez donné, quand, enfant encore, nous nous aimions sans prévoir un aussi triste avenir.

— Donnez, dit la voix; et une main s'avançant à travers le feuillage obscur des ifs, saisit le drageoir.

— Vous ne l'avez pas pris de ma main, Isabeau! vous l'avez arraché. Pensiez-vous donc que mon offre ne fut qu'un leurre?

A cette question il n'y eut pas de réponse!

— Oh! non, chère Isabeau! poursuivit Michel, votre père m'a fait bien du mal; mais je donnerais tout mon sang aujourd'hui même, cependant, pour lui pouvoir restituer, comme je vous restitue ce drageoir, le précieux insigne que des misérables lui ont enlevé par ruse.

— Qu'est-ce? que m'a-t-on volé? expliquez-vous, dit la voix qui se renforça, et redevint claire tout à coup.

— Le froid du soir vous incommode, Isabeau, je m'en aperçois trop tard à votre voix, et je me retire.

— Non, non, expliquez-vous?

— Votre excellent père vous aura caché l'évènement. Eh bien! le bruit court que la bannière de Saint-Nicolas, donnée en garde à votre malheureux père, en sa qualité de bâtonnier de l'ordre des avocats, a été ce matin même dérobée dans sa maison.

— La bannière de Saint-Nicolas! le gage de

ma dignité présente et future ! fit une voix pleine et sonore..., malédiction !

Et des pas précipités annoncèrent à Michel que la personne avec qui il venait de converser regagnait en toute hâte le logis.

— Ma foi ! dit le jeune homme, en redescendant gaîment les degrés de l'échelle, Zorobabel ne m'a pas trompé, et je ne puis douter maintenant que la prétendue Isabeau ne soit maître Lepetit lui-même, qui se fie un peu trop sur la flexibilité de son organe. Allons retrouver mes gens au cabaret de la Cornemuse ; ou je me trompe fort, ou la victoire est à nous.

Et, sans davantage s'embarrasser de l'échelle braquée contre le mur, sans se soucier de la grosse voix du bourdon de Notre-Dame, qui tintait le couvre-feu, Michel, tout allègre, se mit à courir vers le parvis, où l'attendaient ses nouveaux amis, les fidèles sujets du royaume de gueuserie.

Il pouvait être dix heures du soir, (heure fort avancée à cette époque), un petit homme enveloppé dans un vaste manteau traversait le pont de bois de la Tournelle, et malgré une pluie de neige qui commençait à tomber, gesticulait sur les planches tremblantes du pont, en élevant de temps à autre les mains vers le ciel. L'homme au manteau arriva enfin à la porte de la prison et y frappa avec violence. Mais personne ne lui répondit : il hoche encore, il appelle, mais plus il heurtait, plus il s'égosillait, moins on faisait mine de lui ouvrir. Enfin, ennuyé de l'inutilité des tentatives, le bonhomme saisit une chaîne de fer qui correspondait à une cloche fêlée, destinée à signaler les incendies, et il l'ébranla avec fureur.

Aussitôt le judas du guichet s'ouvrit avec fracas : une figure éclairée par les reflets d'une lanterne sourde s'y montra, et demanda d'une voix brusque : — Qui va là?

— C'est moi! c'est moi, répondit l'homme au manteau.

— Qui, vous? où le feu s'est-il déclaré?

— Le feu ne s'est déclaré nulle part; c'est moi qui n'ai trouvé d'autres moyens de me faire ouvrir céans que de sonner la cloche des incendies. Vous dormez tous comme des castors.

— S'il n'y a point d'incendie, laissez donc les gens en repos, répondit le guichetier, en retirant sa tête du judas.

— Eh! eh! Claude Simon! est-il possible que vous ne reconnaissiez pas la voix de l'ami de votre maître, du seigneur Hugues de Bois-Jourdan? Regardez-moi donc avec votre lanterne, et ouvrez-moi.

— J'ai beau vous regarder, fit la tête du guichetier en s'écarquillant les yeux, je ne vous reconnais pas.

— Comment, Claude Simon, vous ne reconnaissez pas messire Nicolas Lepetit, bâtonnier de l'Ordre des Avocats, et le vieil ami de votre maître et seigneur? Êtes-vous frappé de cécité comme les habitants de la ville maudite de l'Écriture?

— Ah! ah! en effet, je crois vous reconnaître actuellement; mais qui diable, messire bâtonnier, aurait pu vous deviner à cette heure et affublé de ce manteau, qui vous donne plutôt l'air d'un capitaine des lansquenets que d'un avocat! Eh bien! messire, qu'y a-t-il pour votre service?

— Ouvre-moi, Claude Simon, et annonce-moi à ton maître; il faut que je lui parle absolument.

— Monseigneur de Bois-Jourdan est couché depuis plus d'une heure, et avec la meilleure volonté du monde, je ne pourrais vous ouvrir, car on lui remet chaque soir les clés. Venez demain matin d'aussi bonne heure que vous voudrez, et votre affaire est dans le sac.

— Il faut que mon affaire soit terminée dès ce soir, Claude Simon, et il est de la dernière importance que je voie ton maître à l'instant même. Réveille-le, va chercher la clé et ouvre moi.

— Comment, monsieur l'avocat, vous voulez que je réveille un malheureux vieillard qui, depuis la journée d'hier, a vieilli de dix ans, par des chagrins dont j'ignore la cause; cela serait d'une barbarie sans exemple, et tout geôlier que je suis, je ne saurais me résigner à commettre une semblable action. Le sommeil est le baume des affligés, monsieur l'avocat, laissez reposer en paix mon vertueux maître, et venez demain.

— Par les trois vertus théologales, tu ferais perdre patience à un saint, interrompit maître Nicolas Lepetit en frappant la terre du pied avec colère. Va réveiller ton maître, je prends tout sur moi, et je suis certain qu'il ne trouvera pas mauvais que tu aies cédé à mes instances. Mais va vite, car il pleut horriblement, et malgré l'épaisseur de mon vêtement, je sens l'eau qui me traverse et me gagne.

— Vous me répondez donc?... fit encore malignement Claude Simon.

— Je te réponds de tout, dit le bâtonnier impatienté; cours, vole et reviens.

Au bout de quelques minutes qui parurent des siècles à Nicolas Lepetit, le geôlier revint lui ouvrir la bienheureuse porte. Claude Simon précéda, armé d'une lanterne, le visiteur dans les sombres détours des corridors, et ils arrivèrent bientôt dans les appartements du gouverneur de la Tournelle.

Hugues de Bois-Jourdan, emmaillotté dans une énorme rhingrave garnie de fourrures, était assis dans un gothique fauteuil, au coin d'un feu titanesque. La figure du veillard était triste et grave, et, en voyant entrer son ancien ami, le bâtonnier de l'ordre des avocats, ses deux sourcils se rapprochèrent, et sa bouche se contracta.

— Venez-vous, messire, dit-il, réitérer à cette heure votre invitation à la procession de saint Nicolas? Si c'est là le but de votre visite, je dois vous répondre à mon tour, *nescio vos*.

— Il s'agit bien de procession et de *nescio vos*, seigneur Hugues de Bois-Jourdan, interrompit le bâtonnier, vous voyez devant vous un homme anéanti, terrassé, foudroyé, perdu.

Et le bâtonnier, en prononçant chacune de ces épithètes, jetait son manteau, son bonnet, son mouchoir et ses gants sur le plancher.

— Que vous est-il donc arrivé, maître Nicolas Lepetit? Des seigneurs de la cour auraient-ils enlevé votre fille de vive force? vous aurait-on volé vos manuscrits ou votre coffre-fort?

— Pis que cela, seigneur Hugues de Bois-Jourdan !...

— Pis que cela ?

— Oui, pis, cent fois pis ! c'est le bâton, c'est la bannière de l'ordre, confiée de temps immémorial au chef des avocats, qui a été enlevée à mon nez, à ma barbe par astuce, ruse et magie. Ah ! mon cher gouverneur, quelle catastrophe ! Que vais-je devenir ? où me cacher ? où fuir pour échapper aux reproches, aux tribulations qui me menacent.

— Êtes-vous bien sûr de ce que vous avancez-là, messire ?

— Si j'en suis sûr ? très-sûr ; et encore est-ce à votre fils que j'ai l'obligation d'avoir tout appris, quand je m'endormais dans une trompeuse tranquillité.

— Mon fils ! la bannière ! que signifie tout cela ?

— Oh ! ceci est une autre affaire, un fait subsidiaire qu'il faut que je vous apprenne en passant. Imaginez-vous, ce matin, qu'un lourdaud de messager cherchait à parler à Isabeau. Vous connaissez ma vigilance, je m'emparai du billet dans lequel votre fils demandait à ma fille une entrevue pour lui faire ses adieux.

— Je punirai exemplairement Michel, de cet

oubli de ses devoirs, dit austèrement le gouverneur.

— Ne le punissez pas, interrompit le bâtonnier, je m'y oppose : sans lui, j'ignorerais encore que je suis volé. Bref, je reçois le tendre billet, et, sans en dire mot, comme vous pouvez le penser, à Isabeau, je vais au rendez-vous à sa place.

— Après? fit le gouverneur.

— Après; j'ai recueilli les paroles que Michel croyait adresser à ma fille, et dans cet entretien, dont il faisait tous les frais, je me suis convaincu qu'il est encore, comme il a toujours été, un probe et loyal garçon.

— Je le sais, mais après? fit le gouverneur.

— Après! nous y voilà. En me remettant, car il croyait avoir affaire à ma fille, un petit drageoir qu'elle lui avait donné il y a de cela dix ans au moins, il lui dit, avec une expression de regret, qu'il voudrait pouvoir me restituer ce qui m'a été volé. J'apprends que c'est le bâton; je me précipite dans ma maison, je monte en toute hâte à ma bibliothèque, et je me convaincs que Michel m'a dit la vérité. Dans une aussi fatale conjoncture, je ne pouvais avoir de recours qu'en vous, et me voilà.

— Et qui soupçonnez-vous de ce larcin sacrilège? dit le gouverneur.

— Trois vauriens qui sont venus ce matin même dans mon logis, sous prétexte de visiter leur tante Gertrude.

— Prenez garde d'accuser à faux, maître Nicolas.

— Qui diable voulez-vous donc que j'accuse? si ce n'est ceux que la voix publique désigne. Ce qu'il y a de certain, c'est que le parcheminier qui demeure en face de mon logis a vu sortir ce matin trois hommes portant un bâton enveloppé d'un fourreau de serge grise. Il a cru, m'a-t-il dit, que c'étaient les clercs de la Sainte-Chapelle qui venaient chercher les signes distinctifs de ma dignité pour la fête d'après-demain.

— Pesez bien les conséquences d'une plainte, maître Nicolas Lepetit, ce serait grand dommage d'accuser les propres neveux d'une vieille domestique, qui depuis quarante ans vous sert avec zèle et fidélité.

— J'accuserais eux et elle, s'il le fallait, et je ferais pendre la tante et les neveux sans regrets, si j'étais bien sûr de mon fait. Mais il n'en est pas ainsi, et avant d'en venir au scandale d'un procès criminel qui me couvrirait de ridicule, car de mémoire d'homme on n'a vu de bâtonnier se laisser enlever son bâton, je voudrais employer des moyens plus doux.

— Messire Nicolas Lepetit, répliqua le gouverneur, sans faire semblant de comprendre la dernière phrase de l'avocat, je prends beaucoup de part à l'accident, au malheur même, si vous voulez, qui vous arrive; mais je vous conseille d'aller prendre du repos et de vous calmer : demain il sera temps d'aller trouver le prévôt de Paris, voire même le lieutenant-criminel du Châtelet et le procureur-général...

— Et c'est là précisément ce que je ne veux pas faire, interrompit impétueusement le bâtonnier, ne voudriez-vous pas que je prisse une trompette pour aller proclamer mon infernale aventure?

Si j'étais assez mal inspiré pour aller faire mes doléances chez M. le lieutenant criminel ou chez M. le procureur-général, je deviendrais aujourd'hui même la fable de Paris, et mon aventure courrait la même nuit toutes les belles ruelles de la cour et de la ville. Non, seigneur Hugues de Bois-Jourdan, il faut plus de politique que cela.

D'un autre côté, je sens fort bien qu'il me faut, à tout prix, reconquérir mon bâton de saint Nicolas, car que dirait-on, mon Dieu!... après demain, à la cérémonie de la Sainte-Chapelle, si l'on voyait les avocats marcher sans leur bannière, et leur bâtonnier sans son bâton?...

— Il faudra cependant bien vous résigner d'avance à paraître sans le bâton à votre cérémonie, car, quelque diligence que l'on puisse employer, il sera impossible de mettre la main avant huit jours sur le corps du délit, en supposant que les larrons laissent la bannière intacte, ce qui est douteux.

— Ne me dites pas cela, seigneur de Bois-Jourdan, exclama maître Nicolas Lepetit, vous me lardez le cœur, vous me mettez à la question, à la torture.

— Vous attachez trop d'importance, continua le vieil Hugues, à ce bâton, qui marque bien votre dignité, mais qui ne la constitue pas. Vous pouvez, certes, vous en passer; une fois n'est pas coutume.

— Un vieux guerrier peut-il raisonner de la sorte!... Mais, vénérable Bois-Jourdan, notre ordre sans bannière, c'est une légion romaine sans son aigle, c'est un régiment sans drapeau. Notre bannière de saint Nicolas, c'est notre *labarum*, notre *palladium*, notre *oriflamme*. Dites-moi un peu, vous, vieux guerrier, qu'auriez-vous fait, lorsque vous étiez dans les troupes du roi, au sergent qui aurait laissé prendre son drapeau?

— Arquebusé, jusqu'à ce que mort s'en suive, dit le vieux capitaine.

— Nous y voilà ! Eh bien ! moi, ce ne sont pas les arquebusades que je crains, c'est le feu roulant de quolibets et de lazzis qui va m'assaillir. Le jeune barreau surtout, auquel je reproche son luxe et l'abandon qu'il fait des *us et coutumes* du Palais, ne m'épargnera pas, seigneur Hugues, si vous ne me prêtez pas votre secours.

— Et que voulez-vous que je fasse? bon Dieu !

— Vous avez ici, sous votre responsabilité personnelle, des gueux de toute espèce qui peuvent me mettre sur la trace des véritables larrons. Lâchez-les, mon cher Hugues, et les récompenses que je promettrai auront dix fois la valeur de l'objet dérobé. Qu'on me rende ma bannière, et je me désiste de toutes poursuites ultérieures...

Voyons, mon vieil ami, aidez-moi, secourez-moi, ne me laissez pas en proie à un scandale prochain.

— Vous voyez donc, enfin, dit Bois-Jourdan, en tirant le cordon d'une clochette, qu'un simple gouverneur de la Tournelle est bon à quelque chose. Et maintenant, mon ancien ami, si je répondais à votre ambition et à votre orgueil (car, je ne me le dissimule pas, c'est la crainte de n'être pas réélu, et la peur des pasquinades, qui vous tourmentent le plus), par ces deux mots barbares que vous m'avez jeté au cœur hier soir : *nescio vos...*

— Oh! des récriminations, interrompit le bâtonnier, est-ce là le moment d'en faire? Et qui vous dit, d'ailleurs, que je n'aie pas depuis lors mis d'*eau* dans mon vin! qui vous dit que je ne me sois pas déjà repenti ? Hein ?

— La bannière retrouvée ferait bientôt évanouir toutes ces bonnes et généreuses dispositions, fit le vieil Hugues d'un air narquois.

— Ne croyez pas cela, mon ami, ne croyez pas cela, répondit le bâtonnier; je vous engage ma parole d'honneur, qu'Isabeau deviendra, sous huit jours, l'épouse de Michel.

— Hum ! hum ! fit Hugues.

— Je donne à ma fille douze cents écus d'or de dot, et j'achète une charge de conseiller au parlement à votre fils.

— Hum! hum! continua le vieux gouverneur.

— Quel incrédule! reprit le bâtonnier, le mariage se fera dans huit jours au plus tard ; demain, demain soir nous signerons le contrat, et nous procéderons aux fiançailles. Cela vous rit-il, mon vieil ami ?

Le gouverneur garda le silence.

— Voulez-vous d'autres conditions encore ?

continua le bâtonnier, je suis prêt à satisfaire à toutes vos exigences.

En ce moment la porte de la chambre s'ouvrit avec fracas, Michel entra précipitamment, tenant à la main la glorieuse bannière de saint Nicolas.

— Messire Lepetit, s'écria-t-il en lui montrant les radieux insignes du bâtonnat, mes efforts ont été couronnés de succès, et j'ai retrouvé votre bannière; je vous la remets sans conditions, prenez-la, et que Dieu vous protège!

Le bâtonnier, à la vue de son guidon, s'était précipité dans les bras de Michel. Il serrait tour à tour contre son cœur le jeune homme et la bannière. Jamais soldat ne retrouva avec plus d'ivresse le drapeau qu'un ennemi momentanément vainqueur lui avait enlevé.

— Michel! mon fils, s'écria le bâtonnier dans l'excès de sa joie, mon épargne te fait conseiller au Parlement, et ma reconnaissance te fait l'époux d'Isabeau.

Puis, se tournant vers le gouverneur de la Tournelle, et lui tendant la main :

— Mon vieil ami, lui dit-il, abjurons sur cette bannière notre courte inimitié ; soyons amis comme devant, et oubliez mon refus d'hier, en faveur de mon adoption d'aujourd'hui.

— Les vieux soldats n'ont pas plus de rancune

que les vieux lions, se prit à dire Claude Simon qui était rentré, appelé par la clochette. Ça, mon maître, embrassez M. l'avocat, et que tout soit dit.

Les deux vieillards se tinrent longuement embrassés.

— Ah! ça! monseigneur, dit encore Claude Simon, ne faut-il pas que les malheureux se ressentent un peu de la joie de la famille.

— La liberté pour tous ceux que je puis délivrer de ma seule autorité, dit Hugues de Bois-Jourdan, et qu'ils apprennent qu'aujourd'hui, comme toujours, la bannière de l'ordre des avocats est le gage tutélaire de la miséricorde et de la liberté.

Huit jours après l'évènement que nous venons de raconter, l'église métropolitaine de Notre-Dame avait peine à contenir l'affluence prodigieuse de personnes qui se pressaient dans la nef et ses bas-côtés. L'évêque de Paris mariait, au maître-autel, le conseiller au Parlement Michel de Bois-Jourdan et Isabeau Lepetit, fille du très-honorable bâtonnier de l'ordre des avocats.

UN MARTYR DE LA GUERRE CIVILE.

1383.

Les fautes d'un gouvernement prodigue et dissolu donnèrent le signal d'une révolte connue dans l'histoire sous le nom de sédition des *Maillotins*.

Charles VI était retourné en Flandre à la tête d'une armée formidable, pour châtier les Gantois et Artevelle, leur chef. Les meneurs du complot, espérant que le roi et son armée trouveraient leur défaite et la mort dans cette expédition, déployèrent l'étendard de la révolte, coururent aux armes, et renouvelèrent les excès et les crimes qui avaient ensanglanté Paris en 1380, lors de la mort de Charles V.

Mais Charles VI, victorieux des Flamands à Rosbech, revient en toute hâte à Paris. Il arrive devant les murs de la capitale le 25 janvier 1383, à la tête de son armée, et s'apprête à y entrer comme dans une ville prise d'assaut.

Il fait abattre les barrières. Le connétable et les principaux officiers de l'armée se saisissent des postes où les mutins avaient continué de se rassembler : les chaînes qui alors se tendaient dans les rues sont arrachées et transportées à Vincennes; les habitants, bourgeois et artisans, sont désarmés, et plus de trois cents personnes sont arrêtées et jetées sans information préalable dans les prisons de la Tournelle, du Châtelet et de la Conciergerie, avec les plus vils criminels.

Un tribunal, ou plutôt une commission, en grande partie composée d'hommes vendus à la haine des oncles du roi, prononce de rapides sentences. L'échafaud est dressé en permanence aux halles, et les victimes désignées d'avance à la cruauté des juges marchent sans transition du Palais-de-Justice à la mort.

Un de ces chars funèbres, dit un historien, s'avançait vers les halles, composé de douze victimes. La surprise et la consternation furent générales quand, sur un siège élevé au-dessus des autres, on aperçut Jean-Desmarets, avocat du roi, ce respectable vieillard qui avait usé sa vie et ses talents dans les services sans nombre rendus à son ingrate patrie. Loin d'être complice des désordres publics, dit Mézeray, il les avait prévenus ou réparés, et toujours il les avait condamnés.

A l'aspect de ce magistrat vénérable, dont le front était calme et pur comme au jour de sa splendeur, le peuple ne put s'empêcher de répandre des larmes. Deux hommes entr'autres, qui s'étaient juchés pour voir passer le fatal cortège, contre les saints de pierre qui ornaient le portail de l'église des Saints-Innocents, donnèrent des signes de la plus violente douleur et du plus touchant désespoir.

— Hélas! hélas! maître Grillon, dit le plus âgé au plus jeune, faut-il en croire nos yeux? est-ce bien messire Jean Desmarets qui vient là sur cet infâme tombereau! O grand Dieu! qui eût pu prédire une telle fin pour un tel homme!

— Moi, dit l'interlocuteur en essuyant ses yeux du revers de sa manche. Vous êtes parcheminier, Croquemard, et moi je suis syndic de la corporation des savetiers, par conséquent tout ce qu'il y a de plus peuple parmi le peuple. Eh bien! dites-moi : messire Jean Desmarets n'était-il pas aussi affable, aussi poli pour nous autres, quand nous allions le consulter, que pour les chaperons fourrés et les gros seigneurs de la cour ?

— Cela est vrai, repartit Croquemard en sanglotant, ce bon vieillard-là avait toujours un sourire à la bouche et une parole de miel sur les lèvres. A la prise d'armes de 1380, j'avais voulu faire comme les autres, et je m'étais emparé, au pillage de l'Hôtel-de-Ville, d'une hallebarde; or, je m'en allais avec ma hallebarde à la main, lorsque je rencontrai messire Desmarets. Il s'arrêta tout court et me regarda fixement : Où vas-tu, mon ami? me dit-il. — Ma foi, messire, fis-je, je vais où vont les autres. Et, en disant cela, je rougissais comme dame Luxure de la danse Macabre. — Mon ami, reprit-il, demain, ta femme et tes enfants auront faim; il faut aujourd'hui leur gagner du pain, pour que la huche ne soit pas vide au point du jour. Laisse là cette arme, et cours reprendre les instruments de ton métier. Une hallebarde dans tes mains ne te vaudrait que dommage et horions; tes outils, au contraire, te rapporteront de l'honneur et du profit; va-t'en au logis, mon garçon. Et là-dessus il me donna une petite tape sur la joue, me désarma comme un enfant et bailla la hallebarde au sergent qui le suivait. Je m'en allai plus penaud qu'un renard sans queue. Je fis bien, cependant, car j'appris, le soir même, que la bande dont je devais faire partie avait été taillée en pièces dans une sortie faite par les arbalestriers de la Bastille.

— Les cordonniers de Paris, dit à son tour maître Grillon, le syndic des savetiers, nous faisaient éprouver toutes sortes d'avanies et de désagréments, il y aura bientôt trois ans. Ma qualité de syndic de la corporation me fit prendre en main les intérêts de la communauté. Je voulus plaider, et j'allai à cet effet consulter messire Jean Desmarets, avocat du roi, mais aussi avocat du peuple. Mon ami, me dit-il, combien avez-vous mis de côté pour intenter un procès aux cordonniers? — Messire, lui dis-je, nous avons en caisse cent écus d'or *à la grande laine*, qui y passeront jusqu'au dernier pour obtenir une éclatante réparation des cordonniers. — Il faudrait six fois autant d'argent que cela, repartit messire Desmarets, pour mener le procès à bonne fin. Croyez-moi, mon ami, prenez les voies d'accommodement et ne plaidez point. Si vous voulez, je serai votre arbitre, et les choses se passeront sans bruit. Je me rendis à ses remontrances ; et de fait, il arrangea si bien les affaires, son éloquence nous remua tellement les entrailles, que cordonniers et savetiers, dans la personne de leurs syndics et de leurs conseillers, s'embrassèrent bras-dessus-bras-dessous, avant de quitter le cabinet de l'avocat du roi.

— Dieu n'avait pas créé de plus juste depuis le roi Salomon, exclama le parcheminier.

— Messire Desmarets, reprit le syndic, était l'ami, le défenseur, le conseil et le tuteur du peuple; à ce titre, il devait mourir. Ne faut-il pas, pour plaire à la cour, calomnier, maudire ou égorger le pauvre peuple de Paris.

En ce moment un homme, qu'à son costume noir on pouvait prendre pour un procureur ou un greffier du Parlement, leva la tête, et, regardant les deux causeurs :

— Il y a du vrai peut-être dans ce que vous dites-là, mes féaux, dit-il; mais ces raisons ne sont pas les seules qui ont déterminé la perte de Jean Desmarets. Vous vous rappelez qu'en 1380 les ducs d'Anjou, de Bourbon, de Berry et de Bourgogne ne s'accordèrent pas sur le conseil de régence établi par l'ordonnance de 1374. Une assemblée des plus grands personnages de l'état ayant été convoquée pour régler cette grande question, il fut convenu qu'elle serait soumise à quatre arbitres. Jean Desmarets, alors avocat au Parlement, en fut un. Les arbitres, ayant formulé une espèce de pacte, les princes s'y soumirent, mais en murmurant, et ce pacte ou traité fut homologué au Parlement par arrêt du 2 octobre 1380. Voilà le premier crime de Desmarets; ce crime est irrémissible aux yeux de certaines gens.

Le second, le voici : Jean Desmarets, chéri du peuple, dont il n'était cependant ni le flatteur ni le courtisan, a arrêté par sa seule présence bien des excès et bien des fureurs. Tandis que les riches bourgeois, les gens de la cour et la plupart de nos seigneurs du Parlement abandonnaient la capitale, livrée aux horreurs de la guerre civile, Jean Desmarets, fidèle à ses devoirs, restait impassible à son poste. Voilà de ces choses qu'on ne pardonne pas non plus. Aujourd'hui, bonnes gens, notre pauvre vieillard paie la dette de son intrépidité et de ses vertus : son supplice va réconcilier les grands seigneurs avec les riches citoyens de la cité. Les traîtres et les lâches pourront se regarder désormais sans vergogne, car il n'y aura plus là pour les faire rougir un magistrat intègre, un citoyen courageux, un Français fidèle.

Mais le voici qui s'avance. A genoux, bonnes gens, à genoux! rendons un dernier hommage à la vertu malheureuse, et prions le ciel que le sang de cet homme de bien, de ce juste, ne retombe pas en calamités et en malédictions sur la France et sur le trône de notre jeune roi.

Les trois hommes se précipitèrent à genoux, le peuple les imita, et Jean Desmarets, du haut de son funèbre char, put voir ce suprême et dernier témoignage d'attachement populaire.

Le tombereau s'éloigna, et, une heure après, la foule muette et consternée abandonnait le sanglant Golgotha de la capitale de la France.

Ainsi mourut Jean Desmarets.

Le peuple, les grands, ceux mêmes qui le perdaient, dit un historien, étaient persuadés de son innocence.

Sans se plaindre de ses persécuteurs, il prononça d'une voix ferme ces paroles de David : *Judica me, Domine et discerne causam meam de gente non sanctâ.*

« Il se présenta à la mort héroïquement, et se refusa sur l'échafaud à une lâcheté qu'on lui proposait comme moyen de sauver sa vie; car suivant un historien contemporain, lorsqu'on lui dit : Maître Jehan (Jean), criez merci au roi afin qu'il vous pardonne vos forfaits, adonc se tourna-t-il et dit : « J'ai servi au roi Philippe, son
« grand-aïeul, au roi Jehan et au roi Charles,
« son père, bien et loyalement, oncque ces trois
« rois ne me sçurent que demander, et ne me

« ferai cettui-ci, s'il avait âge et connaissance « d'homme, et crois bien que de moi juger il « n'en soit en rien coupable. Si n'ai que faire « de lui crier merci; mais à Dieu vueil crier « merci, et non à autre, et lui prie qu'il me « pardonne tous mes forfaits. » Adonc il prit congé du peuple, dont la graigneure (majeure) partie pleurait pour lui; et en cet estat mourut Jehan Desmarets. »

On chercha à couvrir cette inique condamnation, en disant que Jean Desmarets, étant resté au milieu des séditieux pendant les troubles de Paris, devait nécessairement avoir pris une part active à leurs délibérations et à leurs mesures politiques. Mais la véritable cause de sa perte se trouvait dans le ressentiment des ducs de Berry et de Bourgogne, ressentiment favorisé par le chancelier d'Orgemont et par son fils, évêque de Thérouenne, et depuis évêque de Paris.

L'indignation publique, dit un historien de notre siècle, ne cessa de peser sur l'évêque de Paris, qu'on regardait comme le plus ardent provocateur de la mort de Desmarest; et cette opinion avait acquis une telle force, que, vingt-sept ans après, cet évêque ayant péri d'une manière tragique, le peuple considera cet évènement comme la punition de la mort de Jean Desmarets.

Vingt-quatre ans après son supplice, le corps de ce magistrat illustre, gardé secrètement dans sa famille, fut transféré en l'église de Sainte-Catherine-du-Val-des-Escoliers. Son effigie et celle de sa femme y subsistaient encore à l'époque de la Révolution. Mais les vandales, qui détruisaient les monuments empreints d'une croix, d'une mort glorieuse ou d'un souvenir historique, se ruèrent sur le mausolée de Desmarets et le brisèrent en morceaux. Les misérables ignoraient que celui dont ils outrageaient ainsi les cendres et le sépulcre, avait été le champion et le défenseur du peuple, dans un temps où le peuple n'était pas *souverain*, et où, par conséquent, sa défense n'était pas sans dangers.

Malgré ses nombreuses occupations au Parlement et les orages populaires qui grondaient sans cesse autour de lui, Jean Desmarest composa, sous le titre de *Décisions*, un ouvrage remarquable pour l'époque. C'est un recueil d'arrêts, de consultations et de jugements sur arbitrages, où règne une sorte d'harmonie générale fort remarquable. Brodeau a joint ces *Décisions* à la fin de son Commentaire sur la Coutume de Paris.

L'INAMOVIBILITÉ DES JUGES CONSACRÉE PAR LOUIS XI.

1469. — 1472.

Louis XI venait d'échapper au plus grand péril qu'il eût jamais couru; Charles-le-Téméraire, duc de Bourgogne, lui avait enfin permis, après la prise de Liège, de reprendre la route de France. Louis se hâta de profiter de la bonne volonté de son vassal et arriva au château de Loches, pour *se réconcilier*, disait-il plaisamment, *avec le métier de politique*, que la trahison du cardinal de La Balue avait failli lui faire perdre. Dans son impatience de rentrer dans la plénitude de son autorité, le monarque n'avait fait qu'un très-court séjour à Paris : il avait besoin de solitude, de méditation pour apporter quelque remède aux maux que le traité signé avec le duc de Bourgogne allait causer à la France. Louis s'était fait accompagner à Loches de quelques conseillers fidèles. Philippes de Commines et Pierre Danès, procureur-général au Parlement de Paris, étaient au premier rang de cette *petite cour*, où les conseillers familiers étaient Tristan-l'Hermite, Olivier-le-Daim, le médecin Jean Coictier et quelques autres moins connus.

Le 15 d'avril, le roi étant dans sa chambre de travail, reçut comme d'habitude, vers sept heures du matin, Philippes de Commines et Pierre Danès.

— Maître Danès, dit Louis, avez-vous mis la dernière main à l'ordonnance que nous avons préparée ces derniers jours-ci ?

— Sire, répondit le procureur-général, j'apporte l'ordonnance toute faite à votre majesté, elle n'a plus qu'à la signer, après en avoir, au préalable, entendu la lecture.

— Lisez donc, maître Danès, lisez ; j'ai hâte de vous voir partir avec ce diplôme, qui prouvera à mon Parlement de Paris que je ne perds point de vue les intérêts de la justice et des magistrats.

Cette pièce était la fameuse ordonnance sur l'inamovibilité des charges de judicature. Elle était attendue avec une égale impatience par le peuple et par les magistrats : tout le monde reconnaissait la nécessité d'entourer les organes et les interprètes de la loi d'une inviolable sécurité; car il est certain, dit à ce sujet un savant avocat, que l'instabilité d'un état, l'incertitude de le conserver, la perspective d'en être dépossédé d'un jour à l'autre, attiédissent le zèle du fonctionnaire public, et lui suggèrent même quelquefois des spéculations contraires à la délicatesse et à l'ordre public. Ces inconvénients se faisaient sentir dans la magistrature, lors même qu'elle était *élective*, parce que l'élection ne mettait pas le pourvu à l'abri des *révocations* et des *destitutions*.

Divers exemples de ces *destitutions arbitraires* ayant jeté le découragement parmi les magistrats, on touchait au moment où les places vacantes resteraient sans compétiteurs.

C'est ce que le procureur-général Danès avouait franchement dans le préambule de l'ordonnance qu'il lisait au roi :

« Comme depuis nostre advenue à la cou-
» ronne, plusieurs mutations ayent été faites en

» nos offices, laquelle chose est le plus advenue
» à la poursuite et suggestion d'aucuns, et *nous*
» *non avertis duement*, par quoy, ainsi qu'en-
» tendu avons, et que bien connaissons être
» vraisemblable, plusieurs de nos officiers, dou-
» tant cheoir audit inconvénient de mutation et
» destitution, n'ont pas *tel zèle et ferveur à nos-*
» *tre service qu'ils auraient, se n'estait ladite*
» *doute*, savoir faisons que nous *considérant*,
» qu'en nos officiers consiste, sous notre autho-
» rité, la direction des faits par lesquels est po-
» licée et entretenue la chose publique de notre
» royaume, et que d'icelui ils sont *ministres es-*
» *sentiaux*, comme membres du corps dont nous
» sommes le chef;

» Voulant extirper d'iceux icelle *doute* et pour-
» voir à leur sûreté en notre service, tellement
» qu'ils ayent cause d'y faire et persévérer ainsi
» qu'ils doivent;

» Statuons et voulons que désormais il ne
» soit pourvu au remplacement d'un office royal,
» s'il n'est vacant *par mort* ou par *résignation*
» faite de bon gré du résignant, dont il appa-
» roisse duement; ou par *forfaicture* préala-
» blement jugée et déclarée judiciairement et
» selon les termes de justice, par juge *compétent*
» et dont il apparoisse semblablement. »

Le procureur-général termina sa lecture par

cette disposition qui a été si souvent depuis invoquée par les Parlements :

» Et s'il advient que par *inadvertance* de
» notre part, ou *importunité des requérants*, ou
» AUTREMENT, nous fassions le contraire, nous,
» dès maintenant comme pour lors, le révo-
» quons et annullons, et voulons qu'aucunes
» lettres n'en soient faictes et expédiées ; et si
» faictes étaient qu'à icelles, ni à quelconques
» autres qu'on pourrait sur ce obtenir de nous,
» *aucune loi ne soit* adjoutée, et que pour ce
» aucun soit destitué de son office, ni inquietté
» en icelui. »

— Voilà qui est bien, dit le roi, après avoir entendu la lecture de l'ordonnance, mon Parlement de Paris sera content. Ça, que je signe.

Louis signa, et en remettant le parchemin au procureur-général : Messire Danès, lui dit-il, vous allez vous apprêter à partir pour Paris aujourd'hui même, j'ai hâte d'apprendre l'enregistrement de cette ordonnance. Vous partirez aussi, messire de Commines, ajouta le roi, vous irez installer dans ma bonne ville le nouveau Prévôt que je lui destine.

— Votre Majesté a-t-elle déjà fait son choix pour ce poste important, demanda Philippe.

— Pas encore, messire, mais je vais me décider ce matin même; les candidats ne manquent pas, Dieu merci !

— Sire, reprit Commines avec une respectueuse hardiesse, mon dévouement à votre personne me force à vous dénoncer un grand scandale...

— Un grand scandale, Philippe, interrompit Louis, que voulez-vous dire ?

— Oui, sire, un grand scandale, reprit le conseiller, et Votre Majesté m'absoudra peut-être de ma témérité quand elle saura de quoi il s'agit.

— Parlez, Philippe, parlez, vous savez bien, mon ami, que votre rude franchise n'est jamais mal accueillie par votre roi.

— Eh bien ! sire, apprenez que depuis deux jours votre château est plein de gens qui viennent briguer la place de prévôt de Paris. Les promesses et les cadeaux ont corrompu ceux qui approchent le plus fréquemment de votre royale personne...

— Nommez ces méchants serviteurs, Philippe, interrompit le roi, dont les yeux brillaient comme ceux d'un tigre, nommez-les, et par Notre-Dame-de-Cléry, j'en ferai bonne et prompte justice.

— Je doute fort que Votre Majesté puisse se résigner à sévir contre des hommes qui possèdent depuis longtemps sa confiance et son amitié. Quoi qu'il en soit, sire, je vais vous les nommer, car je ne redoute rien, et le service de Votre Majesté, le bien de l'État, doivent m'élever au-dessus des considérations personnelles. Sire, ces trafiquants de la faveur royale sont le chef de la prévôté de l'hôtel, messire Tristan-l'Hermite, votre barbier Olivier-le-Daim, et votre médecin Jean Coictier. Les trois gentilshommes pour lesquels ils intriguent sont le comte de Meulan, le baron de Villeneuve et le vidame de la Ferté!!!

— En effet, dit Louis en détachant de son bonnet une petite vierge de plomb et la portant à ses lèvres, en effet, Philippe, voilà bien les trois concurrents que mon prévôt, mon barbier et mon médecin m'ont tour à tour recommandés... Mais êtes-vous bien sûr au moins, messire de Commines, qu'il existe une corruption flagrante au fond de ces recommandations?

— Sire, dit Commines en relevant fièrement sa tête, un gentilhomme ne ment jamais, et un homme tel que moi n'intente point légèrement une accusation de cette nature. J'ai prêté cinquante écus d'or de mes propres deniers au comte de Meulan; j'ai répondu d'une pareille somme pour le baron de Villeneuve; et les fermiers de ma terre d'Argenton ont avancé sous ma garantie dix mille livres au vidame de la Ferté, mon parent et mon frère d'armes.

— Je n'ai plus d'objections à faire, Philippes, vous me fermez la bouche, reprit le roi après quelques instants de silence. Mais comment faire! comment faire!

— Mettre au néant les trois recommandations spéciales, repartit Commines, ordonner à vos serviteurs de ne plus se mêler des affaires d'état, et donner la charge de prévôt de Paris au plus vertueux et au plus digne.

— Cela est bien aisé à dire, Philippes, mais, mécontenter le compère Tristan, chagriner ce pauvre Olivier, un si bon homme! rompre en visière à messire Coictier, mon médecin, qui a tant de soins pour moi... tout cela est bien difficile... Il me semble être encore dans la tour de Péronne.

— Votre Majesté n'a point trois prévôts à nommer; dans tout état de cause, elle fera deux mécontents parmi ses serviteurs; faites-en trois, sire, et, au nom du ciel! n'encouragez pas la fraude et la corruption. Un grand prince tel que vous, sire, doit à l'Europe, doit au monde l'exemple de toutes les vertus royales : soyez clément, si tel est votre bon plaisir, envers ceux qui cherchent à compromettre la couronne, mais soyez juste envers ceux dont les belles actions et le mérite sont les seuls protecteurs.

En ce moment, une jeune fille entra légère et riante dans le cabinet du roi. Sa mise, quoique d'une extrême simplicité, était celle d'une fille noble, et elle portait dans un bassin d'argent un fromage à la crême parsemé de grains d'anis et de filets de miel.

A l'aspect du procureur-général et de Philippes de Commines, elle voulut se retirer; mais Louis lui fit signe d'approcher, et elle courut se blottir aux genoux du roi qui lui donna un baiser sur le front.

Un nuage mystérieux couvrait l'origine de cette jeune fille, qu'on appelait la *pupille* du roi, et qui était connue au château de Gaucourt sous le nom de Lucette de la Radière. Louis XI avait confié Lucette, presque encore au berceau, aux soins et à la sagesse du vieux sire de Gaucourt, et elle avait grandi au milieu de la famille de ce gentilhomme dont le fief touchait au château de Loches.

— Que m'apportez-vous là, Lucette, dit le roi; un fromage à la crême?

— Oui, sire, répondit la jeune fille en rougissant et en prenant la main de Louis, qu'elle baisa respectueusement, il sera bien bon, car je l'ai fait moi-même à l'intention de Votre Majesté.

— Vous êtes une petite flatteuse, Lucette, et je finirai par vous consigner à ma garde écossaise. Eh quoi! toujours des cadeaux! tantôt c'est un bouquet, tantôt c'est une corbeille de fruits, aujourd'hui voilà un fromage à la crême! Vous voulez à toute force, Lucette, que le roi de France devienne votre débiteur... Eh bien! il accepte ce titre de bonne grâce, et pour s'acquitter envers vous, il tâchera bientôt de vous donner... un mari.

Lucette rougit, et fixant ses yeux bleus et limpides sur le roi : Sire, répondit-elle, la pauvre orpheline serait bien ingrate si elle ne s'efforçait de vous témoigner, dans les courts instants que vous daignez lui accorder, la reconnaissance dont elle est pénétrée.

— Bien, bien, interrompit Louis XI, ne parlons pas de reconnaissance, vous ne m'en devez pas, Lucette. Mais çà, que fait-on au château du bon Gaucourt?

— Sire, toute la famille est dans la joie. Le chevalier Charles de Gaucourt est revenu hier guéri de la blessure qu'il avait reçu à la prise de Liège, en combattant à la tête des archers de votre garde dont il est capitaine.

— En effet, ce beau jeune homme est tombé à mes côtés en me faisant un rempart de son corps. Je l'ai recommandé en partant à mon beau cousin de Bourgogne. A-t-il été bien traité par le duc?

— Très-bien, sire. Monseigneur de Bourgogne a eu tous les soins imaginables de lui. Bien plus, sire, le duc ne voulait-il pas le retenir dans son armée. Il lui a offert une compagnie de ses gardes à commander et le collier de l'ordre de la Toison d'Or.

— Ah! ah! et qu'à répondu Charles de Gaucourt à ces belles offres? dit Louis en fronçant le sourcil.

— Ah! sire, il a fait une réponse qui a fait pleurer de joie toute la famille quand il nous l'a répétée.

— Et quelle est-elle? fit Louis en se penchant vers Lucette avec curiosité.

— Monseigneur, a-t-il répondu, je n'ai qu'une épée et qu'un cœur,et l'une et l'autre appartiennent à mon roi. J'aurais mille épées et mille cœurs qu'ils lui appartiendraient également. Je vous remercie, monseigneur, de votre généreuse hospitalité, de la bonne opinion qne vous avez de mon courage : je veux continuer à mériter votre estime, et pour cela je persisterai à servir ma patrie et mon roi envers et contre tous.

— Voilà de nobles paroles! s'écria le procureur-général.

— Sire, ajouta Philippes de Commines, une si noble conduite exige une noble récompense.

Louis XI garda quelques instants le silence en promenant son regard sur Lucette, sur Danès et sur Commines; puis faisaant le signe de la croix, pratique religieuse dont il s'acquittait toujours quand il avait pris une détermination irrévocable, il dit :

— Lucette, allez me quérir, sur-le-champ Charles de Gaucourt... Cette mission, mon enfant, vous sera-t-elle désagréable?

— Oh! non, sire, exclama la jeune fille en rougissant et en baissant les yeux.

— Je m'en doute bien, répondit Louis; car je devine le secret de votre petit cœur, mon enfant. Dites, en vous en allant, à mon prévôt, à mon barbier et à mon médecin de monter tout de suite dans ce cabinet. Courez, Lucette, courez; les moments sont précieux.

La jeune fille disparut, et les trois serviteurs de Louis ne tardèrent pas à paraître.

— Mon compère Tristan, dit Louis, le comte de Meulan ne me présente pas assez de garanties morales pour être appelé à la prévôté de Paris. Mais je te nomme, toi, gouverneur de la Roche-sur-Yon, et il ne tiendra qu'à toi de lui déléguer les fonctions que tu ne pourras remplir, moyennant une indemnité annuelle. Mon bon

Coictier, mon cher Esculape, continua le roi, le vidame de La Ferté est encore trop jeune pour pouvoir remplir convenablement le poste de prévôt de Paris ; mais je vous donne, bon Coictier, un bénéfice de deux mille écus sur l'abbaye de Fontevrault, et je vous permets d'en constituer la survivance au vidame de La Ferté. Quant à toi, mon pauvre Olivier, ton protégé, le baron de Villeneuve, n'est pas d'une étoffe assez bonne pour faire un magistrat ; mais c'est un homme de cœur. Dites-lui que je lui accorde une compagnie dans les archers de ma garde, et remets-lui de ma part cette bourse de cinquante écus d'or pour ses frais d'équipement.

Le barbier, le médecin et Tristan s'inclinèrent respectueusement devant le roi.

— Voilà tout ce que je puis faire pour vos protégés, mes bons amis, reprit Louis XI; mais désormais, croyez-moi, ne vous mêlez plus de recommander personne : je me verrais forcé, à mon grand regret, de vous refuser tout net des grâces que je ne puis accorder à vos loyaux services et à votre dévouement pour ma personne. Je suis roi avant tout, et les sentiments de l'homme ne peuvent marcher qu'après les devoirs du souverain.

Louis avait à peine terminé son allocution que le jeune capitaine des archers de la garde, Charles de Gaucourt entra donnant la main à Lucette de la Radière.

Louis contempla quelques moments avec complaisance ces deux nobles personnifications de la vaillance et de la beauté, puis reprenant un air austère :

— Charles de Gaucourt, dit-il, j'ai été témoin de votre valeur au siège de Liège, et on vient de m'apprendre aujourd'hui même votre loyal refus aux séduisantes offres de mon cousin de Bourgogne. Il faut à ce double acte de vertu une double récompense. Charles de Gaucourt, je vous nomme prévôt de ma bonne ville de Paris et je vous accorde la main de Lucette de la Radière, ma pupille bien-aimée.

— Ah! sire, que de bienfaits à la fois, s'écria le jeune Gaucourt en se jetant avec Lucette aux genoux du roi.

— Montrez-vous toujours digne, Gaucourt, du beau titre de gentilhomme et de Français, et songez bien que dans le poste éminent que je vous octroye, il vous sera aussi facile de vous illustrer que sur le champ de bataille. Un bon magistrat vaut un bon soldat, et la sécurité de la capitale est la sécurité du trône.

Puis Louis se retournant vers Philippe de Commines, il ajouta tout bas : Es-tu content, Commines?

— Sire, répondit le conseiller, vous êtes un grand roi...

— Un peu faible quelquefois, mais n'importe! Allons, M. le procureur-général, partez pour la capitale avec Commines et le nouveau prévôt : que mon peuple et mon Parlement apprennent par votre bouche, comment Louis XI emploie ses loisirs à son château de Loches(1).

Et comme les assistants s'apprêtaient à sortir du cabinet du roi. Olivier-Le-Daim s'approcha de Gaucourt et lui dit à l'oreille :

— Gloire à vous, monseigneur, vous venez d'obtenir à la fois une belle place et une belle

(1) Cette ordonnance mémorable est datée du mois de novembre 1467; mais elle ne fut véritablement homologuée, enregistrée et par conséquent en vigueur qu'une année après, en 1468. La conférence de Péronne entre le duc de Bourgogne, Charles-le-Téméraire et Louis XI, et qui faillit avoir des suites si funestes pour le monarque et pour la France, empêcha le Parlement d'appliquer immédiatement les principes salutaires de cette loi. Le vieux sénat de notre pays pensait au roi et à la patrie, avant de songer à ses propres intérêts et à la consolidation de sa fortune, qui était pourtant celle de la France, mais qu'il jugeait assez forte puisqu'elle était soutenue par des siècles de fidélité, de dévouement et de vertu.

Dix ans plus tard, Louis XI promulguait une ordonnance non moins fameuse sur la *révélation des crimes* d'état. Cette ordonnance, qui a été si diversement jugée par les coryphées des partis politiques qui nous rongent depuis soixante ans, a été considérée, par les plus grands politiques et les plus habiles jurisconsultes de la France, comme le Palladium de la monarchie. Le trône a sombré, mais la loi avait péri avant lui.

femme, c'est presque une fille du sang de France que vous avez là !

— Cela peut bien être, messire Olivier, repartit Gaucourt fièrement, mais Lucette n'aurait-elle qu'un laboureur pour père, qu'en touchant la lame de mon épée, elle deviendrait aussi noble que le roi.

Gaucourt alla prendre possession avec sa jeune épouse du poste du prévôt de Paris. Et le zèle qu'il déploya dans des temps difficiles, son courage et ses talents le placèrent au premier rang des magistrats militaires de l'époque.

UNE CAUSE GRASSE.

1726.

Une profonde rivalité, qui se traduisait en moquerie et en bons mots, mais qui dégénérait trop souvent en rixes et en combats singuliers, existait entre la Basoche du Palais et la Basoche du Châtelet. Cette dernière, à tort ou à raison, se prétendait plus ancienne que la Basoche du Palais et la traitait d'usurpatrice et de fausse Basoche. La juridiction du Châtelet, disaient-ils, était généralement reconnue six siècles avant la *sédentarité* du Parlement sous Philippe-le-Bel;

donc la Basoche du Palais n'est qu'une morveuse auprès de la Basoche du Châtelet. Les érudits de la Basoche du Palais répondaient : Il est vrai que votre juridiction a pris naissance longtemps avant l'avènement au trône de Pépin-le-Bref et de Charlemagne, mais le Parlement date de plus loin encore : les grandes assemblées de la nation au Champ-de-Mars et au Champ-de-Mai étaient non-seulement de grandes réunions politiques, mais encore de grandes réunions judiciaires ; nous tirons de là notre origine, et votre petite juridiction, toute gothique qu'elle parait être, n'est réellement que de la Saint-Jean si on la compare à l'universelle et incontestable puissance du Parlement de Paris, qui prime, comme Cour des Pairs, tous les parlements du royaume.

Quoiqu'il en soit, les deux Basoches, c'est-à-dire les clercs des procureurs au Parlement et les clercs des procureurs au Châtelet, oubliant leurs griefs respectifs et leurs inimitiés chicanières, se réunissaient parfois — les plus intelligents, les plus actifs et les plus laborieux, s'entend — soit dans une des salles basses de la Conciergerie, soit dans la grande salle de César (1),

(1) C'était une opinion enracinée dans l'esprit du peuple de Paris, que César, pendant son séjour à Lutèce, avait fait construire le Châtelet. Cette opinion a été partagée par quelques historiens de Paris ; et le grand nombre de médailles et de monnaies romaines que l'on

au Grand-Châtelet, pour s'exercer aux formes de la procédure, et pour analyser les diverses ordonnances du Louvre qui avaient trait aux fonctions, alors fort ardues et fort embrouillées, de procureur. La multiplicité des coutumes, le chaos des ordonnances, des édits et des arrêts, entassés depuis quatre siècles, rendaient la profession de procureur au Parlement, aussi bien qu'au Châtelet, une espèce de science qui avait ses mystères et ses arcanes comme l'alchimie. La routine ne suffisait pas pour faire un parfait procureur, il fallait joindre à la perspicacité que donne l'habitude des affaires, une mémoire prodigieuse, un aplomb imperturbable et une connaissance très-approfondie de toutes les matières

trouva dans les fondations de cette forteresse quand on l'abattit en 1806, peut, jusqu'à un certain point, donner gain de cause à ce sentiment. Quoi qu'il en soit, on voyait au Châtelet de Paris une haute et vaste salle que l'on nommait la chambre de César, et où, selon les traditions, le général romain donnait audience à ses centurions et aux divers officiers de son armée. Un faisceau, symbole de la dignité consulaire, était même sculpté sur la massive et gigantesque muraille qui regardait la rue Saint-Denis. S'il nous est permis de donner ici notre avis, nous avouerons que la résidence de César au Grand-Châtelet nous a paru toujours fort hypothétique; mais l'empereur Julien doit avoir incontestablement habité cette citadelle, dont il a peut-être été le véritable fondateur. Le Grand-Châtelet commandait le fleuve et la ville, et Julien, en habile capitaine qu'il était, pouvait fort bien, dans les temps de crise ou pendant l'hiver, quitter le palais des Thermes (rue de la Harpe), pour venir se réfugier dans l'inexpugnable fort qu'il avait édifié.

judiciaires, ce qui était alors appelé au palais : *l'érudition des dossiers* ou *des sacs* (1). Or, ces qualités de praticien habile ne pouvaient s'acquérir qu'après un long stage et des études plus épineuses et plus longues encore. C'était donc en raison de ces difficultés que les conférences des jeunes clercs de la Basoche du Parlement et de la Basoche du Châtelet, devenaient pour ceux d'entre eux qui visaient à se distinguer dans la carrière moins noble que celle du Barreau, — mais qui conduisait presque toujours à la fortune, et quelquefois même aux honneurs de la cité, — un péristyle aux luttes du prétoire.

Vers les premiers jours de février de l'année 1726, un clerc de la Basoche du Palais, habitué de la conférence du Châtelet, eut la fantaisie de composer une espèce de glose sur la célèbre ordonnance de Charles VI, du 13 novembre 1403,

(1) On sait que les procureurs mettaient les pièces de leurs clients dans des sacs qu'ils emportaient à l'audience. Plus un procureur était chargé de sacs, plus il avait de réputation, et plus il gagnait d'argent. Un praticien qui ne se serait montré dans la salle des Pas-Perdus qu'avec deux ou trois sacs attachés à sa ceinture, eût inspiré aux plaideurs et aux habitués du Grand-Pilier plus de pitié que de confiance. Cette mode de sacs à procès a duré jusqu'à la fin du dix-septième siècle, et la comédie des *Plaideurs*, de Racine, n'a pas peu contribué, sans doute, à la détruire en la ridiculisant. Cependant, quelques vieux procureurs, fidèles aux anciens usages, persistaient encore à porter leurs sacs à l'audience jusque vers le milieu du dix-huitième siècle.

portant établissement d'une commission pour la réduction des procureurs.

Le jeune clerc ne s'était pas contenté de faire ressortir l'opportunité et la sagesse de cette ordonnance; il lança dans le cours de sa harangue de violentes épigrammes contre la rapacité des petits procureurs. On qualifiait ainsi les procureurs au Châtelet. Il esquissa malicieusement les portraits de quelques âpres praticiens du quinzième siècle, originaux dont on trouvait les copies au dix-huitième siècle. Sous le voile diaphane de l'allégorie, le jeune orateur vitupérait tout ce qu'il y avait d'inhumain, d'improbe et de barbare dans la conduite de quelques procureurs, qui fondaient leur fortune sur la ruine des familles, en prolongeant, outre mesure, les dispendieuses péripéties de procès qui, confiés à des mains pures et à des cœurs honnêtes, se seraient dénoués au premier degré de juridiction. Une satire si téméraire fut accueillie par un *tolle* général; les clercs de la Basoche du Châtelet se trouvèrent tous offensés dans la personne de leur patron. De leur côté, les clercs de la Basoche du Palais soutinrent, avec chaleur, la justesse des observations de leur confrère. Le texte et le commentaire de l'ordonnance de Charles VI furent tour-à-tour controversés, et, après avoir répandu des flots d'encre, après avoir épuisé le vocabulaire des injures ordinaires en pareille occasion, on convint de vider la querelle en combat réglé; mais, comme la Basoche du Palais était dix fois plus nombreuse que la Basoche du Châtelet, il fut arrêté que douze basochiens seulement du Palais et douze basochiens du Châtelet se mesureraient l'épée à la main. C'était une seconde édition de la querelle d'Albe et de Rome; c'était encore le combat des Horaces contre les Curiaces (1).

On choisit pour champ clos le Mail, situé au bord de la rivière, presqu'en face le couvent des Bernardins. Le lundi-gras, qui tombait cette année-là le 28 février, fut le jour désigné pour la rencontre. A l'aide de travestissements autorisés par l'usage, les basochiens espéraient pouvoir se dérober à la vigilance de la police. Et d'ailleurs, cette police n'avait-elle pas bien d'autres soins à prendre que d'empêcher une collision cléricale? Paris était en fête; le carnaval, alors si cher au

(1) *Propter inordinatam multitudinem hujus modi refugiant et recusant quampluri̇nis viri notabiles, variis scientiarum insigniti, industriosi et experti, dare se procuratoris officio, qui tamen aliter ad illud non mediocriter aspirarent totisque viribus anhelarent assumi.* (Ordonn. de Charles VI du 13 novembre 1403. Ordonnances du Louvre, tome 8, page 617). On voit par le passage que nous venons de citer, et qui est emprunté au préambule de l'ordonnance, combien il était urgent de mettre un terme au scandale que donnent, dans tous les temps, les intrigants et les fripons en usurpant des positions honorables.

peuple de la capitale, agitait de toutes parts son burlesque oriflamme. On dansait à la Cour, on dansait aux Porcherons, on dansait à la Courtille. Artisans, princes et bourgeois étaient enrôlés sous la même enseigne, sous celle du plaisir! Ne fallait-il pas que les cent yeux de l'Argus édilien fussent braqués sur les hôtels des grands et sur les cabarets des faubourgs? La fraternité du plaisir n'excluait pas alors la rancune et la haine, et l'extrême liberté du masque ne donnait pas le droit, comme dans les saturnales antiques, de tout dire et de tout insulter.

On ne craignait pas davantage les indiscrétions de la salle des Pas-Perdus. Le Palais, l'austère et pudique Thémis, prenait aussi sa part des folies du carnaval. La Grand'Chambre avait, depuis le lundi qui suit le dimanche de la septuagésime jusqu'au lundi qui suit le dimanche de la quinquagésime, ses causes grasses à juger!

On entendait par causes grasses, dans le vieux Parlement de Paris, tous les procès que les gens de bouche, tels que boulangers, pâtissiers, charcutiers, bouchers, fruitiers, apothicaires et traiteurs, etc., suscitaient à leurs pratiques, *et vice versa*, et qui venaient par voie d'appel se dénouer à la Grand'Chambre. Quelquefois, mais plus rarement, le débat existait entre deux corporations ou deux communautés de gens de bouche. Le greffier en chef du Parlement avait grand soin de réserver tous ces procès pour la quinzaine qui précédait le carême, et c'est ce qu'on appelait depuis bientôt cinq cents ans les causes grasses. La nature de ces procès, les incidents bouffons qui s'y rattachaient, la renommée triviale des parties, tout contribuait à rendre les audiences de la Grand' Chambre très-amusantes et très-piquantes pendant cette période de quinze jours. Si nous ajoutons que les avocats les plus éloquents et les plus illustres ne dédaignaient pas de prêter l'appui de leur talent à ces grotesques causes, on ne se fera aucun scrupule de croire le cardinal Bentivoglio, quand il dit dans ses lettres que magistrats, avocats et plaideurs se livraient, au milieu même de la solennité de l'audience, à une hilarité si charmante et si communicative, que l'auditoire, entraîné par l'exemple, riait d'aussi bon cœur qu'aux farces de Scaramouche et aux lazzi de Trivelin.

En 1726, la plus importante et la plus sérieuse des *causes grasses* était le procès entre la communauté des rôtisseurs, d'une part, et la communauté des pâtissiers, d'autre part.

Les rôtisseurs reprochaient aux pâtissiers de faire rôtir des volailles, du gibier et même de la viande de boucherie, usurpation détestable et téméraire, et digne de toute la rigueur des lois. Les pâtissiers répondaient qu'à la vérité ils faisaient cuire ou rôtir dans l'occasion les pièces de volaille ou de gibier que leurs pratiques voulaient bien leur confier, mais qu'en cela ils faisaient un acte de complaisance et non un acte de commerce, puisque la plupart du temps ils n'exigeaient rien en retour. Les pâtissiers terminaient leur mémoire apologétique, en disant qu'un four n'était pas une broche, et que la communauté des rôtisseurs, qui avait déjà intenté des procès aux charcutiers, aux boulangers et aux cabaretiers; paraissait vouloir viser à la domination universelle, en cherchant à étouffer l'essor des industries qui pouvaient contrarier la sienne.

Remarquez bien qu'on accusa tour à tour Charles-Quint, François Ier et Louis XIV de viser à la domination universelle, et Dieu sait si ce reproche était fondé! Mais porter cette accusation contre les rôtisseurs, n'était-ce pas abuser du droit que chacun possède de calomnier son prochain? Les rôtisseurs ne demandaient rien autre chose que de conserver le monopole de la rôtisserie de toutes les bêtes de la création, et comme la *concurrence* n'était pas encore inventée en 1726, ils étaient parfaitement et strictement dans leur droit.

Le Châtelet le jugea ainsi, et les pâtissiers furent condamnés à payer à la communauté des rôtisseurs une somme de douze mille livres; les dépens furent compensés.

Les pâtissiers ne se tinrent pas pour battus, et ils en appelèrent au Parlement. C'était jouer gros jeu. Annibal prétendait qu'une armée vaincue dans la première rencontre ne doit pas s'exposer à une défaite totale dans la seconde. Mais les pâtissiers de ce temps-là n'étaient pas obligés de penser et d'agir comme Annibal. Ils se remirent donc en campagne, c'est-à-dire à plaider, et mal leur en prit, car ils avaient affaire à forte partie.

En effet, la communauté des rôtisseurs était l'une des plus riches, des plus florissantes et des plus intelligentes communautés de Paris; si les pâtissiers s'enorgueillissaient, à juste titre, d'avoir donné naissance au spirituel et charmant auteur des *Trois Sultanes* et de la *Chercheuse d'esprit* (1), les rôtisseurs pouvaient se vanter d'avoir vu sortir de leur sein un chansonnier plein d'atticisme et de grâce, un médecin célèbre et un mathématicien du premier ordre (2); mais la

(1) Favart était fils d'un pâtissier, et fut pâtissier lui-même; on lui attribue même l'invention des *Echaudés*. Cette conception ne vaut pas celle des *Trois Sultanes*, mais elle a son mérite.

(2) Laffichard, auteur de très-jolies chansons de mœurs et de plusieurs opéras comiques, qu'il composa avec Favart, Collé, Gallet et Panard, pour les théâtres de la foire Saint-Germain et de la foire Saint-Laurent; — Jacques Coictier, médecin de Louis XI, concierge et

gloire des lettres, chez les rôtisseurs comme chez beaucoup d'autres hommes, n'est pas estimée très haut; ce qui chatouillait par dessus tout la vanité de cette corporation, c'était l'ancienneté de son origine; c'était l'opulence de la plupart de ses membres; c'était surtout les privilèges et les prérogatives qui dataient des Institutions de Saint-Louis, et que les rois de France s'étaient plu à augmenter encore depuis le treizième siècle (1). Les pâtissiers, dont les an-

bailli du Palais de Paris, était également fils d'un rôtisseur; enfin, le géomètre Cugnot, qui découvrit ou plutôt appliqua le premier les qualités motrices de la vapeur, vit le jour dans une boutique de rôtisseur.

(1) Trois rues à Paris étaient spécialement consacrées à ce genre d'industrie: 1° la rue de la Huchette, qui longe le quai Saint-Michel; 2° celle des Marmousets, dont il ne reste aujourd'hui que des tronçons, dans l'Ile-du-Palais; 3° la rue aux Oues (que le peuple dans son amour pour les r prononce aux *Ours*) dans le quartier Saint-Martin. *Oues*, en vieux français, signifie *oie*. Dans ces trois rues réunies on chercherait vainement aujourd'hui un seul de ces rôtisseurs si riches, si achalandés des quinzième, seizième, dix-septième et dix-huitième siècles: les rôtisseurs se *sont en allés* bien avant les rois... *sic transit gloria mundi.*

Au nombre des prérogatives accordées par les rois de France à la communauté des rôtisseurs, on remarquait celles-ci: Par Saint-Louis: dispense de loger des gens de guerre; droit exclusif d'acheter les coupes de bois dans les forêts royales à une distance de dix lieues à la ronde de Paris (cette disposition de la loi prouve le nombre des rôtisseurs et l'importance de leur commerce); sous Philippe-de-Valois: droit de faire arriver directement au port Saint-Landry le bois nécessaire à leur consommation; sous Charles V: remise du denier de guerre (il est vrai que les rôtisseurs de Paris avaient offert spontané-

nales remontaient à peine au temps de Charles VIII et de Louis XII, les pâtissiers, disons-nous, avaient fort mauvaise grâce à vouloir lutter avec les rôtisseurs. C'était réaliser la fable du pot de terre contre le pot de fer.

Le procès des rôtisseurs contre les pâtissiers était donc la reine des causes grasses de l'année 1726. Le public avait été inondé des mémoires des parties belligérantes, et la lecture de ces *factums*, écrits avec une verve, une causticité, un esprit dont le barreau français a seul le secret, avait encore augmenté, s'il est possible, la curiosité générale. Un double attrait devait attirer encore les amateurs des causes grasses; on savait que M. le premier président, Antoine Portail, tiendrait l'audience, et que deux avocats en renom, maîtres de Gennes et de Lalaure, se disposaient à plaider, le premier pour la communauté des pâtissiers, le second pour la communauté des rôtisseurs.

La cause était la dernière sur le rôle, et, par conséquent, ne devait être plaidée que le lundi gras, à la grande audience de neuf heures. On ne pensait, on ne parlait au Palais que de l'issue probable de ce procès, que du talent des

ment une somme considérable pour la rançon du roi Jean, prisonnier des Anglais) et diminution de taxe du gibier; sous Louis XII : réduction du minot de sel, etc., etc.

deux avocats qui allaient être mis à une si singulière épreuve, que de l'affluence prodigieuse d'auditeurs qui sans doute envahirait de bonne heure les alentours de la Grand' Chambre.

Le moyen de songer, au milieu de si joyeuses préoccupations, à la querelle des deux Basoches, au duel projeté de quelques écervelés qui s'obstinaient à troquer malencontreusement leur plume pacifique contre l'épée des spadassins, en l'honneur d'une ordonnance de Charles VI tombée depuis trois cents ans en désuétude.

Cependant les vingt-quatre champions, sûrs à peu près de faire leur coup à la sourdine, aiguisaient leurs armes et apprenaient mystérieusement de quelques racoleurs du quai de la Ferraille ou de quelques sergents aux gardes-françaises, l'art de parer ou de porter une botte le plus proprement possible; ce qui n'empêchait pas nos jeunes clercs de procureurs de payer le tribut ordinaire au carnaval, en allant voir jouer le *Malade imaginaire* et *Monsieur de Pourceaugnac* à la Comédie-Française, ou de conduire quelques douces colombes du Parvis-Notre-Dame ou de la cour de la Sainte-Chapelle, dans les salons enfumés de la *Petite-Pologne* (1).

Heureux temps que celui où nos pères voyaient

(1) La *Petite-Pologne* était à cette époque ce que sont aujourd'hui pour la jeunesse des Ecoles la *Chaumière* et le *Prado*.

dans une *cause grasse* un sujet de conversation et de divertissement pour toute une semaine! Heureux temps que celui où la jeunesse française ne fourbissait ses armes que pour des combats sans haine, mais non sans honneur!

La rue de la Huchette était, pendant les jours du carnaval, ce que la rue des Lombards était pendant les premiers jours de l'année : même affluence de promeneurs, d'oisifs, d'acheteurs; à cette différence près qu'on ne s'arrêtait pas devant les boutiques de la rue de la Huchette pour contempler, ainsi que devant les magasins des confiseurs de la rue des Lombards, des temples de sucre, des pyramides de gelée de pomme, des portiques de chocolat ou des pagodes de pistache; non, les merveilles offertes là à la curiosité publique étaient plus substantielles et plus respectables. C'étaient des myriades de ces honnêtes poulets que les jésuites ont les premiers rapportés de l'Inde, et que le jansénisme a baptisés du nom des bons pères. Contre ces volatiles aborigènes et à la même broche rôtissaient à loisir et la poularde du Mans, et la poule de la Bresse, et les oies fabuleuses du pays de Caux, et les canards du Nivernais, et les perdrix à pattes cardinales de la Bauce et du Perche. De tous ces martyrs de l'appétit humain et du carnaval s'échappait un arôme délicieux. En voyant les soixante boutiques de rôtisseurs qui garnissaient les deux côtés de la rue de la Huchette, en jetant les yeux sur ces foyers ardents, sur ces broches mugissantes, que des chiens faisaient mouvoir, sur ces hécatombes dorées, parfumées, lardées, qui s'élevaient en amphithéâtre sur des plats gigantesques de belle faïence bleue, on n'était plus étonné que Rabelais eût décrit (1) si minutieusement le festin de nativité de Gargantua; le grand peintre, le profond moraliste, avait été charger sa palette et allumer sa verve aux auto-dafé de la rue de la Huchette.

Dans l'une de ces boutiques de rôtisseur de la rue de la Huchette, et qui avait pour enseigne au *Coq d'Inde*, il se passait, dans la soirée du dimanche gras 27 février 1726, une de ces scènes d'intérieur qui aurait eu besoin, pour être

(1) Rabelais nous apprend lui-même dans ses lettres qu'il avait un faible très-prononcé pour la rue de la Huchette : « La plus belle et la plus attrayante de mes promenades, dit-il, est la mirobolante rue de la Huchette. J'octroyerais tout le reste de Paris pour cette benoîte rue qui enserre plus de merveilleuses choses que le temple de Salomon, voire même que le Vatican de notre saint Père le pape. Il y a dans ce petit coing de terre plus de philosophie et de vraie sapience qu'en la Sorbonne et l'Université ensemble. On y monstre et démonstre l'art de la gueule, et ses habitants sont bien moins des hommes que des dieux. Je ne me retire de ce paradis qu'en me léchant les barbes en criant : Hosanna!!! »

convenablement traduite, des crayons de Rembrandt, de Gérard Dow ou de Van-Tilborgh.

Tandis que cinq ou six garçons, vêtus, selon la mode du temps, de camisoles de Perse et coiffés du classique bonnet de coton, embrochaient et débrochaient tour à tour les nombreuses volailles qui attendaient leur tour de cuisson pendues à des crocs de fer qui formaient, autour de la boutique, une espèce de panoplie pantagruélique; tandis que, sur l'énorme comptoir de bois de chêne roulaient les écus de six francs des grosses pratiques et les petits écus des artisans et des écoliers, le patron du logis, maître Honoré Bouquin, assis dans son arrière-boutique sur un vieux fauteuil de velours d'Utrecht, entre un jeune homme et une jeune fille de dix-sept ans à peine, semblait méditer profondément. Le roulis non interrompu des seize broches qui tournaient dans sa boutique, les cris de ses garçons, le son si doux, pour l'oreille d'un marchand, de l'argent qui s'engloutit dans les limbes de plomb d'un comptoir, rien ne pouvait arracher le rôtisseur à sa méditation silencieuse. L'homme le plus riche et ordinairement le plus gai et le plus jovial de sa communauté avait ce soir-là l'humeur d'un misanthrope et la physionomie d'un trapiste. C'était pour cacher au public, dont il était bien connu, la passagère et subite métamorphose de son caractère, que maître Honoré Bouquin s'était confiné dans les entrailles de son logis. Mais quel était donc le sujet de cette mélancolique préoccupation? Quelle était la cause de cette retraite obstinée le jour d'un dimanche gras? Hélas! il faut bien le dire, les honneurs, qui marchent accompagnés de soucis et d'amères déceptions, avaient opéré ce funeste changement.

Depuis bientôt une année, maître Honoré Bouquin avait été élu syndic de sa communauté. Très-chatouilleux à l'endroit des immunités, priviléges et franchises de sa corporation, jaloux d'entourer sa puissance élective de quelqu'éclat, il avait usé de l'influence que lui donnaient sa fortune, son expérience et son autorité, pour embarquer sa communauté dans le procès qu'elle avait intenté, comme nous l'avons déjà dit, à la communauté des pâtissiers. Les rôtisseurs avaient gagné en première instance, mais l'appel remettait la victoire en question. Messieurs de la Grand' Chambre seraient peut-être moins favorables aux rôtisseurs que les juges du Châtelet! Sa crainte d'avoir compromis les intérêts de son corps, l'espèce de honte que la perte d'un procès en Grand'Chambre ferait rejaillir, selon lui, sur son syndicat, plongeaient maître Bouquin dans une sombre et muette perplexité.

Geneviève, sa fille, et le jeune homme qui étaient à ses côtés, gardaient également un morne silence. Mais les yeux de la jolie fille et les yeux du jeune homme s'entendaient à merveille; et, grâce à l'éloquence du regard et à la poésie du geste, ils attendaient patiemment l'un et l'autre que le rôtisseur retrouvât la parole.

Peut-être maître Bouquin les eût-il fait longtemps attendre encore, si le brave homme n'eût surpris au passage une œillade flamboyante adressée à sa fille.

— Julien, dit-il au jeune homme, il ne faut pas attiser le feu qu'on ne peut éteindre à heure fixe. Je vous dis cela, voyez-vous, mon enfant, parce que je tiens à ce que les choses se fassent dignement et saintement. Lorsque M. le curé de Saint-Séverin aura prononcé le *conjungo*, je vous laisserai faire à votre femme toutes les mines que vous voudrez; mais jusques-là, *nescio vos*...

— Comment donc, mon cher futur beau-père, interrompit le jeune homme dont une vive rougeur colora les joues, fais-je donc si mal de regarder mademoiselle Geneviève, ne sommes-nous pas fiancés, et ne dois-je pas la considérer comme ma femme?

— Pas encore, Julien, pas encore, répondit

le rôtisseur en soupirant et en se grattant l'oreille.

— Sur quelle herbe avez-vous donc marché aujourd'hui, beau-père, reprit Julien, vous êtes d'une tristesse mortelle, et on se croirait, en vous voyant, bien plus volontiers au mercredi des Cendres qu'au dimanche gras. Voyons, beau-père, qu'avez-vous? contez-nous cela.

— Au fait, répliqua le rôtisseur, je ne sais pas, Julien, pourquoi je vous ferais un mystère de mon souci; je vais sans barguigner vous avouer tout, écoutez-moi donc.

Maître Bouquin tira une tabatière d'argent de la poche de sa veste, aspira longuement une forte prise de tabac, et dit :

— Vous savez, Julien, que le jour de votre mariage avec Geneviève était fixé à mardi.

— Eh! oui, beau-père, au mardi-gras, fit Julien.

— La fille d'un rôtisseur ne doit se marier que ce jour-là, reprit maître Bouquin d'un ton doctoral. Or, vous le savez encore, vos bans sont publiés à l'église, le contrat est passé, le repas de noces est commandé. En un mot, tout est prêt.

— Oui, cher beau-père, fit Julien.

— Eh bien! Julien, vous ne vous marierez pas mardi?

— Comment! je ne me marierai pas, et qui donc m'en empêcherait, maître Bouquin?

— Moi! répondit le syndic d'un accent solennel.

Et ce *moi*, dans la bouche du rôtisseur, équivalait au fameux *moi* de Médée.

— Mais vous n'y pensez pas, maître Bouquin, reprit le jeune homme, si nous ne nous marions pas mardi, nous voilà rejetés aux calendes grecques.

— Pas aux calendes grecques, riposta le syndic, mais après le carême.

— En conscience, père Bouquin, je ne vous conçois pas; tout ce que vous faites, tout ce que vous dites aujourd'hui, me passe. Qui peut, quand vous pensiez blanc hier, vous faire penser noir aujourd'hui?

— Ecoutez-moi donc, pour l'amour de Dieu, Julien, fit le syndic en laissant échapper un geste d'impatience. Quand je vous aurai expliqué ma situation, vous tomberez dans mon sens..... Mais, de par saint Christophe! laissez-moi parler.

— Eh bien! père Bouquin, je vous laisse parler.

— Julien, c'est demain un grand jour. Le Parlement va décider qui de nous ou des pâtissiers doit avoir raison. Notre cause est juste, notre cause sera bien plaidée; mais la justice humaine est sujette, comme toutes les opinions de ce monde, à de fatales erreurs; en un mot. nous pouvons perdre au Parlement le procès que nous avons gagné au Châtelet.

— Votre cause est imperdable! s'écria le jeune homme.

— Voilà bien les jeunes têtes de la Basoche! fit le rôtisseur. Eh! mon cher Julien, c'est précisément parce que notre cause est *imperdable* que nous pouvons très-bien la perdre; mais, brisons là-dessus, et revenons à nos moutons. En ma qualité de syndic de ma corporation, j'ai poussé de toutes mes forces à ce procès. Si nous perdons, je croirai ma conscience engagée à supporter seul tous les frais, dommages-intérêts de la condamnation. Je ne veux pas que mes confrères puissent me reprocher de les avoir entraînés légèrement dans un abîme. Or, pour réparer la brèche qu'une telle défaite causerait à ma fortune, je me verrais forcé de travailler dix ans encore, et de marier ma fille quarante jours plus tard.

Vous n'avez pas oublié, Julien, que j'avais promis à Me Groslaid, le procureur au Parlement, dont vous deviez acheter la charge, douze mille livres comptant; c'était la dot de Geneviève. Dans la prévision de la perte de notre procès, j'ai écrit ce matin même à Me Groslaid qu'il n'ait pas à compter sur moi avant les fêtes de Pâques.

— Ainsi, dit le jeune homme, en baissant la tête sur sa poitrine, pour une crainte chimérique, père Bouquin, vous détruisez le bonheur de Geneviève et le mien!

— Je ne détruis rien du tout, interrompit le rôtisseur, j'agis en homme prudent, en bon fermier; je ne veux pas casser mes œufs avant de savoir si mes poules pondront encore.

Julien ne répondit pas. La tête appuyée entre ses mains, il resta quelques instants immobiles. Puis il se leva tout à coup, et, avisant Geneviève, sa jolie fiancée, qui pleurait à chaudes larmes :

— Ne pleurez pas, mademoiselle Geneviève, vos larmes retombent sur mon cœur, et elles m'étouffent. Au surplus, poursuivit le basochien du Palais, plus je réfléchis, plus je vois que votre père n'a peut-être pas tort de rompre notre mariage... car vous auriez fort bien pu devenir veuve avant d'être femme.

Puis, se tournant du côté du rôtisseur, qui cherchait vainement le sens de ces paroles :

— Monsieur Bouquin, lui dit-il, vous m'avez fait bien mal, mais je suis forcé de reconnaître que vous agissez en honnête homme et en père de famille soigneux de l'honneur de son nom.

Adieu, maître Bouquin; adieu, mademoiselle Geneviève; peut-être nous reverrons-nous, peut-être ne nous reverrons-nous plus. A la volonté du Ciel! En attendant notre réunion dans cette vie ou dans l'autre, recevez mes souhaits pour votre bonheur à tous... et mes adieux.

Et, sans ajouter une parole, le clerc de la Basoche prit son chapeau, salua et sortit.

Le rôtisseur et sa fille en étaient aux conjectures pour s'expliquer la rapide retraite de Julien et le sens mystérieux de ses dernières paroles, quand un valet entra dans l'arrière-boutique et remit discrètement une lettre au syndic de la corporation des rôtisseurs. Cette lettre contenait le mot de l'énigme et était ainsi conçue :

« Monsieur Bouquin,

« J'ai reçu ce matin la lettre par laquelle vous m'annoncez qu'il est impossible de verser *hic et nunc* entre mes mains les douze mille livres convenues pour mon office de procureur, que je cède à M. Julien Grasset, votre futur gendre.

» Avec un homme moins connu par sa probité, je pourrais hésiter à accorder un long terme de paiement, mais, avec vous, M. Bouquin, les délais ne sont point dangereux. Regardez donc le marché comme conclu, et prenez, pour la remise des douze mille livres, tout le temps qui vous sera nécessaire.

» Un incident plus grave doit vous préoccuper. Vous n'ignorez peut-être pas que douze clercs de la Basoche du Châtelet et douze clercs de la Basoche du Palais doivent, demain lundi, en venir aux mains pour je ne sais quel futile motif. J'ai appris, de science certaine, que votre futur gendre avait été désigné par le sort pour être l'un des douze champions de la Basoche du Palais : employez tous vos efforts pour détourner ce bon et laborieux jeune homme d'une rencontre qui, outre qu'elle viole les lois de la religion, de la morale et de l'humanité, aurait pour résultat—qu'il soit vainqueur ou qu'il soit vaincu—de détruire son avenir.

» Je suis, monsieur Bouquin, votre affectionné

» JEAN GROSLAID,

« Procureur au Parlement de Paris. »

— Mon père! mon père! s'écria Geneviève, en se précipitant aux pieds du syndic, mon père, sauvez Julien! sauvez l'époux que vous m'avez choisi !!!

Et la pauvre fille, pâle, tremblante, serrait convulsivement les mains de son père dans les siennes et embrassait ses genoux.

— Oui, oui, ma fille, nous le sauverons ; il ne se battra pas, répondait le bonhomme, plus tremblant que sa fille; rassure-toi, ma pauvre Geneviève, M. le lieutenant de police veille pour tous les citoyens, et le guet de Paris n'est pas inventé pour des prunes. Va te reposer, mon enfant, va et prie Dieu qu'il ne m'abandonne pas.

Mais voyez donc le bel état où je suis, dit le rôtisseur, resté seul au coin de son feu : demain, on juge à la Grand' Chambre un procès d'où dépend une notable partie de ma considération et de ma fortune; demain, mon futur gendre va jouer à se couper la gorge pour une babiole..., et, par dessus le marché, demain, lundi gras, il faut, quand bien même j'aurais perdu mon gendre et mon procès, il faut, dis-je, que j'aille présenter les *oues* d'honneur et de carême-prenant à M. le prévôt des marchands, comme c'est l'usage (1). Ah! le vilain carnaval

(1) Le lundi gras de chaque année, la communauté des rôtisseurs, son syndic en tête, allait présenter au prévôt des marchands, en grande pompe, les oies ou les oues de carême-prenant. Ces oies étaient au nombre de trois, et portées sur des pavois ornés de rubans, de fleurs et de plumes de diverses couleurs. Ce cortège était nombreux et splendide, et les rôtisseurs cherchaient à éclipser dans cette cérémonie la promenade du bœuf gras, effectuée aussi chaque année par les bouchers de Paris. La présentation des oues de carême-prenant remontait au temps de Philippe de Valois. A cette époque, des trois oies, une était donnée au prévôt des marchands, une au prévôt de Paris, une au premier président du Parlement. Sous Henri II, les trois oues furent affectées en bloc au prévôt des marchands. Le prévôt de

que celui de 1726!... Je voudrais déjà être à Pâques ou à la Trinité.

— Bourgeois, dit un garçon rôtisseur en entrebaillant la porte de l'arrière-boutique, il n'est pas dix heures, et votre recette se monte déjà à plus de onze cents livres !

— Que la peste t'étouffe, maraud, exclama le syndic, en frappant du pied d'impatience ; que m'importe aujourd'hui et la recette et...

— Cent onze pièces vendues, continua le garçon, soixante poulets, vingt-quatre poules, trente-deux oies, dix-huit canards, quatorze dindons...

— Tu fais le quinzième, interrompit le syndic en colère ; allons, fermez la boutique et allez vous coucher. C'est le seul moyen d'obtenir la tranquillité. — Ah ! si les pâtissiers voulaient venir à récipiscence, si, avant l'audience de demain matin, ils venaient m'offrir la moitié de la somme à laquelle ils ont été condamnés par le Châtelet! Que j'aurais de plaisir à faire rayer la cause du rôle... Mais *pstt!* les gaillards tiennent au scandale, ils veulent faire parler d'eux, coûte que coûte... C'est si avantageux une *cause grasse*, pour ceux qui la jugent, peut-être...;

Paris n'était plus qu'une dignité nominale, et il est à croire que le premier président du Parlement n'attachait qu'une médiocre importance à l'offrande des rôtisseurs de la rue de la Huchette.

mais pas pour ceux qui la perdent! Enfin, la volonté de Dieu soit faite : le Châtelet nous a donné le vol du chapon, puisse la Grand' Chambre nous donner le vol du faucon.

Jamais *cause grasse* n'avait été plaidée avec plus de verve, plus de mordant, plus de goût et plus d'esprit. Me de Gennes, pour la communauté des pâtissiers, déploya les qualités distinctives de son talent, l'ironie, le sarcasme, la plaisanterie allant jusqu'à l'épigramme; Me Lalaure (1), pour les rôtisseurs, développa, sur un thême sérieux, mais chargé des broderies d'une imagination féconde, les riches peintures d'une érudition immense; il montra les rôtisseurs, ses clients, tels qu'ils étaient sous Louis IX, sous Philippe-le-Hardi, sous le roi Jean. Sous

(1) MM. de Gennes et de Lalaure jouissaient d'une grande réputation de talent et d'éloquence dans le premier quart du dix-huitième siècle. Une mort prématurée enleva de bonne heure M. de Gennes au Barreau, dont il était l'ornement. On a conservé de cet avocat quelques plaidoyers remarquables, et tous ceux qui ont fait des études judiciaires connaissent son célèbre Mémoire pour Nicolas Palmier, oculiste de Paris. Ce Mémoire ne déparerait pas le Gil Blas de Lesage. M. de Lalaure, dont la carrière a été plus longue que celle de M. de Gennes, s'est également distingué par le talent de la parole, la diversité de ses connaissances et la pureté de ses principes. M. de Lalaure avait un talent très-flexible, et réussissait dans les causes graves aussi bien que dans les causes frivoles. Son Mémoire pour Jacques Féron, blanchisseur à Vanves, plus connu sous le nom de Mémoire de l'Ane, est un chef-d'œuvre de bonne plaisanterie, de malice et d'esprit.

Louis IX, les rôtisseurs de Paris nourrissent les convalescents de l'Hôtel-Dieu pendant dix-huit mois; sous Philippe-le-Hardi, durant tout un hiver rigoureux, ils chauffent à leurs frais les pauvres de la capitale; sous le roi Jean, enfin, ils s'imposent spontanément pour contribuer à la rançon du malheureux monarque, dont la fortune des armes a trahi le courage dans les plaines de Poitiers. Qui donc osera s'étonner, s'écrie Me de Lalauré, qu'une communauté, qui s'est toujours montrée au premier rang des défenseurs de la religion, de l'humanité et du trône, ait été, par nos rois, si habiles et si ingénieux rémunérateurs du bien qu'on répand sur leur peuple, comblée de grâces, d'immunités et de franchises? Ah! certes, si les privilèges ont quelque chose d'auguste et de sacré, convenez-en, messieurs, c'est lorsqu'ils sont le prix du dévouement, de la fidélité et du courage. La communauté des rôtisseurs est dans ce cas, et vous ne consentirez pas, messieurs, à ce qu'on la dépouille des droits qui, depuis cinq siècles, ont fait plus encore sa gloire que sa force.

La plaidoirie de Me de Gennes avait eu un succès d'hilarité; celle de Me de Lalaure, où le sel attique était distribué avec plus de mesure, en eut un de bon sens et de patriotisme. Les juges se retirèrent pour opiner, et un quart-d'heure après, ils entrèrent dans la Grand' Chambre, apportant le rejet de l'appel des pâtissiers. Le premier président, Antoine Portail, trouva moyen, après avoir prononcé le jugement souverain du Parlement, de rendre un éclatant hommage aux spirituels et savants plaidoyers des deux avocats.

« La Cour, dit en terminant le premier président, vous a entendus, maître de Gennes, et vous, maître de Lalaure, avec un vif intérêt : l'un et l'autre vous avez prouvé, ce qu'au surplus nous savions déjà, que le Barreau du Parlement de Paris n'est étranger à aucune connaissance, et que, dans les luttes les moins graves de la parole, il sait conquérir des palmes et mériter des éloges. »

Cependant, tandis que les voûtes de la Grand' Chambre retentissaient de la parole sonore des avocats et des éclats de rire homériques d'un auditoire nombreux, un homme se promenait rêveur et pensif dans la pénombre de la salle des Pas-Perdus. Il paraissait en proie à une anxiété extrême, et lorsqu'il s'apercevait que les regards des passants s'arrêtaient sur lui, il s'empressait d'aller chercher un refuge derrière le Pilier des *Consultations* (1), pilier énorme et

(1) Le Pilier des consultations, appelé aussi le Pilier des pauvres

sombre, et peu entouré par les pauvres plaideurs, durant les jours de carnaval. Cet homme, nos lecteurs l'ont déjà deviné, n'était autre que l'honorable syndic de la communauté des rôtisseurs. Maître Honoré Bouquin ne s'était pas senti la force d'affronter les péripéties de l'audience, et il était venu *incognito* rôder aux alentours de la Grand' Chambre, pour apprendre du moins le premier la nouvelle de sa défaite ou l'affirmation de sa victoire.

— Que cette horloge marche lentement, s'écriait le syndic en fixant un œil hagard sur le cadran de la salle des Pas-Perdus; si le temps vole, comme le prétendent nos chansonniers du Charnier des Innocents (1), il faut qu'il ait des

plaideurs : c'était là qu'à tour de rôle, et selon l'ordre du tableau, les avocats, et les plus anciens comme les plus illustres et les plus jeunes, donnaient gratuitement des consultations aux pauvres. Les Gilles Lemaître, les Patru, les Cochin, les de Gennes, les Lalaure, les Henrion de Pansey et les Gerbier, allèrent chacun dans leur temps s'asseoir sur le banc de bois circulaire qui entourait ce pilier, et ouvrirent aux pauvres plaideurs le trésor de leurs lumières, de leur expérience et de leur vertu. Cette coutume était fort ancienne et dura jusqu'à l'abolition du Parlement. On a, il y a quelques mois, fait sonner bien haut une institution à peu près semblable établie chez un peuple voisin. Ces prôneurs ignoraient sans doute les vieilles et généreuses traditions du Parlement de Paris. Disons-le avec orgueil, notre France, sous tous les régimes, a constamment eu l'initiative de tout ce qui peut honorer l'humanité.

(1) Les charniers des Innocents, rue Saint-Denis, étaient tapissés de petites échoppes occupées par des écrivains publics qui se mêlaient aussi de poésie. C'étaient les fournisseurs ordinaires de la petite bourgeoisie et du peuple, qui avaient recours à leur verve et à leur talent poétique pour des couplets de fête, de mariage et de baptême. Ces

ailes d'oie ou tout au moins de canard... Onze heures moins un quart! et, à midi, il faut que je me mette à la tête de la communauté pour aller à l'Hôtel-de-Ville!!!... Ah! Dieu soit loué! voici M. Jean Groslaid qui sort de la Grand' Chambre et qui semble me chercher.

En effet, c'était le procureur au Parlement qui, de son œil de lynx, parcourait tous les

écrivains publics et ces poètes de bas étage, étaient de fort bonnes gens dans des temps de calme et de paix publique, mais ils devenaient des boute-feux aux époques de troubles et de guerres civiles, en composant des chansons satyriques et trop souvent incendiaires contre le gouvernement. L'insulte, en ce temps-là comme aujourd'hui, était payée à tant la ligne. Il est, au surplus, remarquable de voir qu'en France la chanson a toujours été l'auxiliaire de la révolte et des massacres. Sous Charles VI, Hugues le Vilain, écrivain du Charnier des Innocents, et poète du peuple (il s'intitulait ainsi), prélude au massacre des Armagnacs par une complainte en soixante-trois couplets, sur les malheurs du peuple trompé par les Armagnacs Sous la Ligue, c'est Jérôme Prudent qui compose trois chansons par semaine sur les trahisons de Henry de Valois et de ses Mignons, et qui finit par écrire une espèce d'ode sur le martyre de Jacques Clément, le moine parricide. Sous la Fronde, Blot et Marigny (le premier, écrivain sous les Charniers), chansonnent tour à tour le Parlement, le roi, la régente, le premier président, le prince de Condé, Turenne, tout ce qui avait une valeur quelconque aux yeux de la partie saine de la nation. En 1789, les chansonniers persifflèrent aussi le pouvoir, et l'un d'eux, quatre années plus tard, obtint le surnom d'Anacréon de la Guillotine, atroce épithète que ce poète répudia plus tard. Depuis 1798, les charniers n'existent plus, et les poètes, ou plutôt les chansonniers frondeurs, ne s'y recrutent point; mais nous n'avons rien perdu pour cela, et tout le monde connait les chansons impies qui depuis cinquante ans ont célébré les défaites, les calamités et les agonies de la France.

recoins de la Grand' Salle. Il reconnut le syndic et se dirigea vers lui les bras ouverts :

— Recevez mes félicitations sincères, mon cher client, fit-il en embrassant le syndic, dont les jambes flageolaient d'émotion ; nos seigneurs du Parlement ont confirmé la sentence du Châtelet, et vous voilà deux fois vainqueur, *bis victor*. Je suis heureux de vous annoncer cette bonne nouvelle..... Mais pourquoi n'avez-vous point paru à l'audience ?

— Vous me demandez pourquoi ! répondit le syndic. Eh ! mon Dieu, monsieur Groslaid, voyez l'état où je suis, et vous comprendrez de reste que je n'étais pas de taille à supporter l'attente du jugement de messieurs de la Grand' Chambre.

— Vous n'êtes pas du bois dont on fait les plaideurs, mon cher M. Bouquin, et je vous conseille de ne plus avoir à l'avenir de procès à soutenir.

— Ah! M. Groslaid, si l'on m'y reprend jamais, je veux être pendu. Mais, racontez-moi donc, je vous en prie, ce qui s'est passé à l'audience. J'ai gagné, ou plutôt nous avons gagné, c'est le principal ; mais mon avocat doit avoir eu à en découdre.

— Me de Gennes, votre adversaire, a fait merveille, répliqua le procureur ; mais votre avocat, Me de Lalaure, a fait encore mieux. Jamais *cause grasse* n'avait été débattue avec tant d'acharnement et tant d'éloquence. Mais ce qu'il y a surtout de glorieux pour vous et pour votre communauté, c'est que l'arrêt prononcé par M. le premier président a été accueilli par l'auditoire avec une satisfaction générale. On aurait juré qu'il n'y avait que des rôtisseurs dans la salle, et notez, cependant, que j'y ai reconnu deux ou trois maréchaux de France, un duc et pair et bon nombre de bourgeois distingués que j'ai l'honneur de compter dans ma clientèle... qui sera bientôt celle de M. Julien Grasset, votre gendre, car rien ne s'oppose plus, je le présume, ajouta le procureur, qui ne perdait pas de vue son intérêt, à ce que la prise de possession de mon étude, par M. Julien Grasset, soit effectuée le mercredi des Cendres. A propos, mon cher client, avez-vous fait vos diligences pour arrêter le mal que je vous ai signalé dans ma lettre d'hier soir, relativement à votre gendre?

— Je sors de chez M. le lieutenant de police, répondit le rôtisseur, et ce digne magistrat, qui avait déjà eu vent de l'équipée projetée des deux Basoches, a bien voulu me promettre qu'il allait mettre ordre à cela et faire appréhender au corps nos écervelés au moment même où ils feraient mine de vouloir dégaîner. Pour corroborer le zèle du magistrat, ou plutôt des exempts chargés de l'expédition, j'ai supplié M. le lieutenant de police de vouloir bien accepter une somme de cent louis, qui serviraient à faire travestir les limiers lancés à la piste de nos paladins. A l'heure qu'il est, les vingt-quatre bretteurs des deux Basoches doivent se rafraîchir dans les prisons du Grand-Châtelet.

— Diable ! mon cher client, ceci est grave, fit le procureur en toussant et remuant avec fracas les sacs qu'il portait à sa ceinture, vous êtes un homme expéditif et de résolution. Mais ne craignez-vous pas qu'une fois dans les prisons du Grand-Châtelet, l'affaire des Basochiens, et par conséquent celle de votre futur gendre, ne prenne des dimensions considérables ? Nous avons des édits très-sévères contre les duels, et le Parlement, ainsi que notre jeune roi, s'entendent à ravir pour faire exécuter les dispositions pénales.

— Ne vous inquiétez pas de cela, mon très-honoré M. Groslaid, riposta le rôtisseur. M. le lieutenant de police a pris la chose comme il convenait, et nos étourdis en seront quittes pour une leçon très-anodine. Et pour vous prouver qu'il n'y a pas, comme vous le dites dans votre jargon de Palais, péril en la demeure, c'est que le repas des accordailles aura lieu aujourd'hui même au cabaret du *Veau qui tette*

— A deux pas de la prison où votre gendre prendra le frais avec ses camarades !!!

— Précisément. D'ailleurs, nous avons arrangé la détention et la délivrance, M. le lieutenant de police et moi, à la satisfaction générale, je crois. Mais, faites une chose, monsieur Groslaid ; vous êtes déjà convié à la noce, acceptez également votre part du festin des accordailles... Vous connaissez le *Veau qui tette*, c'est le roi des cabarets et des traiteurs, et son propriétaire, maître Camusot, est renommé pour les pieds de mouton, où il excelle...

— Et sa cave, donc ! s'écria le procureur dont la physionomie s'illumina tout à coup.

— Et pour sa cave. Acceptez-vous, M. Groslaid ? Nous boirons en bonnes gens, en bons bourgeois, en bons Français, au bonheur de la France, et au bonheur de nos enfants.

— J'accepte de bon cœur, répondit Groslaid ; mais je ne vous promets pas d'être au *Veau qui tette* avant deux heures ; j'arriverai juste pour me mettre à table, car les affaires m'écrasent et je suis obligé de tout collationner, vérifier et étiqueter dans mon étude pour le profit et la commodité de mon successeur.

— Allez, allez, monsieur Groslaid, nous ne

serons pas en avance. Quant à moi, je retourne rue de la Huchette pour la cérémonie des *oues* de carême-prenant.

— Ah! effectivement, fit Groslaid, c'est aujourd'hui la visite des rôtisseurs à l'Hôtel-de-Ville!... et vous ne serez jamais prêt, monsieur le syndic.

— Tout prêt, riposta Bouquin en entr'ouvrant son balandran, qui recouvrait une veste, une culotte, et des bas de soie noire. Je n'ai que mon habit à passer et ma perruque à mettre... Ce sera fait en un clin-d'œil.

Le syndic et le procureur se séparèrent donc, l'un pour courir rue de la Huchette, rendez-vous du cortége de la communauté des rôtisseurs, l'autre au Parquet du procureur-général, où on allait à cette époque *vider les sacs*, c'est-à dire compter certaines sommes qui étaient dues par les procureurs pour les expéditions du Parquet.

Midi sonnait à la paroisse de Saint-Sévérin, quand le cortége des rôtisseurs quitta la maison du syndic de la communauté, rue de la Huchette, pour se rendre à l'Hôtel-de-Ville, où l'attendaient M. le prévôt des marchands, les échevins, les quartiniers, les gardes des six corps et beaucoup d'autres notabilités de la Cité. Ce cortège se ressentait un peu de l'époque de l'année où il avait lieu, c'est-à-dire que le grotesque et le bouffon se mêlaient à la gravité bourgeoise. Ainsi, le syndic et ses quatre assesseurs étaient habillés de noir; mais les huissiers, les suppôts et les estafiers de la corporation étaient revêtus de costumes analogues à la profession; tous portaient au côté d'énormes bouquets de plumes de coqs, de faisans, de cygnes, de perdrix et de paons. Les trois *oues* d'honneur, surchargées de rubans, de fleurs, de plumes d'autruches et de guirlandes de perles, étaient juchées sur une espèce de pavois, porté par quatre maîtres rôtisseurs, vêtus comme ces artisans utiles l'étaient du temps de saint Louis, ce qui n'était pas d'un effet médiocrement pittoresque; la musique du régiment des gardes suisses ouvrait la marche, et une compagnie de soldats du guet, dont les baïonnettes étaient remplacées par des bouquets de plume de pintades, la fermait.

Le cortège, au milieu d'une foule de peuple toujours avide de ces sortes de spectacles, traversa lentement le pont Saint-Michel, la rue de la Barillerie et le pont au Change, et suivant les quais de la Mégisserie et de Gèvres, arriva à l'Hôtel-de-Ville, où il était attendu.

La présentation des *oues* aux magistrats de

la Cité n'exigeait pas plus de temps que la *présentation des roses* au Parlement par les plus jeunes pairs du royaume. Rôtisseurs et grands seigneurs étaient fort sobres de discours, et les harangues et les réponses pouvaient se résumer en quelques mots : *Voici mes oues* ou *voici mes roses.* — Bien obligé. — Et tout était dit pour une année.

Quand nous disons que tout était dit, nous nous trompons; on offrait au cortège le *vin d'honneur*, le vin de la ville, et le Prévôt des marchands, en personne, versait dans de beaux gobelets d'argent, aux principaux personnages de la députation, un rouge-bord de vin d'Argenteuil ; de vin d'Argenteuil et point d'autre, notez cela, car la tradition l'exigeait. Sous le règne de Charlemagne et de ses successeurs, Argenteuil était réputé l'un des meilleurs vignobles de France, et les produits de ce canton étaient recherchés à l'égal de l'*Hermitage* et du *Clos-Vougeot.* Argenteuil conserva sa renommée jusqu'au temps de Henri IV, car ce bon roi invitait quelquefois Sully à venir en déguster quelques bouteilles avec lui en revenant de la chasse. Toutefois, on peut affirmer sans médire, que le crû a été considérablement modifié par les siècles, ou que le goût des peuples de Charlemagne et d'Henri IV a radicalement changé.

Le vin bu, les compliments échangés, la députation des rôtisseurs redescendait magistralement le grand escalier de l'Hôtel-de-Ville, pour aller rejoindre son cortège. Il n'était pas toujours au complet au retour, ce cortège, car les comparses et les soldats invités à la cérémonie, profitaient de la halte municipale pour aller, dans les cabarets d'alentour, célébrer à leur manière la fête dix fois séculaire des *oues* et des rôtisseurs; mais enfin on reprenait ses rangs tant bien que mal; on époussetait son costume encore froissé du séjour à la taverne, on se *recomposait* le visage et le maintien, et on enfilait, le plus gravement et le plus droitement possible, la route du Pont-Neuf, où l'on se séparait en face du cheval *de Bronze*, aux cris mille fois répétés de *Vive le Roi! Vive M. le Prévôt des marchands! Vivent le Syndic et les Rôtisseurs de Paris!* Car, dans ce temps de naïve croyance et de fidélité héréditaire, on mêlait le nom du Roi à toutes choses, et l'artisan qui se réjouissait, comme le soldat qui montait à l'assaut, comme le marin perché sur la hune d'un vaisseau qui sombrait, avaient dans le cœur, plus encore que sur les lèvres, le nom sacré de son Dieu et de son Roi.

Débarrassé de son fardeau officiel, maître Honoré Bouquin n'eut rien de plus pressé, en quittant l'Hôtel-de-Ville, que de s'acheminer vers le cabaret du *Veau qui tette*, sur la place du Châtelet, où sa fille Geneviève et sa famille l'attendaient vraisemblablement avec quelque impatience.

En effet, à peine le glorieux syndic eut-il mis le pied dans la vaste salle où une table de cinquante couverts était déjà dressée, qu'il fut entouré par sa fille et par les principaux membres de sa famille.

— Mon père! mon père! s'écria Geneviève, où donc est Julien? Ne m'aviez-vous pas promis de le ramener avec vous?

— Patience! patience! mon enfant, répondit le syndic; Paris n'a pas été fait en un jour, et tout vient à point à qui sait attendre. Tu vas revoir bientôt Julien.

— Ah! vous me cachez la vérité, mon père, exclama Geneviève; il est arrivé quelque malheur à Julien, et les gens de M. le lieutenant de police ne seront pas arrivés assez tôt pour empêcher cette fatale querelle. Et la pauvre et innocente jeune fille se prit à pleurer à chaudes larmes.

— Voilà bien les femmes, s'écria le syndic : on ne fait jamais rien ni assez vite, ni assez à leur gré. Allons, Geneviève, allons, ma fille, croyez à la parole de votre père, et ne vous désolez pas ainsi. Je vous répète et je vous affirme qu'il n'est rien arrivé de fâcheux à votre amant... et pour vous le prouver, — car vous êtes comme saint Thomas, il vous faut toucher du doigt les objets ; — je vais le faire paraître devant vous.

Le syndic ouvrit une des croisées de la salle qui donnait sur la place du Châtelet, alors très-exiguë et très-étroite, fit un signe à l'un des guichetiers de la prison qui paraissait être en sentinelle à la lucarne du parc civil; puis il referma soigneusement la fenêtre.

Un quart d'heure après cette action, qui avait excité au plus haut point la curiosité de Geneviève et des personnes qui étaient présentes, vingt-quatre jeunes gens, sous divers costumes de caractère, entrèrent dans la salle, escortés par un piquet de soldats du guet, et précédés par deux exempts de police et un commissaire au Châtelet.

— Messieurs, dit le commissaire aux vingt-quatre Basochiens, vous êtes libres. Monseigneur le lieutenant de police n'a prétendu vous donner qu'une demi-leçon, et les quelques heures que vous venez de passer en prison suffiront, il l'espère du moins, pour calmer une effervescence de jeunesse! Montrez-vous reconnaissants envers l'un des plus illustres magistrats de la Cité, en ne vous mettant plus dans le cas de retomber entre ses mains. Adressez aussi des remercîments à l'honorable syndic de la communauté des rôtisseurs, qui a bien voulu, pour vous faire oublier six heures de captivité, vous convier tous à une réunion de famille, où, du moins, vos travestissements ne feront qu'ajouter à l'allégresse générale.

— Oui, messieurs, reprit le syndic, je vous retiens tous aux accordailles de ma fille Geneviève ; mais c'est à la condition que toutes les rancunes, que toutes les rivalités s'éteindront dans le vin que nous allons boire à la santé de ma fille, de mon gendre et à l'union de la jeunesse française.

— Bravo! exclamèrent les Basochiens du Châtelet et les Basochiens du Palais.

— Dites à monseigneur le lieutenant de police, monsieur le commissaire, reprit un Basochien, que nous ne serons pas tentés de longtemps d'enfreindre les lois sur le duel. Nous nous contenterons de gloser sur les ordonnances du Louvre ; mais nous renonçons, dès aujourd'hui, au rôle de Capitan.

— Allons, Basoche du Palais, Basoche du Châtelet, embrassez-vous, s'écria le syndic des rôtisseurs, et permettez-moi de vous présenter mon gendre.

— Et moi mon successeur, ajouta le procureur Jean Groslaid, qui venait d'entrer dans la salle, toujours ponctuel aux heures d'audience comme aux heures de repas.

Tous les regards se tournèrent vers Julien, qui prodiguait à sa jolie fiancée les plus tendres soins et les plus douces paroles. Julien, seul de tous ses camarades des deux Basoches, avait été blessé, et cette blessure, toute légère qu'elle était, lui donnait un air tout galant et tout chevaleresque. Ajoutez à cela qu'il avait revêtu un costume de cavalier castillan, et que sa figure, sans être belle, avait quelque chose de hardi et de distingué.

— Vous me promettez au moins, Julien, de ne plus vous battre quand je serai votre femme, dit la jeune fille.

— Eh! ma belle Geneviève, répondit Julien, je suis procureur! Est-ce que les procureurs se battent jamais!

— A la bonne heure, monsieur, car sans cela je retournerais chez mon père.

— Bravo, dit un Basochien quelque peu narquois; la charmante rôtisseuse ferait comme le personnage de la comédie : elle retournerait à ses... moutons.

— Je vois avec plaisir que les oies ont encore rendu un grand et éclatant service au monde, observa un Basochien ; autrefois les oies ont sauvé le Capitole...

— Et aujourd'hui, ajouta un Basochien qui se nommait Vadé (1), et qui devint depuis le Tibulle des Porcherons et l'Horace des Halles, et, aujourd'hui elles ont sauvé le Châtelet de Paris !!!

---

(1) Vadé, poète très-populaire il y a près d'un siècle, avait été clerc de procureur au Parlement, et par conséquent membre de la Basoche du Palais. Vadé fit un poëme dans le genre de celui du *Lutrin* sur la guerre des deux basoches, qui a fait le sujet de cette étude. Ce poète, presqu'oublié ou plutôt tout-à-fait méconnu aujourd'hui, avait plus d'esprit et surtout plus d'instruction que la plupart de ceux qui ont, dans ces derniers temps, apprécié son talent et ses œuvres. Vadé était né à Ham, petite ville de Picardie, qui se glorifie avec raison de lui avoir donné naissance, ainsi qu'au général Foy et au savant et éloquent Marchand, avocat du Barreau de Paris, de 1735 à 1778.

LE PILIER DES CONSULTATIONS.

1778.

Il y avait dans la grande salle du Palais, dit un savant praticien dans ses mémoires du dernier siècle, un pilier spécial appelé le *Pilier des consultations*. Les députés des colonnes (1), et

(1) Il n'est pas hors de propos de remarquer ici qu'avant la révolution de 1789 l'Ordre des avocats se formait en douze colonnes ou sections, ainsi nommées parce qu'à chacune de ces sections avait été assignée une des colonnes ou piliers de la grande salle du Palais. Chaque colonne avait son banc désigné le plus souvent dans la boutique d'un libraire (boutiques qui occupaient alors le pourtour de la grande salle). Les stagiaires étaient tenus de se présenter à un de ces bancs. A la tête de chaque colonne étaient deux députés de l'Ordre chargés d'examiner les récipiendaires pour l'admission au stage, de

les anciens s'y réunissaient habituellement pour conférer entre eux et pour donner au *premier venu* des indigents, de vive voix, les avis qu'il venait demander.

Tous les avocats inscrits au tableau allaient à tour de rôle au Pilier des consultations, appelé aussi le Pilier des pauvres plaideurs : ni les glaces de l'âge, ni l'éclat du talent, ni les occupations accablantes du cabinet et du prétoire n'étaient un obstacle à l'accomplissement de ce devoir, que les plus illustres et les plus éloquents regardaient comme une dette sacrée de payer avec un religieux dévouement.

Le bon et judicieux Loisel parle dans plusieurs de ses savants ouvrages du Pilier des pauvres plaideurs, et s'étend avec complaisance sur cette institution toute parlementaire et toute française. Etienne Pasquier, dans son livre des *Recherches*, paie également un juste tribut d'admiration au zèle, à l'application et à la charité du Barreau de Paris, qu'il appelle le premier Barreau, non pas seulement de la France, mais du monde. Et pour couronner ce concert de louanges, le vertueux Michel de Lhospital, chancelier de France,

s'assurer qu'ils avaient un logement, un mobilier, des livres convenables, de surveiller enfin la conduite des admis pendant tout le temps du stage. A ces précautions paternelles, on voit quelle importance l'Ordre attachait à son recrutement annuel.

s'exprime ainsi dans ses mémoires : « Il y a un coin dans la Grand'Salle du Palais-de-Justice de Paris qui enserre plus de gloire et plus de vrai honneur que jadis le sénat de Rome et le collège des Archontes, en la ville d'Athènes; je veux parler du Pilier des consultations, où les plus pauvres citoyens peuvent aller chaque jour prendre les avis et recueillir les conseils des hommes les plus éclairés et les plus expérimentés du Barreau. A notre éternel honneur, car, ajoute Lhospital, je n'ai point oublié que j'ai été avocat, et les dignités dont j'ai été revêtu n'ont pas diminué les sentiments affectueux que je porte à mes chers et anciens confrères, et si bien que je *crois toujours être avocat;* à notre éternel honneur donc ce pilier, qui est tout un principe et tout un enseignement, subsiste depuis trois cents ans (1) et durera, pour l'exemple et l'édification des races futures, tout autant que le royaume de France. »

Vers les derniers jours du mois d'avril 1778, un homme jeune encore, et dont la toilette négli-

(1) Le chancelier Michel de Lhospital écrivait ses mémoires en 1569, dans sa solitude de Vignay, dans la Beauce, où il s'était retiré après avoir donné sa démission de toutes ses places. Je ne puis plus faire le bien, et je ne puis conjurer le mal, s'était-il écrié en remettant le sceau de l'Etat à Catherine de Médicis, le devoir d'un bon citoyen et d'un sujet fidèle est de quitter la Cour, de vous plaindre et de prier Dieu pour la France.

gée, plus encore que la mobilité d'une physionomie spirituelle, annonçait un poète ou un artiste, errait dans la salle des Pas-Perdus, et semblait interroger du regard toutes les figures d'avocats et de procureurs qui passaient devant lui. Neuf heures allaient sonner à l'horloge du Palais, et les portes de la Grand'Chambre commençaient à rouler sur leurs gonds pour donner passage au flot de procureurs, d'avocats et de curieux qui se pressaient sur le seuil. L'audience du matin s'ouvrait à cette heure-là, quand notre plaideur, car c'en était un, frappant du pied avec dépit, s'écria : Je vais perdre mon procès, c'est une chose certaine, faute d'un avocat!

Cette exclamation fut entendue par un de ces humbles scribes qui, alors comme aujourd'hui, établissaient chaque matin leurs pénates d'argile et leurs fragiles bureaux de bois blanc contre les monstrueux piliers de la salle des Pas-Perdus.

Le scribe obligeant mit la plume avec laquelle il grossoyait une requête, à son oreille, se leva avec précaution et tirant discrètement par la manche le désespéré plaideur, lui dit d'une voix mielleuse et séraphique :

— Vous n'avez pas d'avocat, monsieur?

— Hélas! non, monsieur, repartit brusquement le plaideur, et voilà ce qui me fait enrager..

— Il ne manque pourtant pas d'avocats ici,

reprit le scribe, en lui indiquant du doigt toutes les robes noires qui passaient comme des ombres sur les dalles vestibulaires du temple de la justice.

— Je le vois bien... mais... je suis artiste, partant je suis pauvre, et je ne possède pas de quoi rémunérer le talent d'un avocat. Je cherche depuis une heure une figure à qui je puisse confesser mon embarras et mon indigence, et je n'en ai pas encore trouvé une qui me soit sympathique. Cependant, neuf heures moins cinq minutes, et ma cause est la première sur le rôle...

— C'est une cause d'appel, demanda sournoisement le scribe.

— Vous l'avez dit.

— En ce cas, c'est à la Grand' Chambre que vous avez affaire. M. le premier président tiendra l'audience.

— Eh! je sais tout cela aussi bien que vous, fit le plaideur, impatienté de la stoïque attitude de son interlocuteur. Par saint Luc, le patron de Venise et du Titien, faut-il échouer au port et perdre après avoir gagné!

L'étranger avait prononcé ces paroles d'une manière si tragique, que le scribe vit bien qu'il ne parlait point à un plaideur ordinaire. Son cœur, racorni par les aspérités de la chicane, s'amollit, se dilata et s'épanouit aux tièdes inspirations de la bienveillance.

— Ecoutez, monsieur, dit-il, *sæpe præmente Deo, fert Deus alter opem...*

— Je ne sais pas le latin, dit le plaideur d'un air de Huron.

— Cela veut dire, reprit le scribe, toujours de sa voix douce et discrète, qu'à *Brebis tondue, Dieu mesure le vent.* Or donc, vous apercevez d'ici ce gros pilier à main gauche où se balance une large pancarte?...

— Je le vois parfaitement.

— C'est le Pilier des Consultations, reprit le scribe, autrement dit des pauvres plaideurs. Allez-y, vous y trouverez un, deux ou trois avocats...

— Je n'ai besoin que d'un bon, interjeta le plaideur.

— Je le sais bien, Mais vous pourrez choisir, et le choix n'est pas défendu. Vous en choisirez un, vous lui raconterez *grosso modo* votre affaire, et il ira la plaider *hic et nunc,* je veux dire sur-le-champ.

— Et les honoraires?

— Il n'y en aura pas. Nos avocats de Paris tiennent plus à l'honneur de leur profession qu'à la fortune, et le plus bel apanage du Barreau, est de défendre les opprimés indigents contre les oppresseurs millionnaires. Allez vite, il n'y a pas une minute à perdre.

— J'y cours, fit le plaideur en tournant les talons.

— Un mot encore, exclama le bon scribe, qui, dans son accès d'obligeance, ne voulait rien laisser au hasard, soyez bref dans vos explications ; vous n'avez plus que trois minutes et demie, et la concision est la seconde vertu du plaideur ; la patience est la première.

Cela dit, l'honnête scribe rentra dans sa citadelle de bois, s'établit carrément sur son fauteuil de cuir tanné et reprit magistralement sa besogne commencée. Son protégé arpenta l'espace qui le séparait du pilier salutaire et se trouva en trois secondes devant l'avocat des pauvres.

A l'approche du plaideur, l'avocat se leva et serra dans les plis de sa robe un Horace qu'il tenait à la main et qu'il semblait lire avec délices.

Le plaideur fut frappé de la noble physionomie, de la majestueuse prestance du légiste. Il y avait, en effet, dans l'ensemble de ce personnage, dans ses traits, dans son maintien, dans sa pose et jusque dans les plis de sa robe consulairement retroussée, un invincible prestige qui commandait la confiance, l'admiration et le respect.

Le plaideur salua et dit :

— Monsieur, je suis artiste.

L'avocat toucha le bord de son bonnet carré.

— Je m'appelle Lantara, poursuivit le plaideur.

L'avocat ôta tout à fait son bonnet avec ce geste digne, qu'Alexandre dût autrefois avoir en saluant Porus, prisonnier sur les bords de l'Hydaspes.

— J'ai fait pour M. Guillot de la Porte, fermier-général, huit tableaux, au prix convenu de dix-huit cents livres.

— Dix-huit cents livres, huit tableaux! fit, en haussant légèrement les épaules, l'avocat.

— Les tableaux livrés, poursuivit l'artiste, on me chicana sur le prix, sous le prétexte futile que je ne les avais pas envoyés dans les délais convenus. J'avais un compatriote, un camarade de Montargis, qui était procureur au Châtelet; il me conseilla d'attaquer mon Crésus devant cette juridiction; j'attaquai et je gagnai. Mais M. Guillot de la Porte en a appelé au Parlement, et mon affaire est aujourd'hui la première sur le rôle de la Grand' Chambre.

— Donnez-moi vos pièces, fit l'avocat.

— Les voici, monsieur, repartit Lantara, en

retirant péniblement, de la poche de son habit, une liasse de procédure ployée dans des esquises et dans des débris de crayon noir, rouge et blanc.

— Votre procureur n'est pas ici?

— Hélas! non, monsieur; ma clientèle lui a porté malheur; le pauvre homme est mort six semaines après m'avoir fait gagner ma cause.

— Vos pièces sont régulières, interjeta l'avocat en parcourant du doigt et des yeux le dossier que l'artiste lui avait remis; vous devez gagner en appel comme vous avez triomphé en première instance.

— Ah! monsieur, le droit est pour moi, mais on m'a assuré que M. Guillot de la Porte avait des amis dans la Grand' Chambre...

— Monsieur, interrompit l'avocat en lançant à l'artiste un regard plein de sévérité, les magistrats, une fois assis sur les fleurs de lys, n'ont plus d'amis.

— Ainsi soit-il, fit Lantara en s'inclinant.

— Je me charge de votre cause, et je vais de ce pas la plaider, continua l'avocat, dont la physionomie se rasséréna tout à coup.

— Je vous en aurai un million d'obligations, répondit l'artiste, car ce fruit de mon labeur, qui m'est disputé aujourd'hui, est toute ma fortune présente.

— Les artistes ne sont riches qu'en gloire, riposta l'avocat.

Et, sans plus discourir, le légiste se dirigea d'un pas pressé vers le Prétoire de la Grand' Chambre; mais, toute hâtive qu'elle était, sa démarche n'en était pas moins noble et superbe.

Une foule nombreuse obstruait la porte gigantesque de la Grand' Chambre. A l'aspect de l'avocat, cette multitude se rompit par le milieu, comme autrefois les flots de la mer Rouge pour laisser passer l'arche du Seigneur. L'avocat s'avança la tête haute dans ce défilé, et entra, comme un roi, sous les obscurs vestibules qui précédaient la Chambre de Saint-Louis. Bientôt il disparut tout à fait dans les profondeurs du Prétoire, et la foule, derrière lui, referma ses colonnes.

Lantara, cloué au Pilier des consultations, avait suivi des yeux l'athlète généreux qui allait combattre pour lui avec le ceste de la parole et le disque de la dialectique. Quand il l'eut tout à fait perdu de vue, l'artiste leva une main vers le ciel, en s'écriant :

— Dieu soit loué! je serai défendu, et si je succombe, ce sera du moins dans les règles. Laissons mon avocat aux prises avec la justice, et allons remercier l'honnête écrivain public qui m'a si heureusement piloté dans cette circonstance.

Puis, après avoir fait quelques pas, Lantara s'arrêta et dit : le remercier, le pourrai-je?

L'artiste fouilla alors dans son gousset, et, après quelques secondes de pénibles investigations, il retira de la poche de sa veste une pièce de vingt-quatre sous.

— Je le puis ! exclama-t-il avec un profond soupir de satisfaction.

Et mettant fin à son monologue, il se rendit auprès du scribe qui, enseveli dans les péripéties d'une requête qu'il grossoyait pour M. le procureur-général, ne pensait pas plus au service qu'il venait de rendre qu'au Grand Turc.

— Monsieur, lui dit Lantara, vous m'avez rendu tout à l'heure un de ces bons offices qu'on ne doit jamais oublier. Faites-moi le plaisir d'accepter un verre de vin.

Le scribe leva les yeux et reconnut son plaideur. Cette offre gracieuse le toucha, car la gratitude n'est pas la vertu favorite de ceux qui hantent le Palais.

— Monsieur, répondit l'écrivain public, je désirerais de tout mon cœur pouvoir accepter votre invitation, mais je suis en train d'achever une besogne des plus importantes... c'est une requête, et on attend après.

— Qu'à cela ne tienne, je vous attendrai, fit Lantara. Combien vous faut-il encore de temps ?

— Un gros quart d'heure.

— Eh bien ! j'attendrai un gros quart d'heure.

— Faites mieux, monsieur, reprit le scribe ; puisque vous semblez tenir à me faire l'honneur de trinquer avec vous, allez m'attendre à la buvette, j'irai vous y rejoindre.

— A la buvette? où est-ce?

— Au bout de ce corridor, à gauche, sous le cadran.

— Et y boit-on du vin, à cette buvette?

— Cela va sans dire, et du bon je vous assure.

— J'y vais donc, et songez-y bien, je vous y attends.

— Ainsi que j'ai eu l'honneur de vous le dire, je suis à vous dans un quart d'heure.

Lantara se rendit à la buvette, où il se fit servir, en attendant son invité, une bouteille de vin de Mâcon, dont il but philosophiquement les trois quarts, en réfléchissant aux aventures de la matinée.

Il buvait ! car ce peintre charmant, cet artiste plein de grâce et de vérité, qui prenait si heureusement la nature sur le fait, qui traduisait avec son pinceau et avec son crayon les brises de l'automne et les zéphirs du printemps, le deuil hyvernal des bois et les orages caniculaires; cet ingénieux et fécond Lantara avait contracté la funeste habitude de noyer ses soucis et les mécomptes ordinaires de la vie d'artiste dans d'incessantes libations. La sobriété de Gérard Dow et du Poussin lui était inconnue; mais il vantait les fastueuses orgies et les olympiques ivresses des Carravage et des Carrache.

Cette déplorable manie d'une vive intelligence, d'un noble cœur et d'un talent éminent était sans doute le secret véritable de la pauvreté de Lantara.

La bouteille était presque vide quand le scribe, fidèle à sa promesse, apparut dans la buvette.

— Venez ici, mon pilote et mon guide, fit Lantara en montrant un tabouret au scribe et en ordonnant d'un geste au garçon d'apporter une seconde bouteille. J'ai ouï dire que Raphaël s'enivra le jour même où il livrait aux regards et au jugement du public ses magnifiques peintures de la chapelle Sixtine. A l'exemple de ce grand homme, je veux m'enivrer aussi en attendant l'arrêt du Parlement. Buvons donc! Votre nom, mon maître?

— Coquillard, pour vous servir, répondit le scribe.

— Eh bien! maître Coquillard, à votre bon

accueil, à votre prospérité! Puisse votre table se changer comme la table écloppée de Philémon et Baucis, en chaire d'or ou d'argent! A votre santé !

Les verres se choquèrent. Tout étourdi de ce luxe mythologique, maître Coquillard rentra bientôt dans le prosaïsme du lieu où ils se trouvaient en disant :

— Permettez-moi, monsieur...

Il hésita.

— Lantara, fit le peintre.

— Permettez-moi, M. Lantara, de répondre à vos souhaits obligeants par un souhait non moins sincère : Au gain de votre procès !

L'artiste, sur le terrain de la réalité, se dégrisa tout à coup.

— Ah! oui, mon procès, fit-il en riant amèrement. Est-ce que je puis le gagner? Un artiste contre un fermier-général! *La justice est borgne* et les juges ne sont ni sourds ni aveugles.

— Oh! oh! fit maître Coquillard, vous ignorez donc, monsieur Lantara, cet adage qui a cours depuis cinq cents années dans le Parlement de Paris : *la vertu de l'avocat fait la conviction du juge*. Et quand à cette vertu se joint une grande éloquence, une cause est gagnée. Au surplus, monsieur, je vous félicite d'être si heureusement tombé; vos intérêts, je vous le jure, sont en bonnes mains.

— Mes intérêts sont entre les mains de la Providence qui, je le crains bien, ne se mêle guère des affaires du Palais, et aussi entre les mains de l'avocat des pauvres.

— D'accord, mais cet avocat des pauvres, qui est aujourd'hui le vôtre, est M. Gerbier, repartit stoïquement l'écrivain.

Lantara, qui tenait son verre à la main, le posa sur la table d'une force à le briser.

— Quoi! s'écria-t-il, mon avocat est ce fameux Gerbier, dont tout le monde vante l'éloquence et les lumières! En êtes-vous bien sûr monsieur Coquillard?

— Très-sûr.

— Est-il possible! Eh bien, je me suis douté du rang de mon avocat. Dans la courte entrevue que je viens d'avoir avec lui, j'ai senti que ce n'était pas un homme ordinaire. Il y a dans la physionomie, dans l'attitude de ce jurisconsulte, je ne sais quoi d'héroïque et de royal. Mais ce n'était pas le moment de faire de la psychologie, et mes impressions ont été trop vives pour être profondes; mais qui diable aurait pu deviner que le docte, l'éloquent, l'illustre Gerbier se rencontrerait au Pilier des consultations!!!

— Monsieur, repartit le scribe, le titre d'avocat des pauvres est envié dans notre Barreau de Paris à l'égal des plus beaux titres. Ne soyez donc pas surpris que M. Gerbier, au faîte des honneurs de son Ordre, ne pense pas à répudier le plus beau fleuron de sa couronne d'avocat et de citoyen.

— Je brûle, reprit Lantara, que le discours de l'écrivain public avait dégrisé tout-à-fait, de connaître mon sort, et, en tout état de cause, de remercier le grand et magnanime orateur. Ne trouvez donc pas mauvais, mon cher monsieur Coquillard, que je vous quitte.

— Non-seulement je ne le trouve pas mauvais, repartit Coquillard, mais je vous y engage, monsieur Lantara.

Le peintre se hâta de payer la dépense, remercia encore une fois le scribe de sa secourable intervention, lui promit de venir le voir souvent dans la salle des Pas-Perdus, et courut à la Grand'-Chambre.

L'audience venait de finir.

Gerbier, entouré de ses nombreux clients et d'un essaim de jeunes avocats qui le suivaient, comme autrefois les jeunes patriciens suivaient Cicéron au forum, apparut sur les degrés de la Grand'Chambre.

Lantara se précipita au-devant de lui :

— Mon cher client, dit Gerbier d'une voix

pleine de douceur et de mansuétude, et sans donner à l'artiste le temps de parler, je suis heureux de pouvoir vous annoncer que vous avez gagné votre procès.

— Ah! monsieur! exclama l'artiste hors de lui, que d'actions de grâce j'ai à vous rendre!....

— Aucune, monsieur, interrompit Gerbier avec une noble simplicité; j'ai fait mon devoir.

Au temps du Parlement, les scribes, ou écrivains publics, qui *décoraient* la salle des Pas-Perdus, et qui étaient en quelque sorte incorporés à chaque pilier de cet immense caravansérail de la chicane, jouissaient d'une importance judiciaire, qu'ils sont loin d'avoir aujourd'hui. Le ressort du Parlement de Paris, qui s'étendait du Rhône à la Loire, et de la Picardie à la Champagne, comprenait à peu près le quart de la France, et les nombreux plaideurs de ces provinces si diverses de mœurs, d'habits et de langage, qui s'abattaient chaque jour en nues croassantes autour du Palais-de-Justice de Paris, faisaient de la salle des Pas-Perdus une espèce d'arche de Noé, ou plutôt de tour de Babel où tous les idiômes, tous les dialectes et tous les patois étaient confondus : le bas-breton heurtait l'auvergnat, le provençal le picard, le lyonnais le champenois. C'était un concert perpétuel d'accents étrangers et de litanies incomprises; c'était un brouhaha infernal, dont les maigres queues de la correctionnelle et de la Cour d'assises d'aujourd'hui ne peuvent donner qu'une très-imparfaite idée.

Le principal mérite, et surtout le principal métier des scribes et écrivains de la Grand 'Salle, étaient de servir de truchement à ces peuplades de plaideurs débarquées le matin à Paris par le coche ou par les voitures publiques. Chaque scribe avait à cet effet sa spécialité (qu'on nous pardonne ce néologisme), et son industrie linguistique était dévolue à telle ou telle province. Celui-ci entendait le languedocien; celui-là l'auvergnat; cet autre l'angevin; cet autre encore le baragouinage du Vexin normand ou de la Picardie. Ces utiles connaissances faisaient des scribes des hommes nécessaires et précieux à l'avocat et au procureur : ils devenaient le lien qui unissait le plaideur au jurisconsulte et au magistrat.

Au reste, ces écrivains étaient pour la plupart des praticiens très-exercés et très-habiles. Outre le système de procédure alors en usage au Parlement, ils possédaient des notions assez étendues en droit public, en droit canonique, en droit coutumier et en droit écrit. Ce corps nombreux des scribes de la Grand' Salle se recrutait dans les commis de sénéchaussée et de présidiaux de provinces qui venaient cacher et engloutir dans les limbes de la capitale des malheurs domestiques, ou des discordes de terroir; surtout dans les études de procureur au Parlement, ou au Châtelet, dont les clercs pauvres ou relégués dans les fonctions secondaires, préféraient une position indépendante aux minces et sordides appointements d'une étude qu'ils ne pouvaient acheter, et de laquelle, en raison de leur âge ou de leurs infirmités, ils ne devaient plus penser à occuper les premières places.

La propriété d'une table contre un pilier était en effet une petite fortune. Les copies de pièces, de requêtes, de minutes et de jugements confiées par des plaideurs, et quelquefois par des avocats ou des procureurs entre deux audiences, formaient quotidiennement un petit pécule assuré au scribe, et si le titulaire était bien achalandé, et qu'il parlât couramment un des idiômes que nous citions tout-à-l'heure, il pouvait aisément, au bout de l'année, gagner de quinze à dix-huit cents livres, somme qui, à une époque où la fièvre du sensualisme et du bien être matériel était encore tout-à-fait inconnue, devait suffire aux besoins de l'homme honnête et laborieux.

Toutefois les scribes et écrivains du Palais

étaient individuellement et collectivement remarquables par leur discrétion, leur application et leur stricte et exacte probité. Humbles et modestes envers les magistrats, les avocats et les procureurs, mais d'une humilité et d'une modestie qui ne dégénérait pas en servilité, ils avaient conquis l'estime de tous, et la considération dont ils jouissaient également auprès des plaideurs d'une certaine classe, n'avait pas peu contribué à rendre leur ministère utile et respectable à la majorité du peuple, qui regardait alors comme revêtus d'un sacerdoce sublime, tous ceux qui étaient attachés de près ou de loin à la Cour du Parlement, si heureusement surnommée par Laroche-Flavin le *rempart de la liberté des peuples*.

Me Coquillard était en 1778 l'un des coryphées des scribes du Palais. Bien qu'indépendant par la nature de leurs fonctions et de leurs antécédents judiciaires, les écrivains de la salle des Pas-Perdus avaient, dès les premières années du quinzième siècle, formé un syndicat chargé de régler les différends qui pouvaient s'élever entre eux, et de veiller à l'équitable et juste répartition des piliers (1). La charge et les fonctions

(1) Tous les piliers n'étaient pas également favorables à la besogne, et on n'arrivait aux piliers privilégiés que par droit d'ancienneté et par extinction. Les piliers les plus productifs étaient ceux qui avoisinaient les différents Parquets et le pilier dit de l'Horloge.

de syndic étaient décernées par l'élection et à la pluralité des voix, et celui qui était nommé devenait par conséquent l'expression et l'organe de ses confrères. Ce n'était pas un mince honneur, car le syndicat mettait nécessairement en rapport celui qui en était revêtu avec le Parquet du procureur général et le Parquet du greffier en chef d'une part, et le bâtonnier de l'Ordre des Avocats et la Communauté des procureurs d'autre part. En 1778, Claude Coquillard était syndic des écrivains du Palais, et ce fut investi de cette dignité, qu'il vint en aide, comme nous l'avons vu, au peintre Lantara.

Claude Coquillard était le type des scribes de la Grand' Salle, tels qu'ils devaient être aux quatorzième et quinzième siècles. Grave, austère, formaliste, n'ayant que deux notes dans la voix, l'une aigue et l'autre basse, l'une servant à la consultation, l'autre exclusivement consacrée à la conversation, il mettait dans toutes ses actions une lenteur, un calme, une importance qui faisait souvent rire aux éclats les jeunes conseillers des Enquêtes. Mais, si Claude Coquillard n'agissait que par compas et par mesure sous les voûtes de la salle des Pas-Perdus, hors du Palais il était le plus joyeux compagnon du monde. Il fallait l'entendre, aux jours fériés du Parlement, à la Saint-Hilaire et à la Saint-Gratien, par exemple, faire retentir les échos du cabaret de la *Cornemuse* ou de la *Tour d'Argent*, des bonnes et satyriques chansons de Panard et de Collé; il fallait le voir décoiffer la bouteille de vin de Bourgogne et y puiser cette gaîté communicative, cet entrain, ces rires de bon aloi dont les secrets sont aujourd'hui perdus. Ce n'est pas que les cabarets soient moins communs aùjourd'hui, mais c'est que la hideuse politique a empoisonné nos vins et a métamorphosé en clubs immondes, en tréteaux d'anarchie ces innocentes tonnelles où nos pères allaient sacrifier à la concorde, à la gaîté, à la folie sans licence et à l'amitié.

Notre scribe aimait donc la bouteille comme il aimait son pilier, et, ce qui n'est pas peu dire, comme il aimait la Grand' Salle et la Grand' Chambre.

De son côté, le peintre Lantara regardait le vin comme l'auxiliaire le plus sûr de l'inspiration et du talent. De cette conformité de goûts et de principes, surgit bientôt une amitié fort vive entre l'écrivain de la salle des Pas-Perdus et l'artiste. Les buveurs et les spadassins se reconnaissent et s'estiment, rien qu'à la manière de déboucher un flacon et de démoucheter un fleuret.

Lantara venait voir souvent maître Claude Coquillard dans la Grand' Salle pour cultiver cette liaison si chère, et chaque apparition du peintre était suivie d'une station à la buvette. Bientôt les deux amis ne s'en tinrent pas à ces visites d'étiquette, ils allèrent l'un chez l'autre, et la culture de leur amitié se traduisit en longues et copieuses libations, qu'en vrais enfants de Thémis et d'Apollon, ils prolongeaient parfois d'un soleil à l'autre, sans pour cela déserter leur plume et leur pinceau. Les deux amis n'avaient que quelques pas à faire pour se rejoindre, car Lantara avait installé ses lares rue Hautefeuille, et Claude Coquillard demeurait prosaïquement dans la rue de la Huchette, rue trois fois célèbre dans l'histoire de Paris, par ses rôtisseurs, ses barricades au temps de la Fronde, et l'oie colossale chargée de rubans et de pierreries qu'elle offrit au cardinal Mazarin. Une oie! c'est ordinairement par là que toutes les guerres civiles se terminent. Heureux quand le peuple lui-même n'est pas obligé de remplacer l'emblême par la réalité!!!

Cependant la pensée de manifester à M. Gerbier sa gratitude et le souvenir qu'il avait conservé de sa brillante plaidoirie devant les magistrats de la Grand' Chambre, tourmentait incessamment notre peintre. Ce désir était devenu une idée fixe pour Lantara, et le cœur haut et généreux de l'artiste s'évertuait à trouver un moyen naturel et original tout à la fois d'initier l'illustre orateur à la révélation de sa reconnaissance. C'était surtout au milieu de ses longues libations avec l'écrivain de la salle des Pas-Perdus que Lantara exhalait ses regrets de ne point trouver un stratagème quelconque pour ménager une surprise artistique à qui lui avait ménagé un triomphe judiciaire.

— Mais cherchez donc, Coquillard, cherchez donc un moyen; faites naître une occasion pour réaliser mon projet, disait Lantara à son commensal.

Le scribe avait beau se gratter et se creuser le front, il n'en sortait rien, et les réflexions, les rêveries et les méditations des deux amis n'aboutissaient qu'à vider deux ou trois bouteilles de plus; car, à la moindre lueur d'un projet enfanté *inter pocula*, on vidait un rouge-bord, et on en vidait un second quand on s'était convaincu que l'idée jetée sur le tapis était impraticable ou impossible.

Un soir, par une belle lune de Juillet, que le peintre, debout devant son chevalet, esquissait à grands traits et de souvenir, un des sites enchanteurs de la forêt de Fontainebleau, si chère à ses jeunes années, maître Claude Coquillard se présenta tout à coup à ses yeux.

La figure du scribe était rayonnante; son nez,

que la grappe parfumée de la Bourgogne avait depuis longtemps revêtu d'une tunique de pourpre, était plus rouge encore que de coutume; ses yeux brillaient comme des escarboucles, et sa bouche, légèrement arquée comme celle des faunes et des satyres, se retirant vers des oreilles d'une honnête longueur, dessinait un sourire muet des plus expressifs.

Lantara examina pendant quelques instants cette physionomie singulière, et suspendit la marche rapide de son crayon.

— Réjouissez-vous, monsieur Lantara, dit enfin le scribe, essoufflé des cinq étages qu'il venait de gravir; réjouissez-vous, j'ai trouvé votre affaire.

— Vous avez trouvé mon affaire, fit l'artiste, j'en suis ravi; mais de quoi s'agit-il ?

— De quoi s'agit-il! de quoi s'agit-il! ne me parlez-vous pas sans cesse de M. Gerbier et de votre constant désir de...

— Ah! j'y suis, j'y suis, interrompit l'artiste, en jetant ses crayons et en quittant précipitamment son chevalet; parlez, mon cher M. Coquillard, parlez, ou plutôt, ajouta Lantara, ne parlez pas encore et attendez un peu, je vais aller quérir le baume de la conversation.

L'artiste entra dans une espèce de cabinet obscur attenant à son atelier, qui était aussi son salon et sa chambre à coucher, et en rapporta une bouteille de vin et deux gobelets d'étain qu'il plaça avec solennité sur une table jaspée comme une palette, de toutes les couleurs picturales connues.

— Cela fait, asseyons-nous maintenant, buvons et causons, fit le peintre en partageant un tabouret de bois renversé, avec son hôte.

Ils burent, et la première libation faite, il fut permis à Claude Coquillard de parler.

— Vous savez ou vous ne savez pas, dit alors le scribe à l'artiste, que M. Gerbier possède, à quelques lieues de Paris, un château et un domaine magnifique, véritable résidence princière, où il reçoit et où il accueille splendidement tout ce qu'il y a de considérable dans l'État. La haute magistrature, les seigneurs de la Cour, les poètes, les artistes, les généraux d'armée, se rencontrent dans ses salons avec les membres les plus éminents de l'épiscopat et du clergé.

— J'ai ouï dire cela, interjeta le peintre.

— Les grands talents, la grande renommée, les vertus civiques et privées ne mettent pas les hommes à l'abri des traits de l'envie et des morsures de la calomnie.

— A qui le dites-vous, interrompit encore Lantara en soupirant, cela n'est que trop vrai! Buvons un coup.

Me Claude Coquillard but et continua ainsi :

— M. Gerbier, saturé d'ennuis, de déceptions cruelles, d'ingratitudes énormes; blessé profondément dans tout ce qu'il s'était plu à aimer et à protéger : atteint dans sa santé aussi bien que dans les affections de son âme, a résolu de rompre avec la vie de faste, avec la vie royale, si l'on peut s'exprimer ainsi, qui jusqu'à présent avait eu tant d'attraits pour lui. Il renonce à son château superbe, à son parc, à ses jardins délicieux, et, partant, à ces réceptions splendides qui faisaient jadis ses délassements et ses joies, et désormais il ne quittera plus son hôtel de la rue des Saints-Pères (1) que pour aller, dans la belle saison, passer de courts instants dans une petite maison qu'il vient d'acheter aux portes de Paris, à Gentilly. Cette maison est connue depuis plus d'un siècle sous le nom de *Pavillon de M. de Benserade.*

— Je ne vois pas trop, Coquillard, où vous voulez en venir, fit Lantara.

— Vous ne voyez pas où j'en veux venir, M. Lantara, repartit Coquillard, je vais vous l'expliquer. Pour rendre cette maison, bâtie depuis cent cinquante ans, digne de l'hôte et des visiteurs illustres qu'elle est appelée à recevoir,

(1) Gerbier demeurait rue des Saints-Pères, faubourg Saint-Germain.

M. Gerbier a donné l'ordre à un jeune architecte, M. Percier, de présider aux réparations et aux embellissements de sa nouvelle acquisition.

— Ah! j'y suis maintenant, exclama Lantara en se frappant le front, et j'ai là, ajouta-t-il en indiquant sa tête et son cœur, le programme qu'il convient de suivre pour atteindre le but que je me proposais. Oh! mon cher Coquillard, je suis plus content aujourd'hui que le jour où j'ai gagné mon procès. Payer la dette du cœur est bien plus doux encore que de recevoir l'argent d'un débiteur de mauvaise foi, par arrêt de la Cour. Mais, Coquillard, où diable avez-vous été si bien renseigné?

— L'amitié, monsieur Lantara, répondit le bon écrivain, rend ingénieux et surtout curieux. Sur des bruits de Palais, je suis heureusement parvenu à connaître les faits que je viens de vous apprendre et de vous détailler.

— Cher Coquillard, dit le peintre en serrant convulsivement la main du scribe, vous êtes un brave et digne homme... Buvons un coup.

Le lendemain matin, Lantara courait chez le jeune architecte Percier, dont il s'était fait enseigner la demeure, et, après s'être *nommé* et lui avoir raconté les obligations qu'il avait à M. Gerbier, il exprima l'ardent désir qu'il nourrissait de témoigner en artiste son immortelle gratitude à l'éloquent avocat.

— Je consens à être le complice de votre reconnaissance, monsieur Lantara, et je m'en ferai gloire, répondit le jeune architecte. Vous pouvez compter sur mon concours et sur ma discrétion.

— J'ai gagné deux procès en deux mois, s'écria Lantara hors de lui; touchez-là, monsieur; un disciple de Vitruve peut presser sans vergogne la main...

— D'un héritier du Poussin, ajouta spirituellement le jeune architecte.

Bel esprit, sceptique, capricieux et railleur, Isaac de Benserade, dont les rondeaux et les ballets sont aujourd'hui tout-à-fait oubliés, posséda toutes les qualités de l'homme aimable et tous les bonheurs de l'homme de cour. Son étoile de poète le fit bien venir à la cour de Richelieu et de Louis XIV. Il partagea les suffrages de cette cour si polie, si spirituelle et si brillante, par son fameux sonnet de Job (1). Suc-

(1) Voiture avait composé un sonnet intitulé : *Uranie*, et Benserade, un sonnet sur *Job*. Toute la Cour se divisa en deux partis, les *Uraniens* et les *Jobelins*. Le cardinal Mazarin et la reine-mère ne restèrent point neutres dans cette folle bataille d'esprit. Le prince de

cesseur de Chapelain, l'arbitre de la littérature pendant plus d'un demi-siècle à l'Académie française, sa fortune sembla le vouloir pousser encore plus avant dans la carrière des honneurs. A une époque où les poètes ne briguaient pas les titres périlleux d'hommes d'État et de politique, et où le grand Corneille lui-même se contentait d'être tout bonnement le grand Corneille, Benserade faillit être ambassadeur près de Christine, reine de Suède. Ce poste n'échappa à son ambition que par l'extrême répugnance qu'il ressentit tout-à-coup à abandonner Paris et la cour, pour aller s'ennuyer près d'une reine qui n'avait de la femme que le nom (1).

Condé se déclara pour Benserade, et madame de Longueville pour Voiture, ce qui fit écrire l'épigramme suivante, attribuée à Gomberville :

Le destin de Job est étrange,
D'être toujours persécuté,
Tantôt par un démon et tantôt par un ange.

(1). Scarron, qui ne laissait rien passer des ridicules de son temps, a enregistré ainsi, avec une date en vers, la singulière promotion de Benserade :

L'an que le sieur de Benserade
N'alla point à son ambassade.

Au reste, il est bien prouvé que le poète ne voulut point être ambassadeur. « Quand j'aurais parlé à cette reine, dit-il, dans une lettre adressée à M. de Montmaur, il m'aurait toujours semblé que l'ombre de Monaldeschi se serait placée entre la reine et moi pour prendre mes lettres de créance. »

On sait que Monaldeschi, écuyer de Christine, fut assassiné dans la galerie de Fontainebleau, par les ordres et presque sous les yeux de cette reine

Les plaisirs de la cour usent plus vite que les fatigues de la guerre. La satiété vient couronner les excès de la table et les excès de l'esprit. Benserade, riche, — car il avait voiture, et au dix-septième siècle un poète à voiture était un phénomène, — honoré, caressé, comprit, dès que l'âge eut argenté ses cheveux, toute l'inanité de ses joies, tout le vide d'une existence qu'il avait consacrée durant quarante ans aux passions des grands et à ses propres passions. Il fit un retour sur lui-même, résolut de changer de conduite, et cette détermination bien arrêtée, il alla se confiner dans une charmante petite maison qu'il avait fait construire à Gentilly, dans un site ravissant et sur les bords toujours verts de la jolie rivière de Bièvre.

Installé dans cette délicieuse habitation, où le poète se comparait modestement à Horace dans sa maison de Tibur, Benserade fit inscrire ces vers sur le fronton de l'élégant édifice :

> Adieu fortune, honneurs; adieu vous et les vôtres,
> Je viens ici vous oublier;
> Adieu, toi-même Amour, bien plus que tous les autres,
> Difficile à congédier,

Le poète, après tous ces *adieux*, s'était séquestré dans son jardin, dans son verger, dans son cabinet, et n'en sortait plus, donnant une part de son temps à la prière, et l'autre part aux plaisirs vrais, qui ne laissent dans l'âme ni gravier, ni limon impur. Ces plaisirs véritables, tout le monde les connaît et pourtant les néglige : c'est la lecture des bons livres, l'étude et la connaissance de soi-même et l'entretien de quelques amis.

La mort vint rendre à son tour visite à la maison de Gentilly, et emmena avec elle le poète et ses rondeaux, dans les derniers mois de l'année 1690.

Malgré la mort du propriétaire, on continua d'appeler ce logis *le Pavillon de M. de Benserade.*

Ce posthume hommage populaire valait bien les suffrages prodigués au poète pendant sa vie par les grands de la Cour.

C'était cette maison aimée des Muses que le jeune architecte Percier (1) s'était chargé de rajeunir et d'approprier aux mœurs, aux usages et aux variations de la fin du dix-huitième siècle. La chapelle avait été transformée en salle de bain, le jeu de paume en salle de billard, l'étang en fontaine, et l'immense salle de compagnie en salon bonbonnière, comme Vanloo, Leriche et Boucher en avaient orné à Versailles et à Marly les appartements de madame de Pompadour.

Ce fut dans ce salon, qui devait être aussi un

(1) Ce Percier devint, un quart de siècle après, le collaborateur de M. Fontaine, architecte de l'Empereur Napoléon Ier. et des trois derniers rois de France.

chef-d'œuvre de bon goût, d'opulence et de délicatesse, que notre Lantara s'établit, masquant ses toiles, sa palette et ses pinceaux sous des toiles vertes menteuses, et déguisé lui-même en barbouilleur, pour ne pas éveiller les soupçons de M. Gerbier, qui venait souvent le matin inspecter, avec son architecte, la marche et la physionomie des travaux.

— Quel est cet homme? demandait parfois Gerbier à M. Percier, en désignant Lantara, grimé, ridé comme un Géronte de comédie.

— C'est un vieux mouleur que j'emploie aux embellissements de votre salon, répliquait l'architecte.

Gerbier se payait de cette réponse et continuait ses promenades à travers les échafaudages, les établis, les outils de toute espèce qui remplissaient la maison de la cave au grenier.

Comme tous les hommes supérieurs, Gerbier avait sa petite faiblesse. Il se croyait expert en menuiserie, bien qu'il n'eût jamais manié de sa vie un rabot ni une varlope.

Ces manies s'attaquent même aux têtes couronnées qui sont au moins par la fiction gouvernementale au niveau des plus hautes intelligences. La reine Elisabeth d'Angleterre, ce roi en jupon, comme disait le pape Sixte-Quint, se piquait de faire de la dentelle mieux qu'une ouvrière du Hainault et de la Flandre. Philippe II tournait des grains de chapelet beaucoup mieux, à son sens, que les tabletiers de Valladolid et de Saint-Jacques de Compostelle; Cromwel taillait lui-même le pourpoint de buffle qu'il portait sous sa cuirasse, et notre infortuné Louis XVI pensait être, après Gamain et Vouchet, le premier serrurier de France et de Navarre.

Gerbier avait donc une grande confiance dans ses lumières en menuiserie, et il aimait à étaler avec une satisfaction enfantine les connaissances qu'il avait théoriquement acquises dans cette profession, qui touche quelquefois à l'art sculptural. Il se plaisait à employer avec les ouvriers les termes techniques qui révélaient sa compétence dans cette partie. Cette petite pâture donnée à sa manie, Gerbier revenait à son salon de prédilection,comme l'aiguille un instant dérangée revient au nord de la boussole.

Mais quand on arrivait au salon, la dissimulation devenait épineuse. L'amphytrion furetait partout, il semblait retrouver les allures juvéniles qui commençaient à l'abandonner au prétoire. Il voulait soulever les toiles pour se rendre compte de l'effet général que produirait l'ornementation de son salon, où il inaugurait en pensée le Sanhédrin du nombre d'amis qui lui étaient restés fidèles.

— Oh! monsieur, ne dérangez pas ces toiles, disait l'architecte; le moindre choc, le moindre hâle ferait évanouir tout ce qui est déjà commencé.

Plus opiniâtre un jour, Gerbier prétendit absolument soulever un coin de toile verte. Lantara, qui le surveillait du coin de l'œil, s'approcha vivement, et lui dit d'un air rogue : Vous allez *abîmer* mon ouvrage!!!

Et M. Gerbier, cette fois, n'avait plus insisté.

Au bout de six semaines tout était terminé. Le pavillon de M. de Benserade avait endossé sa robe neuve. La légion des charpentiers, des maçons, des décorateurs, des tapissiers avait été licenciée, et les artistes eux-mêmes avaient mis la dernière main à leurs œuvres.

Lantara, en moins de trois semaines, avait peint sur les panneaux du salon, quatre vues admirables, prises dans les environs mêmes du logis de Benserade et de Gerbier.

Les sujets de ces quatre ravissantes peintures étaient : la tour de Montlhéry; le grand aqueduc d'Arcueil; les halliers de la Croix de Berny ; le côteau de la Tombe-Issoire.

Jamais l'artiste ne s'était élevé à une si haute perfection, jamais il n'avait reproduit peut-être avec autant de bonheur la poésie de ces monuments gothiques jetés au milieu d'une nature toujours jeune et toujours verdoyante, dans des paysages enchanteurs.

Gerbier prit possession du *Pavillon de M. de Benserade*, dans les derniers jours du mois d'août 1778, et le premier objet qui frappa ses regards en mettant le pied dans ses salons, dont il avait respecté les mystérieux embellissements, fut les quatre chef-d'œuvres de Lantara, avec cette dédicace, qui se ressentait plus de Sparte que d'Athènes :

LE PEINTRE LANTARA A L'AVOCAT GERBIER,
AOUT 1778.

Puis, par une ingénieuse parabole picturale, l'artiste avait crayonné, sur les montants d'un trumeau placé entre deux croisées, deux colonnes : sur la première étaient inscrites les vingt-quatre grandes causes plaidées et gagnées par Gerbier. Ces mots étaient écrits au-dessus : *Pour le monde.* La seconde colonne n'était autre chose que le *Pilier des pauvres plaideurs* de la Grand' Salle, et sur ce pilier était inscrite la date du 27 *avril* 1778, jour où Gerbier plaidait à la Grand' Chambre pour Lantara. Ces simples mots étaient écrits au-dessus du *Pilier des Consultations : Pour le Ciel.*

La dette de la reconnaissance était ainsi magnifiquement payée, et les pleurs de joie du grand orateur, du grand avocat, reconcilièrent son âme avec l'humanité, oublieuse et perverse.

L'artiste s'était dérobé aux remercîments de M. Gerbier, et celui-ci, malgré toutes les recherches qu'il fit faire, ne put parvenir à retrouver le peintre. Lantara portait son domicile et sa patrie dans sa boîte à couleurs, comme les poètes du moyen âge portaient leurs destins et leur fortune suspendus à la corde de leur harpe. Citoyen du monde, l'artiste cachait à ses amis, aussi bien qu'à ses ennemis, son génie, sa misère et ses désespoirs.

Quatre mois après les faits que nous venons de raconter, un homme, pauvrement vêtu, se présentait à l'hôtel de M. Gerbier, rue des Saints-Pères, et demandait avec instance la faveur d'être introduit sur le champ auprès du célèbre avocat.

Après de longs colloques, les domestiques finirent par le laisser pénétrer dans le cabinet de M. Gerbier, car l'insistance de cet homme, pour parler au maître du logis, avait eu quelque chose d'insolite et de solennel tout à la fois.

Le messager présenta à M. Gerbier un morceau de papier qui exhalait un parfum funèbre.

L'avocat le déplia, et lut ces lignes, tracées d'une main tremblante :

« Je recommande à M. Gerbier ma sœur, infirme et sans pain, *à Montargis*, et mon ami Claude Coquillard, écrivain dans la Grand' Salle du Palais-de-Justice à Paris.

« Ecrit à l'hôpital de la Charité, le 22 décembre 1778, à quatre heures et demie du soir

« Signé LANTARA. »

M. Gerbier contempla le papier avec des yeux pleins de larmes pendant quelques instants, puis, dit en hésitant :

— A l'hôpital ! et Lantara ?

— Est mort il y a une heure, repartit l'homme en sanglotant(1).

(1) Entré à l'hôpital de la Charité à midi, à la date que nous indiquons, Lantara y mourut le même jour, à six heures du soir. Il y a quarante ans, trois vaudevillistes, Barré, Radet et Desfontaine, composèrent une pièce, dont Lantara était le principal personnage. Cet ouvrage eut un grand succès, et se donne encore aujourd'hui ; mais les auteurs ont abusé étrangement de la liberté dramatique, en faisant de Lantara un homme de 60 ans. Cet artiste n'avait que 49 ans quand il mourut. C'est aussi l'âge où moururent, avant lui, Lesueur et le Corrège. C'est le bel âge pour les artistes de mourir à l'hôpital.

Les ouvrages de Lantara sont rares et recherchés, et il n'y a guère que les principaux cabinets de l'Europe qui possèdent deux ou trois de ses tableaux ou de ses dessins. Dans mon enfance, vers 1807, j'ai vu chez M. Joret, maire de Choisy-le-Roi, quatre superbes dessins de Lantara, probablement les derniers qu'il composa. A la mort de M. Joret, il est à craindre que ces quatre chefs-d'œuvre ne soient tombés entre des mains ignorantes ou sordides.

— Vous êtes l'ami qu'il me recommande, vous êtes Claude Coquillard ?

— Oui, monsieur.

— J'accepte le testament de Lantara dans toute sa teneur ; revenez me voir.

Claude Coquillard s'éloigna.

Le testament d'Eudamidas venait encore de recevoir une sublime application.

Quelques années plus tard, le grand orateur, le lumineux avocat, le digne héritier d'Antoine Lemaître et de Cochin, descendait aussi dans la tombe, dépouillé non de sa gloire et de sa fortune, mais de ses illusions les plus chères et de ses affections les plus intimes. Gerbier mourait ulcéré, désespéré, emportant au cercueil l'expérience de ce que vaut la gloire et la popularité, comme l'artiste éminent dont il avait été sur le bord de sa propre fosse l'exécuteur testamentaire.

FIN DU QUATRIÈME ET DERNIER VOLUME.

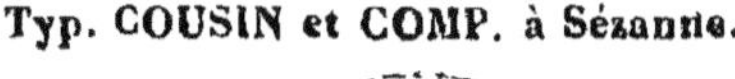
Typ. COUSIN et COMP. à Sézanne.

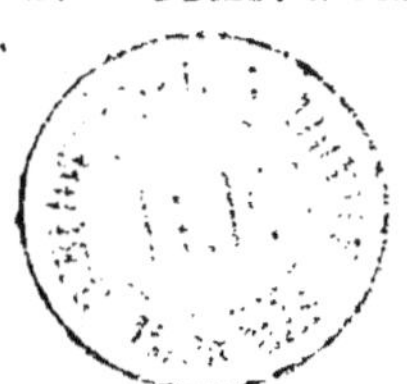

TABLE DES MATIÈRES

www.ingramcontent.com/pod-product-compliance
Lightning Source LLC
LaVergne TN
LVHW020609110826
845149LV00002B/415

* 9 7 8 2 0 1 4 4 9 3 8 5 6 *